DU MÊME AUTEUR

PETITS TRAITÉS, tomes I à VIII, Adrien Maeght, 1990 (Folio n° 2976-2977).

Dernier royaume, tomes I à XI :

LES OMBRES ERRANTES (Dernier royaume I), Grasset, 2002 (Folio n° 4078).

SUR LE JADIS (Dernier royaume II), Grasset, 2002 (Folio n° 4137).

ABÎMES (Dernier royaume III), Grasset, 2002 (Folio n° 4138).

LES PARADISIAQUES (Dernier royaume IV), Grasset, 2005 (Folio n° 4616).

SORDIDISSIMES (Dernier royaume V), Grasset, 2005 (Folio n° 4615).

LA BARQUE SILENCIEUSE (Dernier royaume VI), Le Seuil, 2009 (Folio n° 5262).

LES DÉSARÇONNÉS (Dernier royaume VII), Grasset, 2012 (Folio n° 5745).

VIE SECRÈTE (Dernier royaume VIII), Gallimard, 1998 (Folio n° 3292).

MOURIR DE PENSER (Dernier royaume IX) Grasset, 2014 (Folio n° 6058).

L'ENFANT D'INGOLSTADT (Dernier royaume X) Grasset, 2018 (Folio n° 6826).

L'HOMME AUX TROIS LETTRES (Dernier royaume XI) Grasset, 2020.

Les trois livres d'orgue noirs :

LE SEXE ET L'EFFROI, Gallimard, 1994.

LA NUIT SEXUELLE, Flammarion, 2007.

ANGOISSE ET BEAUTÉ, Le Seuil, 2018.

L'ÊTRE DU BALBUTIEMENT, *essai* sur Sacher-Masoch, Mercure de France, 1969.

LA PAROLE DE LA DÉLIE, *essai* sur Maurice Scève, Mercure de France, 1974.

MICHEL DEGUY, Seghers, 1975.

Suite des œuvres de Pascal Quignard en fin de volume

L'AMOUR LA MER

PASCAL QUIGNARD

L'amour la mer

roman

nrf

GALLIMARD

I

PREMIÈRE PARTIE

1. Les joueurs de cartes

Trois hommes, trois perruques, trois nez, six lèvres, trente petits doigts rougeoyants ou blanchâtres éclairés par les longues flammes des flambeaux. Il ne semble pas que ces joueurs jouent. On a l'impression qu'ils méditent. Au moins ils observent attentivement leurs cartes au bout de leurs doigts en silence. Tout le reste de leurs corps est plongé dans la nuit. C'est même étrange. On ne voit plus leur ventre. On ne voit rien de leurs jambes. On n'aperçoit qu'une fois une boucle de soulier dans le noir. Un peu plus loin, à l'écart, une femme se tient assise, le dos à la cheminée. Sa silhouette est plus petite que les personnages qui sont sur le devant de la toile. Elle est très belle. Elle tient un cercle de broderie au-dessus du tissu tiré de sa robe mais elle ne porte pas sur lui son regard. Elle a le regard perdu. Près d'elle, posé sur une table basse, un livre est grand ouvert où il y a une image. Comme elle se penche vers le livre, elle tend involontairement son ouvrage vers le sol. Sur le cercle à broder on aperçoit la silhouette d'un homme nu qui file la laine au pied d'un genou que l'aiguille de la brodeuse perce.

Dans la nuit quatre hommes, quatre perruques, quatre nez, huit lèvres, quarante doigts, les ongles ras, éclairés par les minuscules flammes des bougies de suif accrochées aux chevalets des partitions. Il ne semble pas que les musiciens jouent ces longs rouleaux blancs qui sont autant de vagues qui se déroulent dans la nuit sous leurs yeux. On a plutôt le sentiment qu'ils lisent, ou même qu'ils sont partis ailleurs, très loin ailleurs. Ou qu'ils comptent le temps. Ou simplement qu'ils chantonnent intérieurement leur partie avant de la faire sonner. Ils sont arqués et impressionnants. Tous leurs doigts forment un grand bouquet ne tenant rien. Leurs yeux brillent. On ne voit pas d'instruments de musique. Sans doute s'apprêtent-ils à répéter leurs chants sans être accompagnés par un théorbe, ou par un luth, ou par un clavecin, ou par une viole. Un peu plus loin, derrière, à l'écart, il y a un grand fauteuil vide.

Il est très tard. Thullyn tient une lampe. Elle referme la porte de la chambre. La main gauche tient encore la poignée de porcelaine humide. Puis elle lâche la poignée, elle va directement à la fenêtre. Elle se retourne anxieusement pour s'assurer que la porte par laquelle elle est entrée est bien fermée tout en écartant la tenture de la main gauche. Un homme se tient dissimulé dans l'ombre des rideaux, auquel elle sourit. Mais elle va poser la lampe plus loin dans la chambre sur la table de toilette. Elle prend le broc. Elle verse l'eau. Elle se lave le nez, le front, le visage. Elle s'essuie les paupières. Ses joues sont toutes fraîches. Elle revient au rideau. Le corps de celui qui regarde la nuit ne s'approche pas d'elle quand elle repousse l'étoffe. Il ne bouge pas du tout. La lune est au-dessus de lui, au-dessus des arbres. Il pleure. Alors elle laisse retomber la tenture sur eux. Elle avance la main pour délacer le nœud de sa chemise. Elle glisse ses doigts sur son torse nu. Elle sent les sanglots qui contractent son ventre sous sa main. Ils crèvent à la surface de la peau de l'homme comme des bulles invisibles que sa paume ressent.

De Oostende à Margate, durant les années 1650, Thullyn et Hatten s'aimèrent.

Ils longeaient la jetée pour aller à la mer. Ils admiraient les embarcations amarrées côte à côte le long du quai de bois.

Le chaland wallon, la felouque arabe, la jonque chinoise.

Un tialque et son étrange gouvernail. Les gondoles à la manière de Venise avec leur bec de drakkar. La lourde chaloupe ostendaise.

— Je suis triste. J'aime une femme, disait un jour Hanovre.

— Que vous a-t-elle fait pour que vous soyez triste ? demanda Abraham.

— Rien.

— Lui avez-vous dit ce qui vous tourmentait ?

— Non.

— Pourquoi ?

— Je n'aime pas les femmes, dit Hanovre. Alors comment vais-je faire pour effacer en moi ce visage qui m'attire ? Comment faire pour repousser ces seins qui se tendent vers moi et dont la substance me paraît à chaque fois que je les découvre si inattendue ? Comment faire pour arracher les traits de cette femme du fond de mon âme ?

— Pourquoi éprouvez-vous une pareille antipathie à l'encontre des femmes ?

— Il me semble que je me souviens de quelque chose quand je les vois. C'est si ancien. J'ai peur quand je suis auprès d'elles. Elles m'angoissent. Leur corps mou, adhésif, étrange, me rebute. C'est pourquoi vous me voyez malheureux.

— Mais de quoi avez-vous peur ?

— Qu'elles partent. J'ai peur qu'elles partent car elles partent sans cesse. J'ai peur de mourir à cause de leur amour. Je ne comprends rien à ce qu'elles appellent amour.

Maintenant la barque pénètre dans l'ombre. Elle glisse dans l'obscurité. Elle accoste sous les noisetiers et les aulnes. La coque bascule sous son pied quand Hatten se lève pour saisir la branche qui est au-dessus de lui. En écartant la branche il découvre la lune si pâle dans le ciel. C'est le premier croissant, tout mince, si évidé, si étroit, si blanc. Le musicien saute sur le talus. Il gravit les marches envahies par un lichen spongieux. Tout est tellement glissant. Même le chemin de halage dérape sous le pied. Il n'a pas cessé de pleuvoir tout le jour. Il traverse le champ trempé. Il suit le sentier boueux puis il traverse la rue couverte de pluie qui brille. Il traverse la place. Il soulève le heurtoir gris. Il frappe la porte. Rien. Deux fois. En vain. Une troisième fois. Mais c'est encore le silence qui résonne. Alors il tourne la poignée en bronze de la porte. Elle n'est pas verrouillée. Il pénètre dans l'immense corridor.

Une femme descend l'escalier lentement, la main blanche glisse sur le bois lisse de la rampe.

Soudain elle s'arrête sur une marche, le pied en avant.

Elle le dévisage.

Un sourire naît sur ses lèvres étroites et il éclaire ses yeux.

Alors il s'élance. Car il suffit d'un sourire pour s'élancer. Il monte, il gravit, il court sur les marches. Quand ils se touchent les mains, au même moment, les larmes humectent le bord de leurs yeux. Quatre grands-parents, deux joueurs, une seule partie, mille larmes, telle est l'étreinte en chaque étreinte. Maintenant leurs larmes coulent sur leurs joues sans qu'ils les essuient. Elles coulent, elles coulent. Elles ruissellent. Une seule et unique partie perdue, perdue,

perdue, toujours perdue. Toujours *tellement perdue* puisqu'elle n'a qu'une porte qui s'ouvre sur la mort. Il n'y a plus qu'une marche qui les sépare, puisque tel est le désir. C'est une marche, une simple marche, elle est si difficile à gravir. Il a saisi ses mains. Elle penche son visage vers lui. Elle tend les lèvres. Il dit :

— Je vous cherchais.

Elle dit :

— Moi, je vous attendais. Je n'étais pas si difficile à trouver. J'ai toujours été là.

Il la prend dans ses bras doucement. Il la serre contre lui. Ils se serrent l'un contre l'autre si fort. Il sent ses seins qui gonflent peu à peu contre son torse. Il sent son ventre qui vient respirer contre son ventre. Ils ne sanglotent plus. Leurs cœurs battent plus lentement et leurs rythmes, qui différaient, se concertent, s'accordent, s'équilibrent, s'épousent. Tous deux ils ferment complètement leurs paupières. Ils sont si heureux.

2. *Le tapis bleu*

Le tapis de table est bleu. Sur l'étoffe bleue des doigts couverts de bagues abattent les cartes. Toutes scintillent.

D'autres doigts, aux longues griffes recourbées, ouvragées, peintes, soigneusement lissées et découpées sur le fond bleu d'une sorte de mer, les retournent.

Seule Thullyn a les mains entièrement nues. Elle a au bout des phalanges les ongles courts et ronds des musiciens d'archet. Les doigts de la main gauche doivent courir avec puissance et rapidité sur la touche de bois noir. Elle porte une robe de satin bleu-gris. C'est un bleu si différent de l'étoffe feutrée qui recouvre la table. La robe monte jusqu'à son cou, elle est fermée par un camée blond creusé d'une figure pâle. Ses cheveux châtains sont ramenés en chignon. Son regard est grave. Ses yeux tout bruns, presque noirs, sont remplis d'anxiété.

Thullyn se tient immobile au-dessus de ses cartes. Elle interroge sa vie dans les bustes de couleur qu'elle observe devant elle. Elle s'informe des instants cruciaux qui attendent ses jours. Brusquement elle lève les paupières et regarde plus loin dans le fond de la pièce. Aussitôt elle fait signe à une forme sombre qui se tient tout près de la porte. Elle s'incline vers sa voisine. Alors la joueuse centrale, qui tient la banque, ramasse le tas de pièces d'or. Elle les introduit dans un petit sac de peau satinée couvert de perles. Elle se lève. Elle gagne le salon.

Les autres femmes, autour de la table, sont désemparées.

Thullyn à son tour quitte le fauteuil où elle était assise mais elle ne se dirige pas vers le salon. Elle court vers le fond de la pièce. Elle soulève la portière. Elle sort dans la rue. Il pleut. Maintenant elle attend dehors, sous les gouttes qui se posent sur son chignon, qui glissent l'une après l'autre sur son grand front blanc. Hatten le musicien arrive enfin en pressant le pas. Il prend ses mains. Il enfouit son visage dans ces mains nues, si nues, si mouillées, aux ongles si rognés et doux de musicienne. Il boit l'eau qui coule sur les longs doigts de ces mains virtuoses. La lune est pleine au-dessus d'eux. Elle est blanche comme l'ivoire. Maintenant ils courent sous la pluie légère. Puis c'est une brume elle-même toute blanche qui les enveloppe et qui les rend en partie invisibles. Ils entrent dans ce nuage. Ils poussent une porte. Le cadavre est tranquille, osseux, si vieux, si ancien, si maigre, si blanc, allongé sur le lit. Le drap est propre, il est neuf, il est blanc. Le haut du dos est adossé contre deux oreillers. Les os des mains toutes raides ont été rassemblés autour d'une petite croix de vermeil. Les doigts ont été joints. Ils prient peut-être. À vrai dire, même si Thullyn et Hatten ne disent rien, ils ont l'air si heureux en contemplant le mort. Elle, elle tient le bras de l'homme qu'elle aime. Mais lui, à cet instant, il se détache d'elle, il s'agenouille, il plonge la tête dans le drap, il prie. Lui, il prie. Il ne croit en rien mais lui, aujourd'hui, il prie.

Un matin, assis sur le bord du lit, étant à s'essuyer le ventre couvert de sève avec sa chemise de la veille, Monsieur Froberger dit à Monsieur Hanovre :

— Après avoir giclé dans la main l'un de l'autre je pense qu'on peut se confier ses pensées intimes.

Monsieur Hanovre prit le temps de réfléchir.

— Je ne sais s'il faut aller jusque-là, murmura-t-il.

On peut partager un peu de ses semences, sans doute. Mais pas son âme.

— Moi, je pense précisément le contraire de ce que vous pensez, dit le Wurtembergeois. On peut au moins s'avouer des rêveries de gloire ou d'honneurs. Après qu'on a été heureux, il est agréable d'ouvrir son cœur. On peut aussi s'avouer les défis qu'on aimerait relever. On peut même imaginer de futures et profitables réussites sociales si on veut orienter le travail du jour et être à même de projeter les rencontres qu'il va falloir y faire.

— Laissez-moi le temps de rechercher au fond de moi quelles peuvent être mes rêveries sociales.

— Pour moi c'est devenir riche et être à tout instant en capacité de m'isoler de tout le monde quand je le veux.

— Pour moi ce n'est certainement pas le cas, dit Hanovre.

— Quoi de plus beau que de s'occuper de ce qu'on aime au fond de sa chambre sans se préoccuper de personne ?

— J'ai été riche. Le jeu m'a tout repris de ce qu'il m'avait offert si généreusement mais je n'aimerais pas le redevenir. Je ne veux plus m'obséder de ce souci, ni de sa prévoyance, ni de sa fragilité. Je ne souhaite surtout pas m'exposer de nouveau aux envies que la fortune suscite chez les amis ratés, chez les frères rivaux depuis toujours, chez les sœurs jalouses, chipies, sourcilleuses, inquisitrices éternellement, chez les musiciens concurrents, malveillants, chez les femmes qui sont saintes mais entièrement mensongères, ou chez les femmes qui sont viles, sublimes, sauvages comme des bêtes et sincères comme elles, dit Hanovre.

— Vous avez peur.

— Oui, j'ai peur. Je redoute à la fois cette assiduité et cette menace. Oui, j'ai peur de toute cette foule de voix aiguës qui crient et qui s'acharnent à reproduire toute l'espèce. Mais pourtant je ne veux pas être seul le soir, la nuit, dans l'aube. Je crois que je me tuerais si je n'étais qu'avec moi.

— Moi j'aimerais l'être. Seul avec moi. Seul dans la tribune de l'orgue comme je l'étais autrefois, quand j'avais douze, treize, quatorze ans, quand ma mère et ma sœur et mon père vivaient encore. Seul, au-dessus de tous. Seul, au-dessus de la nef de la grande chapelle de Stuttgart. Seul, avec le Seigneur du Ciel. Seul, et surtout invisible du public. Car l'organiste est le seul musicien invisible. Oui, si j'étais riche, je crois que j'arrêterais le clavecin. Je reviendrais à l'orgue de mes débuts. J'irais de ville en ville car je ne cesserais pas d'aimer errer dans les villes de ce monde. Mais je n'irais pas de salon en salon. J'irais d'orgue en orgue. Seul dans mon nid de bois, de fer, de flûte, d'acier, au haut de la paroi de pierre, au-dessus du vaisseau central, soudé au grand portail monumental. Seul au monde et vis-à-vis du monde. Je souhaiterais être à moi-même exactement comme les chats le sont avec eux-mêmes, au haut de leur toit, adossés contre le fût de la cheminée, ou blottis dans le petit berceau de zinc de leur gouttière. Je m'entourerais d'un soin infini. Je lécherais un à un mes doigts, je rongerais patiemment les ongles au bout de mes doigts, je laperais consciencieusement le trou de mon derrière. Je chercherais dans l'espace les briques les mieux chauffées, les tuiles rondes les mieux exposées au soleil, les ardoises les plus grises, les plus pelucheuses, les plus douces. J'élirais les vues lointaines, inimaginables, délicieuses. Je me glisserais dans les rayons de soleil et la sécurité de la solitude. Je me choierais. J'aimerais ne plus avoir rien à redouter des chevaliers du guet, des sergents, des troupes de soldats, des déserteurs, des bandits. Je n'aurais même plus peur d'être volé tellement je serais riche. Je serais si content de ne plus avoir à réclamer un peu de louanges ici, un peu de considération là, un peu d'honneur abominable dans le jugement des pires, un peu d'argent ailleurs pour me vêtir, ou pour boire, ou pour lancer les dés, ou pour jouer au brelan, ou encore au pharaon. J'aimerais avoir un ermitage exactement comme mon frère l'a conçu à Constantinople, dans les îles des Princes. Mais je n'aimerais pas y être contraint par la police de mon royaume. Pour ce qui me concerne je suppose que ce serait sur le bord de la lagune, dans une des cent dix-huit petites îles, dans une toute petite île, dans l'archipel de Venise. Un long jardin de paresseux au bord de l'eau. Je vois les arrosoirs verts posés près de la citerne d'eau de pluie ; je vois leurs pommes de cuivre trouées qui brillent ; une bêche pour déplacer les fleurs ; une barque noire sur la rive ou plutôt une gondole pour aller çà et là. Même pas un beau marinier aux épaules roses et brunes et splendides. Non, simplement une rame, une gaule, un filet, et pour seule compagnie les nuages parce qu'ils s'en vont.

— Plutôt mourir.

— Pourquoi dites-vous cela ? Que vous ont fait les nuages ?

— J'ai joué toute une saison dans les palais de Venise. Toute une saison interminable. Quel ennui sans fin dans l'eau malodorante et lasse, dans la poussière perpétuelle du sable que le vent y soulève sur les berges et les plages, qui grimpe dans les narines, qui pique les yeux, qui poisse les boucles des cheveux. Sans cesse le ciel était pris par la brume maritime. Les cordes des instruments n'y tenaient même pas l'accord plus d'un quart d'heure.

— J'y ajouterai les animaux. Plein d'animaux. Des chats. Des chiens. Une chèvre pour le lait et des poules pour les œufs. J'apprécie aussi la compagnie des animaux sauvages que vous redoutez tant, et même des rapaces. La princesse Sibyla vénère tellement tout ce qui appartient à la forêt, que cela vole, que cela coure.

— Et moi de nouveau j'aurais peur.

— Mais ils ne vous pourchassent pas. Ils ne sont pas des hommes. Ils ne songent nullement à vous nuire. Ils ne vous détroussent pas. Ils vous fuient.

— Je n'apprécie que les petits oiseaux des buissons car ils ont plus peur que moi quand j'avance mon pied vers eux. Même les pigeons de Venise me craignaient quand je me rendais avec ma lyre à une assemblée de musique sur le pavé de la place dédiée à saint Marc.

— Quel musicien n'aime les oiseaux, au moins quand ils amorcent leurs chants au terme de la nuit ?

— C'est vrai maintenant que vous m'y faites penser que j'apprécie que les grives des vignes s'envolent dès que vous approchez la main de leurs plumes poudrées et blanches comme du sable, entre les ceps. On repartait sur la charrette, au milieu des tonneaux alignés, déjà ivre. On était presque aussi ivre qu'elles cherchaient à l'être elles-mêmes en picorant les grains.

— Enfant, ce n'étaient pas les oiseaux vers quoi mon goût me portait. C'étaient les poissons. C'étaient les filets, les voiles, les chaluts, les baquets wallons, les péniches de mer. Enfant, là où la Meuse et le Rhin confluent, j'allais pêcher dans l'estuaire où vivait mon grand-père. Je m'y rendais toujours avec mon père Basilius et mon frère aîné. Il s'appelait Isak. C'est ce frère aîné qui s'est retiré au milieu de la mer de Marmara. Isak a abandonné notre patronyme. Il a repris le prénom de notre père mort, Basilius. Il en a fait Basileus en sorte d'égarer ceux qui le poursuivaient. Il joue encore un peu de violon mais surtout il tire la part essentielle de son revenu de ses olives, qu'il broie, et de ses vignes, dont il piétine les fruits, m'écrit-il, quand l'été finit. Moi, maintenant que j'y songe, nu auprès de vous, aujourd'hui, ce matin, j'aimerais sortir en mer. Voilà, c'est exactement cela. Voilà quel est mon rêve si je faisais tapis, si je gagnais la mise, si je raflais, ratissais sur la table un monceau d'écus, de louis, d'or, de florins. M'évader dans l'immensité sans forme, sans aucune forme, infinie, de la mer. Tremper mes jambes, pousser l'embarcation dans l'eau toutes les fois que je veux. Toutes les fois que je nourris le désir de me perdre dans la beauté du monde. Pêcher de nouveau auprès des marins de toutes les races et de toutes les couleurs du monde. Affronter les vagues puis me laisser porter par elles, me laisser soulever par leurs courants sauvages. Rencontrer Dieu qui marche dans la tempête avec un tel calme, avec une telle grâce, les pieds touchant à peine les crêtes des vagues qui se haussent jusqu'au ciel, et puis rentrer au port. Rentrer toutes voiles dehors au port. Rentrer boire des pots de vin blanc glacé avec tous les mariniers, les pêcheurs aux filets, les pêcheurs aux crocs, les pêcheurs de goémon, les cabaretiers, les mareyeurs, en sautant sur le ponton, en reprenant pied sur la terre ferme. Manger la friture, les coques, les tourteaux, les araignées de mer, les seiches assommées et grillées et salées, les grandes tranches épaisses de thon cru. Que c'est bon !

Il inclinait la tête en parlant. Il se pourléchait les lèvres en parlant.

— Votre rêve me tente tout à coup, dit Hanovre le neveu.

Il se leva, il déploya son long corps mince et nu, il regarda son compagnon de plaisir. Il observa la masse énorme du colosse qui maintenant avait faim. Il n'avait aucun poil sur le torse. Il avait des seins, ou du moins deux grosses poches stériles, un peu charnues et pâles, qui retombaient sur ses côtes. Seule la toison, au bas de son ventre énorme, était bouclée, aussi noire que peuvent l'être les plumes des corneilles, entourant le sexe rose.

3. Le clavecin

Inventaire de I. I. Froberger, l'année 1667, Hofkapell au service de Madame la duchesse Sibyla von Württemberg, château de Héricourt.

Un mantelet de taffetas noir; une tabatière en carton; un cornet de cuir contenant trois dés; une clé de clavier; une pochette contenant six becs-de-corbeau; des petits bouts de partition de musique assemblés entre eux avec un fil jaune.

Un mouchoir à carreaux bleus.

Un tire-bouchon.

Un jeu de cartes jaune et vert en lettres allemandes gothiques.

Un grelot de cuivre pour donner l'ut que les Parisiens nomment do.

Le clavecin quand il est seul – quand il est laissé à sa sonorité pincée, incisive, tintante, aux aigus brefs et frêles – n'emplit pas tout entier le volume d'air de la salle. Il paraît maigrelet pour commencer une réunion de musique. Et, de la même façon, il est trop assourdi pour la clore de manière triomphale. Les préséances à l'intérieur des joutes de musiciens étaient des sources de conflits. L'art du claveciniste de Héricourt, qui venait de Stuttgart, sur la rive du Neckar, qui s'appelait Iohann Iakob Froberger, était si fragile, si désintégré, si luthé, si perlé, qu'il était moins sonore que la plupart des autres instruments.

Même le théorbe alambiqué de Monsieur Hatten, qui venait de Mulhouse. Qui avait vécu à Mulhouse, enfant, sur la rive de l'Ill. Qui avait vécu aussi à Strasbourg, quelques années plus tard, toujours sur la rive de l'Ill.

Même la viole à sept cordes de Monsieur de Sainte Colombe, musicien qui vivait dans les faubourgs de Paris, dans une maison précédée de saules, qui donnait sur la rive de la Bièvre.

Cela dit, Messieurs Blancheroche, Gaultier, Couperin père, Mesdemoiselles Thullyn, de Saint Thomas et de La Barre se faisaient écrire sur le cahier toutes les fois où Monsieur Froberger jouait seul.

Monsieur Hatten, au visage si inégal, si bouleversant, se tenant le plus souvent debout à ses côtés, tournait ou tenait à la main les petits morceaux de papier manuscrits où Froberger avait coutume de noter ses thèmes avant d'improviser. Parfois il s'asseyait sur la banquette près de lui, quand il éprouvait que son ami manquait d'imagination, et ils concertaient puis, prenant appui sur l'harmonie où Monsieur Hatten l'avait conduit, alors Monsieur Froberger reprenait son élan et se rendait seul au firmament de la musique. On a soutenu que Monsieur Hatten n'a plus jamais joué en public les œuvres qu'il composait lui-même après qu'il eut passé l'âge de trente ans. Il est vrai qu'il était farouche. Il ne souffrait plus d'être blessé et n'entendait plus courir le risque de l'être. Il fallait le compter au nombre de ces enfants dont la parole ne parvient pas à sortir et à pénétrer l'air. Ils restent en retrait, se méfiant de tous, ne s'exposant à aucune blessure. La parole s'est résorbée en eux. Ces enfants comptent parmi les plus beaux : ils ont un regard immense, comme les animaux, un regard que toute la nature envahit mais point le monde. Un regard où n'affleure point le langage articulé par les groupes et suivant lequel les sexes ou les genres ou les classes ou les nations ou les règnes s'affrontent dès que la bouche s'ouvre.

Thullyn va s'évanouir. Elle est toute blanche sous la pluie. Sans doute a-t-elle trop chaud à cause du grand manteau de fourrure qui l'enveloppe sous l'averse. Elle va tomber. Elle s'appuie contre le mur.

— Attendez, murmure-t-il.

Hatten lui prend la main. Il lui faut la soutenir. Il pousse la porte de l'appartement. Il la débarrasse du lourd manteau saam qu'elle porte. Il la conduit jusqu'au fauteuil près de la fenêtre.

Une fois assise devant la mer, elle se tait. Comme cette femme assise est belle. Elle reprend son souffle.

Elle se repose. Comme cette jeune femme est pâle et même lumineuse.

Maintenant Hatten étend la lourde fourrure blanche sur le lit où elle leur sert de couverture quand le froid de la nuit pénètre la chambre.

Il lui parle.

Il lui demande ce qui ne va pas.

— Rien. Rien. Je suis heureuse.

Puis elle se tait.

Plus tard elle se tourne vers lui. Elle le regarde. Elle dit :

— Comme j'ai besoin de vous, vous n'en avez pas idée. Tout mon corps déteste quand vous allez partir.

4. Les fenêtres

Le bonheur est cet inconnu qui arrive comme une bourrasque sur la rive.

Il désordonne le monde plus que ne saurait le faire une tempête.

Il soulève les charrettes, les hangars.

Invisible, il abat les arbres.

Les coques des bateaux volent dans le ciel.

Il faut avoir du courage quand le bonheur est là. C'est tellement rare : accueillir le bonheur. Il ne faut pas broncher quand il jaillit, spontané, étonnant, debout, effaré, raide, pressant, incompréhensible. Il ne faut pas pâlir devant le bonheur, pas plus qu'on ne doit trembler devant la souffrance. Un Romain, parce qu'il avait eu l'idée de saisir son couteau pour se défendre, se pencha, tomba, causa l'incendie de la Ville, qui ne fut plus qu'une immense cendre terne dans l'aube – où on ne voyait plus que la lame de ce couteau tombé par terre qui brillait. Le maître d'armes qui instruit les jeunes hommes, sur le Vlaams Hoofd, face au Kranenhoofd, à Anvers, dit toujours qu'au cours de l'assaut il faut se garder de surveiller la pointe de l'épée qui étincelle.

Il faut s'en tenir au regard de l'adversaire – ou encore au regard de l'aimée – ne regarder que les yeux seuls.

Regarder l'arme, c'est perdre la tête.

Songer à préserver son corps, c'est déjà mourir.

À la mélancolie ne convient que le paysage où elle s'apaise parce qu'elle trouve à s'y étendre. Alors il se fait aussi infini que la vue peut l'octroyer.

— Marie, Marie ! Qu'est-ce que tu regardes ?

Marie Aidelle leur tournait le dos. Elle était à la fenêtre qui donne sur le canal qui rejoint l'Escaut puis la mer du Nord. Elle haussa les épaules. Ses yeux étaient comme des turquoises. Elle chuchota à Meaume, à Abraham, à Hatten, qui se trouvaient tous les trois derrière elle :

— Les femmes qui se tiennent debout derrière le rideau de leur fenêtre ne regardent rien. Il vous semble, à vous, les hommes, vous qui aimez les compétitions, ou l'excitation du désir, ou la guerre, à vous qui aimez tant vous jeter à corps perdu dans les grands discours qui ne vous protègent de rien et qui vous mènent directement à la mort en multipliant les magnifiques oppositions qui vous leurrent – il vous semble qu'elles regardent le monde, le lieu, le port, le quai où les hommes courent. Mais elles ne regardent rien de tout cela.

— Que font-elles alors à la fenêtre si elles ne regardent pas le paysage qu'elles y découvrent ? Que font-elles le front posé contre la vitre ? Au moins regardent-elles le débarcadère où les marchandises s'entassent ? Au moins regardent-elles la barque qui revient du navire ?

— Elles ne regardent rien du tout. Elles attendent. Elles attendent, voilà ce qu'elles font, elles attendent. Elles attendent ce qui n'est pas un navire. Elles guettent ce qui n'est pas une cargaison. Elles ne recherchent, au bout de leurs yeux, certainement pas un retour, sûrement pas une répétition. Elles attendent une venue inexplicable. Voilà leur vie. Elles s'élancent ou plutôt elles préparent, en mobilisant tous leurs muscles sous leur robe, leur élan. Car les femmes sont pleines de muscles au-delà de toute leur beauté. Leur vie est toujours plus immense que peut l'être la vôtre. Elles portent et vous ne contenez rien. Elles engendrent et vous ne donnez pas naissance. Elles mûrissent et vous ne produisez pas de fruit. Voici leur amour : il est devant elle. Il n'est jamais là.

— Même dans leurs bras ?

— Même dans leurs bras.

Marie Aidelle se lève. Elle prend des ciseaux de fer.

— Je veux un enfant.

Alors elle se rend dans le parc d'Abraham, que le canal longe, devant le grand bassin où Rhuys puise son eau, elle se penche, elle choisit, elle taille des fleurs en sorte de composer un bouquet. Il s'agit de tulipes noires.

Ils attendent le bac au Vlaams Hoofd. Là où la cloche sonne les départs.

Ils regardent sur l'eau sombre le petit tialque qui arrive. Comme une cosse de haricot blanc. Un petit tialque flamand.

Un tialque sur l'Escaut, c'est un herna sur la Meuse.

— Oh, ce n'est qu'une barque.

— Peu importe, il ne pleut pas.

— Il y a des cageots d'asperges.

— Ce sont les premières d'avril.

— Il faut faire un vœu.

Les tableaux venus de Hollande qui montrent des femmes lisant des lettres auprès d'une fenêtre les représentent absentes du monde où elles se tiennent pourtant debout, si fièrement cambrées, avec une merveilleuse prestance. Leur peau est toute blanche. Au-dessus de leurs sourcils, sur l'arête de leur nez, elle est pour ainsi dire transparente. La propreté, la délicatesse, le relief de leurs visages sont dévorés par l'afflux de la lumière vers laquelle elles se tournent.

C'est le soleil qu'elles aiment.

C'est l'étoile qui a inventé ce monde qu'elles sont en train d'admirer au fond du ciel bleu. Leurs chignons sont sublimes. Ils sont comme des dahlias, ils sont comme des chardons que le soleil transperce. La surface de leur front est soudain vaste parce qu'elles l'inclinent vers le papier que leurs doigts déplient : c'est là le vrai trésor. Il n'est pas derrière la vitre, il est dans leurs mains. Le morceau de papier qu'elles défroissent, qu'elles lissent avec le doigt.

En vérité elles ont quitté le lieu raffiné qui les entoure, l'épinette, le tapis de table, le miroir, les tableaux qui sont exposés sur le mur.

Elles sont entrées dans la densité du désir où elles rêvent.

Maintenant c'est d'un homme qu'elles rêvent.

Que ces jeunes femmes sont belles auprès de la fenêtre fermée sur le bruit de la ruelle et la rumeur du monde.

Il y a un extraordinaire élan au fond de l'amour, qui décompose entièrement l'état ancien, et qui est si puissant qu'il parvient à dévaster la mémoire de l'enfance.

Minuscules lettres sur la page qui affolent l'âme de celle qui les lit et qui les relit et qui les roule sous les doigts.

Qui machinalement les enroule.

Qui de nouveau, précautionneusement, les déroule, les relit.

Il se trouve que dans le même lit la femme et l'homme ne font pas le même rêve.

Qui peut confier sa vie aux bras qui l'ont abandonné un jour ?

Les yeux de Hatten brillaient dans la nuit qui venait. Mais tous deux attendaient. Ils y mettaient tellement d'intensité. L'un et l'autre attendaient. Quand surgirait le serpent de son trou en descendant de la montagne ? Quand s'enroulerait-il sur l'arbre ? Quand surgirait l'oiseau de sa ramure lorsqu'ils pénétreraient dans la nuit dans la forêt ? Quand se précipiterait le sanglier hors de son fourré ou de sa bauge ?

Au début Hatten lui inspira des sentiments qu'elle se reprochait. Puis sa musique l'abasourdit. Thullyn ne tomba pas aussitôt sous son emprise tant ses partitions étaient difficiles mais elle s'attacha à la tristesse particulière qu'elle y décelait. Et c'est d'abord ainsi qu'elle s'attacha à lui : en s'attachant à sa musique. Ils jouèrent ensemble. Puis elle le trouva si concentré, si beau quand il jouait, au-delà de son visage étrange, si infiniment beau une fois que son âme s'était envolée ailleurs que dans la société de musique où il était en train de jouer. Si loin ailleurs. Les corps des musiciens s'éloignent si loin du monde quand ils jouent. Elle se passionna pour son œuvre, l'achetait quand des copies circulaient, la redistribuait à ceux qui n'en avaient pas connaissance, recensait ceux qu'elle enchantait, cherchait à s'associer à tous ceux qui accompagnaient son parcours. Elle suivit sa renommée. Dès qu'il se manifestait dans une ville, elle se trouvait là. Quand il se produisit en public au côté de Froberger à la municipalité de Brussel, elle osa s'approcher de lui, elle lui parla. Elle évoqua son maître de viole, qui s'était retiré dans la petite cité de Dinant, sur le bord de la Meuse. Il évoqua son maître de luth qui vendait des luths au cœur de Paris, rue des Bons Enfants. Ils sortirent ensemble de la grand-salle. Il pleuvait.

La rue des Bons Enfants, si on traverse le jardin de l'Oratoire, si on longe le Louvre, mène à la Seine, conduit aux grèves. Une petite pluie tombe sur le flot sombre. Sur son radeau une blanchisseuse laisse s'échapper son battoir.

Aussitôt elle se penche, elle tend sa main, elle étire son torse, elle allonge encore son bras en cherchant à rattraper son battoir qui est parti à la dérive. Soudain cette jeune femme qui creusait son dos, qui étendait le plus loin possible le bras, la main, les doigts ouverts de sa main, bascule dans le courant qui pousse l'eau de la Seine vers le port de Rouen, vers le port de pêche de Villequier, vers le port de guerre du Havre de Grâce. Elle est entraînée dans le fleuve où elle lavait ses chemises. Elle est emportée dans le silence où elle est tombée. Tous ceux et celles qui l'entourent examinent le remous.

Va-t-elle resurgir ?

C'est comme un jeu terrible que chaque vie dans sa durée : « Va-t-elle resurgir ? »

Tous considèrent l'eau plate et silencieuse qui

coule devant eux et qui reflète l'ombre énorme de la cathédrale Notre Dame.

Tous espèrent un petit tourbillon.

Froberger et Hanovre, appuyés au parapet de bois, regardent attentivement.

Tous espèrent des cheveux qui affleurent.

Tous escomptent ne seraient-ce que des bulles qui crèvent.

Tous rêvent un visage qui émerge brusquement et qui crie. Une sorte de naissance qui régurgite son eau en suffoquant, en toussant, en retrouvant son souffle, une espèce de chant. Une renaissance. Mais rien. Rien que l'eau puissante, violente, omnipotente, originaire, qui passe. Qui ne passe même pas : qui afflue sans cesse dans le même passage. Ils se détournent. Ils retournent en silence, l'un à sa batellerie, l'autre à sa pêche, l'un à sa lyre, l'autre à son clavier de buis, telle à son désespoir et à son cri soudain, telle à son pain de savon, telle à sa batte qu'elle tient maintenant très fort par la poignée, celle-ci au linge qu'elle tord et essore en pleurant.

Thullyn assemble le volume de ses cheveux en arrière. Le peigne qu'elle tient tire, étire cette immense toison au-dessus de la tête. Le peigne d'écaille dégage entièrement le front. Il dénude jusqu'aux sentiments. Il emplit les yeux de peur et de sincérité. Tous les cheveux apparaissent à leur racine. Il amincit les tempes. Le chignon s'élève. Il creuse l'angoisse des tempes. Il allonge tellement le visage qu'il l'éclaire. Seul le grand amour, mais aussi la tempête, et toutes les rafales qui avoisinent la passion, le brusque désir sexuel, les échevellent. Voilà ce que c'est exactement que l'amour : cette chevelure si élevée, si construite, qui tout à coup s'épanche par lambeaux et se répand sur les épaules, et recouvre les seins qui se sont amplifiés. Le mouvement du désir en dénoue tout le poids. Il en libère l'étrange parfum. Tous les cheveux qui se sont défaits d'un coup s'emmêlent. Maintenant il en adresse le long désordre, l'odeur, la vieille nature, le crin. Tout ce parfum de fauve, ou d'avoine, ou de chat, ou de chèvrefeuille, ou de mûre, se révèle, s'élève, se dilate comme une nuée autour du corps, l'odeur des cheveux épars qui se dépose sur la taie ou le drap, l'odeur de fourrure des aisselles, l'odeur des poils du buisson qui protège la vulve et son secret, tout le corps nu, étant animé par l'effort du plaisir qui se cherche dans tout le volume des chairs, dans la tension des muscles, par l'extension du sexe qui s'élève, par le suint du sexe qui s'entrebâille, se répand, affole.

Quand au matin les mains de celles qui sont à peine éveillées, encore nues de bagues, les yeux encore presque clos, l'organisent avec placidité au-dessus de leurs visages, c'est une masse épaisse, énorme, compliquée, considérable, magnifique, qui s'élève au-dessus du cerveau des femmes qui vont s'avancer dans le jour.

Puis elles ouvrent leurs paupières.

Il leur faut deux miroirs – et il leur faut de longues minutes, et des gestes qu'elles ne voient plus – en sorte d'édifier le chignon le long de leurs doigts.

Un baiser pour qu'il s'effondre.

Extraordinaire tache dense, sombre, noble, chancelante, incertaine, au-dessus de la beauté d'un visage.

Des centaines de chandelles, six lustres, au-dessus de toutes ces têtes, illuminent le grand salon. La musique s'élève. Ils se lèvent. Ils s'avancent. Ils s'enlacent. Ils dansent. Que ce bal est féerique. Ils sont en costume de fête. Ils sont si beaux. Ils sont magnifiques. C'est Hatten qui dirige les sept musiciens nettement plus jeunes que lui. Il a sa veste de satin aux brandebourgs bleus. Ceux qui les écoutent s'approchent irrésistiblement les uns des autres sans qu'ils le veuillent tandis qu'ils virent sur eux-mêmes. Puis tous ils tendent leurs visages radieux vers les lustres où toutes les chandelles semblent être des étoiles. Les robes s'éploient. Alors les nuques se redressent. Les chignons oscillent. Ces visages, plus ils se font proches, plus ils s'éclairent l'un l'autre, plus ils se réfractent. Et plus ils se réfractent, plus ils brûlent. Tous, tous, ils brûlent. Toutes, toutes regardent passionnément les braises dans les yeux qui les voient. Toutes et tous réclament, tout bas, ou à grands cris, que le feu reprenne. Qu'il augmente. Qu'au fond du brasier les vieux fragments de bois carbonisés se réenflamment alors qu'ils s'approchent d'eux. Pierre dans la cour d'Anne avança ses mains dans le feu. Pierre se pencha au-dessus du brasero dans le froid de l'hiver, et Pierre eut honte en regardant ses mains dans les flammes, honte parce qu'il avait parlé, honte et horreur parce qu'il avait trahi son amour. Et il pleure en regardant ses doigts devenus roses au-dessus des charbons. Jésus lui-même ramassa sa tunique après la flagellation pour dérober à la vue de ses disciples, et des soldats, et des prêtres, ses fesses rougies puis, quand il fut cloué, au haut de la croix, il eut de nouveau honte et il pencha la tête. Que vit-il en penchant la tête ? C'est si étrange, ce que vit Dieu en mourant. Dieu mourant regarda les dés et les cartes dans les mains des trois gardes qui veillaient les trois corps qui étaient à mourir. Voilà la dernière chose que vit Dieu en mourant. Une partie de cartes. Une lanterne sourde qui les éclaire. Trois hommes font leur partie au haut de la colline. Ils lancent les dés à la lueur de cette unique flamme qui se voit par la petite porte de nacre de la lanterne. Les trois autres, au-dessus d'eux, dénudés, exposés à mourir lentement, les bras disloqués, les mains exsangues, suivent en souffrant la partie que les trois soldats romains commencent tandis que lentement ils expirent.

II

LE TAPIS VERT

1. La nuit bleue

Durant des millénaires, durant des milliers de millénaires, la nuit était totale.

La nuit, l'obscurité qui se faisait sur la part de la terre qui n'était pas éclairée par le soleil était entière.

Quand on allait aux trous des toilettes, au cours de la nuit, il arrivait que les femmes et les hommes que le besoin d'uriner pressait se rencontrent à l'intérieur de l'ombre bleue, si foncée, qui tombait directement du ciel au-dessus d'eux. Ils tâtaient les murs de l'enclos ou bien les troncs des arbres pour ne point s'y cogner. Il arrivait parfois qu'ils se recherchent dans le noir, le long du fossé de leurs ordures. Ils découvraient le relief de leurs corps avec leurs mains avant que les chairs apparaissent, leur odeur avant que la couleur de leur peau se découvre. C'est ce qui se passa entre Marie et Meaume. Cette intimité persista mais elle était difficile. Ils s'agglutinaient des semaines entières dans la complicité des murmures et la tendresse sexuelle. Ils s'éloignaient des saisons durant dans le dépit et la fierté. Ils revenaient et, quand ils revenaient, leurs lèvres de nouveau tremblaient. La salive merveilleuse y brillait. Leurs bouches s'approchaient.

Marie Aidelle leva sur lui ses yeux si étonnamment bleus. Elle cria à Meaume le graveur :

— Ton silence engourdit tout. Ne pas savoir ce que tu penses m'oppresse : à la longue j'étouffe. Je ne puis passer mes jours avec un homme qui vit penché au-dessus de sa table gravant des étreintes où je ne suis pas. Vivre tout le temps à l'intérieur de ton silence m'empêche de reprendre entièrement mon souffle. Il me faut te quitter car je ne parviens pas à prendre mon essor dans ton monde. Ni ne trouve le moyen d'échapper à l'ombre que tu fais.

Mais elle resta à vivre auprès de lui, bien qu'elle eût le souffle court, bien que sa gorge se serrât, bien que le sang se retirât souvent de son visage sous l'effet de la colère. Elle était incroyablement pâle dans ces moments de rage. À cette époque Meaume composa les cartons des cartes à jouer et les remit à Arnstadt dans la maison de Plantin à Anvers.

Sur le cuivre doré, qu'il couvre d'encre, Monsieur Blancheroche et Monsieur Froberger sortent par la porte de la Conférence pour se rendre à la terrasse de Saint-Cloud.

Sur le bord de la Seine, dans la lumière qui se

reflète sur le cuivre, on voit à peine leurs silhouettes qui attendent le bac pour gagner l'île.

Il tourne la vis de la presse et ils apparaissent dans l'encre.

2. *Le tapis vert*

Une obscurité tenace, opaque, entoure le pied du flambeau posé au milieu de la table.

Au-dessus du flambeau, la flamme est comme une amande dont on a ôté l'écorce et qu'on a dégagée de sa peau.

Plus loin, les sept pièces d'or, sur le tapis de jeu vert, produisent un étincellement qui, parfois, brusquement, scintille.

C'est le prix de Dieu.

Dans cet ordre, autour de la table sur laquelle est posé le flambeau, Thullyn, Abraham, Froberger, Marie Aidelle, Hanovre le lyriste jouent en silence.

Le musicien est adossé contre l'oreiller, tout nu, sur le lit défait. Son sexe est comme un doigt qui pend. La jeune femme aux ongles si courts de musicienne le touche du bout de son index mais aussitôt il se retire dans son fourreau car tel est le plaisir.

Hatten s'est rendormi. Il a à peine touché aux restes du dîner qu'elle a rapportés dans son mouchoir, quand elle est remontée du salon où la partie est en train de se poursuivre. Le bout de toile empesée et blanche qu'elle a dénouée, puis dépliée devant lui sur le drap, fait comme une nappe.

Sur le plateau de laque une aile de poulet ; des noix hors de leur brou déchiré, de leur coque rompue ; un quartier de pomme qui a été épluchée et découpée.

La longue jeune femme est elle-même toute nue – si grande, si longue, si mince. Néanmoins son ventre est un peu rebondi car elle, elle a mangé. Sa poitrine est extrêmement belle. Elle se tient toute droite au-dessus de son amour qui dort. Elle ôte ce qu'il a laissé et elle revient. Sa main gauche s'appuie sur son épaule. Elle s'allonge doucement. Elle se glisse contre lui. Elle pose sa tête dans son épaule. Elle regarde la bouche grande ouverte, ovale, toute noire du musicien, si obscure, d'où aucun chant ne sort.

Madame d'Autun mourut sous les yeux de Kircher, de Hatten le copiste, de Froberger, de Kapsberger, d'Anna Bergeroti. Elle mourut dans une extrême violence sous les yeux des musiciens qui appartenaient à la cour de Vienne, de l'officier qui accompagnait les chariots autrichiens, de la troupe qui les protégeait. Elle tomba inopinément de son cheval alors qu'elle était au galop. Le pied étant engagé dans l'étrier, elle est traînée dans une vigne, le cheval rue tout à coup, en sorte de se dégager du poids qui le poursuit et qui le gêne, se retourne sur elle, écrabouille avec son sabot toute la face ravissante de la jeune femme. On se précipita dans la vigne. On retrouva le bas du corps intact, la robe en parfait état, sa poitrine indemne, son cou parfait, le visage en bouillie. La cavalière était irreconnaissable. Il fallut constituer une effigie en cire pour le service funèbre. Le lendemain de la mort de Madeleine d'Autun, Lambert Hatten, de Mulhouse, et Thullyn, ex-finlandaise qui était résidente de Lahti, qui vivait face à la ville de Tallin – la Finlande étant passée sous la terrible occupation suédoise – s'enfuirent vers Brussel.

Hatten dit : Dans le premier temps de ma vie je rêvais d'être prêtre et de rejoindre les missions de la Chine. Dans un deuxième temps, m'étant réformé, j'ambitionnais de devenir pasteur et de gagner les lacs et les cimes des Alpes. Enfin je ne crus plus en Dieu quand je perçus qu'il n'était que du sang qui se répandait dans les rues des villes, dans les fossés des campagnes et jusque dans les montagnes et les forêts de toutes les nations. Un jour, et ce fut même une heure, j'eus un hoquet de dégoût devant tous les dieux de la terre et je décidai de ne plus en saluer un seul.

Thullyn : Je suis née d'un père merveilleux à la porte du monde. Je n'ai aucun souvenir qui soit tendre de ma mère. L'ai-je approchée ? Oui, certainement, jusqu'à l'âge de cinq ans. L'ai-je connue ? Non. Je vivais dans ce que les géographes appellent de façon cérémonieuse le centre des aurores. Je vivais sur le seuil de la porte entre le paradis et la longue banquise ou du moins à l'intérieur de la vapeur pénétrée de soleil qui s'en sépare si rarement. J'ai commencé de vivre là où naît l'arc-en-ciel, là où le soleil ne se couche jamais, là où la nuit ne finit que sur un crépuscule bleu qui lui-même n'entend pas trouver d'extinction dans le ciel. Chaque jour je voyais Dieu, et je baissais les yeux devant l'ardeur qui se meut à la fin de la nuit au bas du ciel et lentement y surgit. Car je n'ai jamais vu Dieu autre part que dans l'aurore immense où il rayonne. C'est le seul visage que je lui connaisse. Cette apparence n'est pas un visage d'ailleurs, c'est l'apparaître lui-même, c'est une ardeur qui devient une forme qu'on ne peut voir. Sans cesse, aube après aube, je contemple toujours, sans que je me lasse, l'étoile sublime qui inonde tout à coup l'espace qu'elle offrit à la vie.

Hatten : Sur les berges de la Belgique, à l'instant où les grandes marées de la mer du Nord se retroussaient irrémédiablement sur l'estran, avec Thullyn, toujours levée avant le jour, alors qu'elle avait avalé deux œufs, alors que la sublime jeune femme me tirait hors des draps, nous sortions de l'auberge dans la nuit grise, elle saisissait ma main, elle l'étreignait même avec force pour m'attirer auprès d'elle et m'inciter à courir. Nous aimions aller, la main dans la main, dévaler au sein de ce sublime espace qui s'invente lui-même, à l'intérieur de l'espace, à la suite de chaque marée. Nous courions, nous sautions, nous filions. Soudain, nous nous attardions, simplement immobilisés par la beauté. Cette ligne, première à luire, est comme une portée de musique humide où les yeux s'enchantent. Où les pieds sont comme aimantés. Où les fers de chevaux, les pattes des animaux, les pinces des crabes, les serres ou les petites palmes des oiseaux sont comme heureux d'y imprimer leurs traces neuves. Avec Thullyn, entre Cherbourg et Anvers, entre Dunkerque et Zeebrugge, nous étions irrassasiables de lumière et de houle. Tout à coup, nous nous arrêtions, au beau milieu des baïnes, sur la berge de Blankenberge, dès que la lueur naissait, dans l'air si âpre et si dur. Comme il faisait froid dehors à cette heure-là. Nous serrions si fort nos mains, nous enserrions si étroitement nos bras dans l'immense bonheur que la nature s'octroie à elle-même dans l'apparition du soleil. Le monosyllabe de Dieu, disait-elle, désignait cet éblouissement du jour. Dies. C'était tout. C'était si beau. Par-delà la brume de notre souffle sur les lèvres, sur nos quatre lèvres, nous regardions s'étendre l'étendue, s'ouvrir la plage récente et trempée qui sortait simplement de l'eau de façon miraculeuse. Cette part de terre ou de roche que la mer avait abritée était si immaculée, si extraordinairement neuve, si réellement indemne et pure. Je ne sais pas d'où vient cette bizarrerie de mon esprit où tout se propose au dessaisissement. Mais avec Thullyn tout était tellement plus fort encore que ce dessaisissement, tout était abandon. Et, plus confiant encore, tout était même *abandonnement.* C'est pourquoi je l'aimais tant. J'étais si égaré, si exalté, si perdu, si heureux dans ses bras longs, tendus et immenses. Mon art, mon succès, mon avenir, mes compositions, qu'elles fussent reconnues de tous, que je les publie, alors que cela ne m'avait jamais inquiété, cela devint en elle une idée fixe sans qu'il y eût de raison. Je ne sais pourquoi il en fut ainsi. Moi, j'aimais tellement plus son corps de femme, les beautés de son corps de femme, les réflexions de son âme de femme que la musique que je pouvais noter, de temps à autre, quand le chagrin inexprimable me prenait, c'est-à-dire quand elle oubliait de m'aimer, c'est-à-dire quand elle se rendait seule, avec sa longue viole rouge sombre, chez ses maîtres, à Dinant sur la Meuse, dans les faubourgs de Paris sur la Bièvre, quand elle retournait chez les siens, prenant le bateau dans le port de Terneuzen, ou sur les quais de bois de Hamburg, pour se rendre au fin fond inexprimable de ce qu'elle appelait l'aurore. La dénudation silencieuse de son long corps de femme m'enivrait tellement plus que tous les instruments et les cris et les plaintes et les chantonnements du monde. Cette extase, cette chambre secrète où nous nous dénudions, où nous nous déformions, où nous nous oubliions, où nous nous écoulions, où nous nous endormions dans les bras l'un de l'autre, m'attiraient bien plus, même, que cette aube dont elle s'était fait une divinité comme les premiers des hommes, sans doute aussi les plus frustes et les plus authentiques. Son corps, son long corps, son doux corps, son odeur, sa jeunesse, ses deux seins si beaux à l'aréole aussitôt excitée et grenue, jusqu'à l'angoisse de la perdre qui me déchirait tout à coup en deux, me poussaient de nouveau, sans cesse, à me donner à elle. Elle, c'était la mer, la laisse de la mer dès le début du jour, ses pieds dans l'eau glacée, le mouvement de s'écarquiller, d'éclore comme un œuf d'oiseau, comme une anémone tout au fond de la mer, comme une rose le fait quoi qu'il lui en coûte dans l'air violent et si vif du printemps. C'était sa joie. Sa joie furieuse. Elle était tout en muscles. Elle bondissait comme une danseuse. Plonger était sa joie. Elle était violiste mais elle continuait d'écarquiller les bras quand elle jouait de la même manière qu'elle les déployait en nageant; elle les lançait autour d'elle dans les vagues ou dans l'air; elle vivait la musique comme cette mer elle-même baignée de scintillations qui avançait et qui se retirait sous nos yeux. Il me faut reconnaître que la vie régulière d'un organiste des cantons de la Suisse, de ceux d'Alsace, puis du Bade, puis du Wurtemberg, puis la Bretagne, que j'avais menée pendant tant d'années avant que je la connusse, vingt ans, vingt-deux ans plus tôt, montant trois fois le jour dans son buffet de bois, répétant ses accords tout au long de l'office, suivant un à un les mouvements du prêtre devant l'autel à l'aide de son petit miroir de Nuremberg, concordait assez peu à ce que mes propres rêves attendaient de moi lorsque j'étais enfant. Abandon mais aussi apostasie. J'avais été abandonné. J'aimais abandonner. J'aimais fuir sans aucun doute puisque c'était toujours plus rapide que moi – et cela me doublait. Cela me franchissait.

Voilà ce qu'attendait sans doute l'attente en moi au fin fond de mes rêves. Un jour – pour me garder de ces mouvements de départs soudains dont je ne comprenais pas toujours les motifs – je me mis dans l'idée de vouloir suivre mes rêves quels qu'ils puissent être et ne plus m'attarder à rendre intelligible mon aventure ni à m'escrimer à en rechercher les causes. D'abord je les notais sur la page de garde d'un livre, sur un bout de partition, au cours de la nuit, afin qu'ils détricotent et hiérarchisent mes envies, mes vœux, mes espérances, mes dégoûts. Au réveil j'en imaginais les présages. J'y songeais tout le jour. Je n'en tirais tout l'horoscope et la série impérieuse des décisions qu'à la fin de la journée, à l'heure où je cessais de transcrire mes copies de musique faute qu'il restât assez de lumière. Voilà : on allume la mèche de la chandelle, on remplit un verre de vin, on tire ses fugues aux cartes de tarot. Cela devint ma vie. Ma vie devint un rêve décidé par un rêve. C'est ainsi que je me précipitai à la cure pour rompre l'engagement des services et je laissai la place à un autre musicien dont je donnai le nom parce que je respectais son talent et qui, lui, en fit son bonheur. C'était Monsieur Chenogne, de Bergheim. Nous nous croisâmes sur la rive de la Jagst. Je montais sur la barque, avec seulement un archiluth à la main, en sorte de composer, ou de vérifier ce que je copierais, ou harmoniserais, ou orchestrerais, et me rendis à Stuttgart et à Vienne où je notais la musique d'une part pour le prince, d'autre part pour l'empereur, et où tout, après m'avoir ravi, me déçut.

3. La ville de Dinant

Un beau jour, quand elle eut atteint l'âge de quarante ans, la beauté sortit du corps de cette femme. Ses épaules s'ouvrirent. Les pointes de ses seins se durcirent. Son front s'agrandit. Son visage rayonna. Soudain la Suède envahit le pays. Lors des exactions impitoyables du roi Gustave II elle avait déjà rejoint les îles de la Frise.

Sa mère quitta son père quand elle eut six ans.

Son père se noya quand elle eut onze ans.

Thullyn disait :

— L'amour est rare. L'amour peut échapper au cours des jours. Et quand l'amour est là, il n'est jamais sûr. Si on n'a pas été touché par lui, il est même inimaginable. C'est pourquoi il peut être si difficile de le reconnaître. L'amour présente chaque fois un visage imprésageable et curieux. C'est soudain une joie fiévreuse accompagnée d'une robe qui s'évase. Brusquement elle tombe autour des doigts de pieds. Le son que fait l'étoffe qui se gonfle, qui s'enfle, qui s'affaisse, est comme un souffle. Alors la peau devenue toute nue, des orteils jusqu'aux narines, tout entière frémit. Tout entière rougit.

Une ville, en Belgique, rassemblait tous les hommes qui battaient le cuivre et s'appelait Dinant.

C'était une ville entièrement bleue.

Elle était toute sonore au bord de la Meuse. Dans mon souvenir c'est la plus délicieuse ville qui ait été bâtie dans le monde. Pour moi c'était le sud du monde. J'avais quitté la voix pour apprendre la viole à Egerland. Je vécus là deux brèves années auprès d'un maître de musique qui m'enseigna les principes de l'harmonie.

C'est là que j'avais projeté de me marier avec Hatten. Ce qui n'eut pas lieu. Ce qui n'ôte rien à l'attrait de ce jour et à la façon dont nous l'imaginions, ni à la beauté de la petite cité comme elle est toujours au bord de la rivière.

Ni à l'odeur des couques aux portes des boulangeries.

Ni au tintement du cuivre bosselé sur les berges.

Ni au museau des ragondins qui font fuir les anguilles.

C'était si peu d'eau. Et c'était aussi tellement peu de durée. Pourtant ce n'était pas une rivière. C'était bien un fleuve si on appelle fleuve le cours d'eau qui gagne la côte, qui ouvre largement ses rives comme s'il s'agissait de bras avant de se jeter dans la mer.

Ce fleuve ne faisait pas une lieue de long.

Il s'écoulait sans fièvre et se répandait dans la

mer du Nord deux cents mètres après la barrière du champ.

Chaque soir, elle se rendait à l'intérieur du minuscule estuaire. Thullyn devenue vieille escaladait les roches du fjord et, montée sur celle qui était à la fois la plus haute, la plus plate, la plus chaude d'entre elles, elle regardait ce flot d'eau douce rejoindre calmement la mer près du hangar où elle abritait son canot fait de peaux assemblées et cousues. Au contact de l'océan, à l'instant de devenir un fleuve minuscule, juste au moment de devenir le fleuve d'un instant, tandis que l'eau douce se mêlait à l'eau bouillonnante et salée et mouvementée de la mer, c'étaient des bourrelets de neige qui se chevauchaient, des petits fragments de cristaux qui fondaient, qui se transformaient en rouleaux crénelés et dorés par la lumière rosâtre du crépuscule.

Trente ans plus tôt elle allumait les mèches des chandelles dans la chambre d'Oostende.

Les flammes d'or vacillaient et elle était si belle.

Dans le miroir, comme elle est belle, dans les hélices et les spires des flammes. Comme elle est jeune alors. Elle va avoir quarante ans. C'est donc le moment où elle devient extraordinairement belle. Ce sont les plus beaux mois de sa vie qui s'avancent, qui prennent leur élan, qui se déversent devant elle sans qu'elle le sache ni qu'elle puisse même l'espérer.

Elle roule l'une après l'autre les partitions qui ont séché sur la pierre d'âtre.

Puis elle les noue avec un ruban vert foncé.

Un ruban de satin vert comme les sapins de Finlande et de la Carélie du Nord.

Elle dispose ces rouleaux blancs sur le tapis brodé de la table. Héraklès jette ses enfants, encore entortillés dans leur maillot dans le feu de la broderie. Une écrevisse géante mord le talon blanc du dieu. Là c'est un homme qui se tient à genoux, vaste et nu, devant la reine Omphale, tenant le fuseau de sa laine, enroulant le fil bleu.

Il y a une viole rouge couchée sur le flanc près de la cheminée. C'est sa viole de concert. Sa tête est celle de sainte Cécile, patronne de la musique instrumentale, les yeux extasiés vers le ciel au-dessus des chevilliers et de la touche noire.

Sur la marche de la cheminée, les unes à côté des autres, les bûches sont prêtes pour le feu. Lentement elle s'accroupit à demi devant l'âtre à l'intérieur de l'étoffe rigide gris souris et splendide de sa robe.

Elle se tient à distance.

Elle tend le bras. Avec une pince de fer qui allonge encore son bras elle ajoute une bûche qui aussitôt s'enflamme sur les braises qu'ensuite elle attise en les agitant, en les secouant.

Elle se relève.

Elle redresse son torse si beau, qu'elle tend vers la chaleur qui étincelle.

Elle observe les flammèches orange et furtives qui se haussent sur les écorces, qui viennent s'enchevêtrer à la lumière qu'elles engendrent.

Plus tard, elle a trop chaud. Elle s'éloigne vivement du feu devenu incandescent. Elle pose son front sur la vitre toute froide de la fenêtre. Elle pose son visage sur le reflet de son visage. Mais il n'y a rien à voir dans la buée que la nuit qui envahit la plage qui s'étend au-dessous des buissons devant la mer qui la borde.

Tout à coup sur le sentier de sable les ombres d'un homme et de l'étui d'un archiluth s'avancent.

Les deux silhouettes gagnent l'herbe coupée ras et qui est comme une sorte d'eau recouverte de nuit.

Ce sont des ombres projetées par la lune qui luit dans le ciel.

Elles s'arrêtent auprès des chaises blanches.

C'est le cœur de la nuit. Elle regarde toujours par la fenêtre. Mais un an est passé. Elle a quitté l'île de Gotland. Elle est dans la grande maison de sa famille sur la route du lac Tuusula.

Une chouette se pose sur le dossier en fer, dehors, dans le beau jardin de la maison.

Elle est toujours seule, le feu brûle toujours, mais maintenant elle a froid quand elle est seule. Elle porte une longue et belle chemise de nuit de percale blanche qui tombe jusqu'à ses doigts de pied mais elle a froid quand même. À la clarté que le fragment de lune projette au haut du ciel on décèle son corps par transparence ; il est resté si beau ; ses fesses sont cambrées, toutes rondes ; si dures et si rondes tant elle marche le long du lac, tant elle court dans l'aube, dans les bouleaux, le long des canaux, sous les chèvrefeuilles du bout du monde où elle est revenue. Elle en gravit toutes les roches et les levées pour voir la mer s'étendre et le soleil se lever au-dessus du flot. Elle en dévale les fossés et les petites collines pour occuper les heures. Son ventre a froid. Ses seins sont plus beaux que jamais mais ils se sont alourdis. Ils ne tendent plus sa chemise. Il lui semble qu'elle a abandonné derrière elle une lumière qui jusque-là était si caractéristique de ses yeux, de ce qu'ils étaient capables de voir, mais aussi de ce qu'ils voyaient.

Quelle est cette chose un peu translucide et phosphorescente et pâle qui s'est agrippée sur le bras de cette chaise de fer qui est restée dehors ?

Sur de nombreux objets qui l'entourent, depuis si longtemps, depuis toujours, depuis qu'elle est née sur cette terre, depuis que son père est né dans cette grande maison ancienne dotée d'un étage – Tuusulanjarvi – elle perçoit désormais cette trace lumineuse qui n'irradie plus à partir de ses yeux. Comme la bave suit l'escargot qui s'avance vers sa mort. Comme puisée à une source qui se modifie dans le même temps qu'elle n'est plus. De même la goutte de sperme roule sur le gras des doigts quand celui qu'on aime passionnément ne peut plus se retenir. Ces gouttes indociles, ce sont des larmes, à n'en pas douter. Oui, voilà, ce sont des larmes. Ou bien ce sont des enfants ? Oui, que ce soit le bonheur, oui, que ce soit le malheur, ce sont toujours des larmes qui tout à coup émergent mystérieusement, qui quittent l'étui de chair, les étranges paupières, qui débordent irrépressiblement. Oui, elles prennent de court l'attente sans qu'on comprenne bien d'où elles tirent leur eau. Si étrange rosée. Quelle étonnante substance féerique qui s'éclaircit alors qu'elle s'épaissit. C'est le contraire du hâle sur la peau. C'est tout à l'opposé de cette poussière invincible qui tombe des étoiles, au fur et à mesure que le temps se consacre à devenir le temps et qu'il couvre toutes choses, les montagnes, les forêts, les dossiers de fer des jardins, les toits des cabanes, des saunas, des soues, des petites fermes sur le permafrost, d'une poudre ténue et bouleversante. C'est à la limite du nimbe autour des visages, cette fine ligne d'or qui les cerne dans les vieilles peintures, et qui concentre, qui même enchante les traits de ceux qui ont cessé d'être ici depuis si longtemps et qui sont ici quand même, même quand ils ne sont plus.

4. L'Allemande faite en grand péril

Quand Froberger quitte Vienne, il est le maître de chapelle de l'empereur Ferdinand, à la cour de Vienne. Mais Jakob Froberger est aussi le maître de musique de la princesse Sibyla, à la cour de Stuttgart. Et c'est là qu'il revient chaque fois que le printemps surgit. C'est là où il est né. En 1616. Près du haras, sur le Neckar. C'est là où sa sœur et sa mère, son père Basilius, lui-même Kapellmeister à la Hofkapelle de la cour du duché de Württemberg, sont morts lors de l'épidémie de peste de 1637. Quand les pluies cessent, la princesse Sibylle von Württemberg passe les neiges et les montagnes, quand les beaux jours arrivent, elle franchit le Rhin, le prince Leopold Friedrich aime chasser, il aime à se retirer dans ses châteaux de Montbéliard. Il faut dire Mömpelgard comme dans un conte, comme disait la princesse elle-même, comme le musicien faisait lui-même quand il restait à sa cour et la suivait dans ses sauvageries, lui-même perdu dans la forêt giboyeuse, sur les pentes des dômes et des monts. Pendant que Sibylle chasse dans le bois de Danne, lui, il chante sur l'Allaine. Puis il repart. Il part et repart. Il s'arrête partout mais il ne peut s'installer nulle part. Il va, il cherche la musique, il est en quête de la musique la plus neuve, la plus spontanée, la moins mesurée, la plus désordonnée, la plus émotive. Peu à peu il devient cette musique qui n'existe pas et qui fait sa passion. L'empereur dès le début de son règne l'a chargé de récolter, avec le secours et le conseil d'Athanasius Kircher, sur tout le territoire de l'Europe, les musiques récentes à proportion de leur originalité. Jakob Froberger les fait copier et harmoniser par Hatten l'impie, aussitôt, sans un instant de cesse, afin que tout puisse parvenir sans retard à Vienne et être joué immédiatement à sa cour. Froberger aime l'empereur Ferdinand. Ce prince est aussi curieux de musique inédite, ou inouïe, ou magique, qu'il en est lui-même passionné. Froberger privilégie très vite cette tâche à la vie de cour et à la répétition des services. Il tire son cheval de l'écurie, mais le plus souvent sa mule. Il porte toujours avec lui un petit clavier d'exercice qu'il tient accroché dans son dos à l'aide d'une courroie. Il est désarçonné sur le trajet de Bruxelles à Louvain par des soldats errants, de nation espagnole, de confession catholique, alors qu'il vient lui-même de se convertir à Rome. Ils sont une douzaine qui sautent sur lui, qui s'emparent de sa bourse, lui volent son cheval, son manteau fait de peaux de renard, lui arrachent son pourpoint brodé de satin, ses bottes de cuir, lui dérobent ses bagues, le rouent de coups alors qu'il se défend comme un géant maladroit. Sa force et sa robustesse ne sont pas en cause mais les soldats castillans sont plus nombreux, leurs bras sont si vigoureux, leur haine religieuse est tellement vive qu'ils n'ajoutent aucune foi aux protestations du musicien nouveau converti. Blessé à l'épaule, l'énorme dieu Hercule se traîne jusqu'au hameau le plus proche. Les premiers soins lui sont donnés par une sage-femme d'Etterbeek. Un pêcheur de truites qui a assisté de loin, glissé dans son fourré, avec prudence, à l'assaut des soldats, lui rapporte ses rouleaux de musique et son clavier en bois de buis dont la caisse a été brisée. Il est transporté en charrette d'Etterbeek à Leuwen ou Louvain. Il se lie d'amitié, et même d'intimité, avec ce pêcheur qui lui apprend à pêcher les truites et les écrevisses avec les doigts. Le pêcheur fait réparer le clavier d'étude de Froberger par un forgeron aux mains d'or. Arrivé à Louvain, le musicien écrit à la princesse Sibylle. Il fait venir de l'argent du château de Mömpelgard. Il couvre de louis d'or de France son ami le pêcheur qui repart pour sa forêt, ses ruisseaux, ses cueillettes, sa solitude, son bonheur. C'est là qu'il compose, dans le temps où il se rétablit, la pièce de la Suite XIV intitulée *Lamentation sur ce que j'ay été volé et se joue à la discrétion et avec encore plus de violence que les soldats espagnols m'ont traité.* Il gagne la Meuse à Namur où l'attend le copiste Hatten qui arrive sur un lourd cheval ardennais, son théorbe en bandoulière, par la route de Herstal, Seraing, Amay, Huy, Andenne. Qu'est-ce qu'un théorbe ? Un luth qui se dédouble. L'instrument a l'apparence d'un bois de cerf dans la forêt, qui déborde les hautes fougères. Sur le manche le plus élevé et presque biscornu huit cordes beaucoup plus graves, pincées à vide, ajoutent une incroyable impression de douleur au chant interprété sur les onze cordes sèches de la cithare principale. C'est le double arc du dieu Hermès dans sa grotte du Cyllène – mais trois mille ans plus tard et suivant une harmonie nettement plus belle, plus délectable, plus invincible. Le froid est terrible. On est au mois de mars 1652. Tous deux se rendent à Paris à l'invitation du luthiste parisien Blanc-Rocher alors que la capitale des Français est en état de tumulte et même de siège. Les chevauchées font trop souffrir Froberger. Certaines des plaies et des distensions infligées par les catholiques espagnols à l'épaule et aux cartilages qui unissent les côtes du torse se désassemblent et le mettent au supplice. Il demande l'autorisation à la princesse Sibyla – la lettre qui accorde la permission princière est adressée de Mömpelgard – d'aller seul en profitant des coches sur les rivières et les canaux. C'est ainsi qu'il poursuit son voyage par voie d'eau, allongé sur une chaise de toile dans les rayons de soleil mais dans le froid le plus vif sur le pont d'une péniche d'eau douce, ou abrité de l'averse sous la toile d'orties et de joncs tressés d'une gabarre ou sous le velum d'un coche d'eau. Monsieur Hatten qui a rejoint la compagnie du duc de Nemours est pris dans une échauffourée dans la forêt de Villers-Cotterêts. Il s'enfuit comme un lièvre dans les arbres et les taillis de la forêt. C'est une véritable bataille rangée. Neuf soldats français et deux Espagnols, ou plutôt deux catholiques castillans, y trouvent la mort. Hatten repart au côté du duc de Nemours qui se dirige à marche forcée vers les moulins de Charenton. Paris en guerre civile est une merveille. Sur les rives de la Seine, dans le parc et les jardinets qui entourent le Louvre, dans les chemins qui longent les fours des Tuileries, dans les potagers et les vergers du Marais, tous les arbres sont en fleurs. Mazarin est revenu de Brühl. Soudain c'est un vol migratoire d'étoffes et de pierreries et de scintillations. La cour française, malgré le soleil sublime, se rassemble, détale une nouvelle fois du Palais Royal où le Parlement cherche à la cantonner. Condé et ses troupes se replient sur Saint-Cloud. Froberger, entré à Paris par le fleuve, franchit avec son passe-port impérial les barricades le 30. Pendant deux mois – été

1652 – il joue avec Hatten, avec Hotman, avec Chenogne, avec Roberday, Dufault, les deux Richard, Denis Gaultier, Blanc-Rocher, Hanovre le lyriste et enfin l'organiste si controversé Louis Couperin. Tous sont bloqués à Paris. Tous multiplient les joutes de musique, où leurs gloires émergent, ou du moins affleurent et se distinguent peu à peu. Les amateurs de musique usent de ces joies d'exception comme des voleurs, ils font comme les hérétiques au regard de toutes ces religions forcenées, ils se rendent de nuit à ces compétitions de chagrins, de tombeaux, de trilles, de roucoulements, de plaintes en longeant les murailles, en s'émancipant du couvre-feu, en se cachant sous les auvents, sous les balustres, sous les devanteaux des échoppes, soit de la violence du clair de lune, soit des lanternes du service du guet. Durant la trêve des dimanches, sans se soucier de se dissimuler alors, ils feignent de se rendre aux offices et ils vont pleurer au son des violes, des clavecins, des luths, des voix de femmes qui s'élèvent, des violons qui percent, des flûtes de bois si douces, si ténues, qui perdurent. À Paris on ne joue plus pour les seigneurs courroucés et soulevés en fronde, ou bien partis se couvrir de sang, de boue, de gloire, de poudre sur les frontières en guerre, mais pour les magistrats, les lettrés, les bourgeois dont les goûts se sont raffinés, qui déjà passent en exigence et en délicatesse les modes où se range la cour autour du roi danseur, fuyard et enfant. Paul Mancini meurt dans les combats, juste devant la forteresse de la Bastille, le nom de Henriette jaillit sur ses lèvres. Est-il plus singulier et plus beau sentiment que l'amour ? Est-il plus beau destin que de nommer un visage unique, et seul bouleversant, quand on expire, qui emplit l'âme malheureuse d'un dernier bonheur ? Hatten compose son *Allemande sur la jeune Pêcheresse de Meaux.* Il s'agit en fait d'une remailleuse de filet. Sur la partition il a écrit en français pêcheresse, et non pas pêcheuse, faute de posséder entièrement une langue qu'il ignore, venu des crêts des Alpes. Mais pourquoi un passionné de musique aurait-il accès au medium qu'il fuit à toutes jambes ? Denis Gaultier offre cérémonieusement à Lambert Hatten *La Rhétorique des Dieux* afin que l'empereur en prenne connaissance. Hatten accepte de transcrire tous les Frescobaldi rapportés de Rome par Froberger et Kapsberger et Kircher et les communique à Anne de Chambré. Louis Couperin et Monsieur Chambonnières réclament chacun une copie à Hatten qui n'a absolument pas le loisir de les leur procurer. Aussi font-ils faire des copies de ses copies. Le duc de La Rochefoucauld est blessé à l'œil dans les combats de rue, enclos pour six mois dans une chambre entièrement obscure, les vantaux de bois des fenêtres tenus fermés et recouverts d'épais et opaques velours. Il songe dans le noir à des phrases qui sont autant d'*attaca* qui forent l'âme. Il ramasse le secret de l'univers. Il est peut-être plus musicien encore que tous les musiciens d'alors. C'est l'oreille la plus sûre qui se soit trouvée dans la langue qu'il parle. Hatten le copiste, en dépit de la faim aggravée qui règne dans la capitale, qui se transporte de siège en siège comme elle va d'épidémie en épidémie, passe sa vie le visage dans sa fenêtre grande ouverte et, une fois la nuit tombée, dans la flamme de sa chandelle, à amender toutes ces partitions d'Italie dont on lui a demandé la relecture. Au plus chaud de l'été, revenu du jardin, Monsieur Blancheroche, allant chercher à l'étage son luth, tombe dans les escaliers sous les yeux de Mademoiselle de Saint Thomas, du marquis de Termes, de Mademoiselle de la Barre et de Messieurs Hatten et Hanovre. Louis Couperin, Jakob Froberger, Lambert Hatten, Denis Gaultier composent les quatre extraordinaires *Tombeaux de Blanc-Rocher*. Aussitôt leur ami mort, leur hommage rendu, sans qu'on en sache le motif exact, l'Alsacien et le Wurtembergeois quittent Paris, ayant obtenu un sauf-conduit grâce auquel ils gagnent Amiens, puis le port de Quend, où ils logent sur la mer, où ils attendent un bateau pour les mener en Angleterre à la demande expresse de l'empereur. Ils embarquent sur une grande barge vide qui part pour Hastings. À peine ont-ils perdu des yeux la côte qu'ils sont dévalisés par des pirates anglais soutenus par l'Acte de navigation. Les pirates dérobent notamment *La Rhétorique des Dieux* à cause des eaux-fortes de Nanteuil, de Meaume et de Bosse qu'ils y découvrent, qu'ils revendent aussitôt à la pièce sur les côtes de l'Essex et même sur les landes du Yorkshire, dans les chemins bordés de pierres moussues des Moors. Monsieur Hatten se justifie dans une lettre à la duchesse Sibyla de ne pas avoir eu le temps de recopier les suites d'Ennemond Gaultier comme il en avait pris l'engagement auprès du duc de Württemberg. Froberger compose à Londres la pièce intitulée *Sur les pirates qui joignirent le navire où j'étais dans le détroit de la Manche.* Navire, c'est beaucoup dire. Il s'agissait d'un pauvre tialque du port d'Anvers qui cabotait le long de la côte qui allait de Quend à Calais, de Calais à Dover, de Dover à Oostende, d'Oostende à Antwerpia. Alors la mer se retire des ports édifiés autrefois sur les côtes : elle aussi, la masse informe et impétueuse de l'océan, elle fuit les nations naissantes, les religions effervescentes, les épidémies qui infectent l'air des cités, les ruines et les inimitiés incoercibles. La mer ne cesse de gagner le large et le vent. Lambert Hatten adresse le *Leviathan* qui vient de paraître à l'empereur Ferdinand qui lui en a fait la demande. Lord Chandos le charge des copies de Froberger, qui sont harmonisées par Hatten, pour sa belle-sœur Clementia, qui est aussi sa cousine, mais Johann Jakob Froberger refuse vivement qu'on diffuse ses œuvres. « Ce sont des improvisations », dit-il. (À vrai dire il ne dit pas mes « improvisations », il dit à l'allemande mes « extemporaria », mes « extemporaires », c'est-à-dire « mes chants qui sortent du temps ».) Froberger brûle ces copies devant Hatten plein d'admiration et de douleur. Froberger ne s'attarde pas à la tribune de Westminster puisqu'il repart avant même qu'arrivent le froid si intrusif, les brumes si fantomatiques sur la terre anglaise, les pluies inlassables qui trempent les pierres, les murailles, les demeures, et qui les rendent si hantées, au point de s'introduire dans les âmes. Au débouché de la Tamise, après Margate, le galion est pris par une espèce de vague de mascaret. Ces extraordinaires reflux de l'eau sous la force du vent sont imprévisibles. Le bateau se couche sous le vent contraire, naufrage à moitié, se redresse par chance, mais perd son gouvernail. Le vaisseau devenu une barque de mer ingouvernable est remorqué par un convoi de navires hollandais jusqu'à Flessingue. Une fois à Flessingue, Froberger compose la pièce qui figure dans la Suite XXIX intitulée *Sur le galion qui creva et par lequel je me retrouvais dans l'eau de la Tamise mêlée à celle de la mer de Hollande.* De nouveau réunis à Anvers, Hatten, Thullyn, Froberger traversent à cheval le Limbourg. Ils franchissent la Meuse (la Maas) à Maastricht. Tous les trois ils donnent des concerts en trio (théorbe, viole, clavecin) dans les villes principales des Flandres. Lambert Hatten reçoit l'ordre de la Hofkapell de repasser par Paris afin de rencontrer Abel Servien, de racheter un exemplaire de *La Rhétorique des Dieux,* faute d'avoir recopié les suites pour luth des deux Gaultier comme il s'y était engagé auprès de l'empereur Ferdinand III, qui les préfère à toute autre forme de musique instrumentale. À ce moment les destins des deux musiciens divergent. Hatten et Thullyn, s'étant rendus à Brussel, tombent follement amoureux sous la bruine, s'aiment comme jamais des amants ne se sont aimés, errent d'auberge en auberge sur les rivages de la mer du Nord, s'installent un temps à Oostende face à l'océan immense, sur la plage de Blankenberge face aux îlots d'Écosse et au souvenir du bout du monde. Froberger qui mène le convoi des partitions, appuyé par six cavaliers de la cour d'Autriche, franchit le Rhin à Mayence, franchit le Danube à Ratisbonne, arrive à Vienne le 5 avril où il reprend son service à la cour. Il retrouve la chambre de la princesse, le tapis turc où il s'enroule au pied du poêle gris en faïence de Bade. Comme il est doux et tiède tout le long de la nuit. Il achève de composer *L'Allemande faite en passant le Rhin en grand péril.*

5. *Les désespoirs féeriques*

Il traversa la forêt.

Soudain, entre les feuilles des hêtres, le si jeune Oesterer entrevit une vieille cité. Alors il sauta silencieusement sur la terre. Il attacha son cheval sous le couvert. Ses vêtements étaient déchirés. Il avait faim. Il était pâle. Il était sale comme un jeune marcassin qui sort de sa bauge. L'adolescent s'approcha, avec prudence, dans l'orée de la forêt.

Au loin, le pont-levis était baissé. La porte de la ville était ouverte. Il descendit à pied la colline. Il entra dans une cité toute petite, circulaire, ravissante. Elle était complètement déserte. Les murs étaient en pierre rose, les balcons fleuris. Personne ne vint à sa rencontre.

Il s'immobilisa car il entendait un chant.

Il monta sur le rempart. Au loin le convoi funèbre avançait sur le chemin dans la plaine. Derrière la charrette tirée par deux chevaux sur laquelle les desservants en robe et en surplis avaient dressé un dais noir, une soixantaine de personnes suivaient.

On voyait le cimetière plus loin encore, entouré par les champs de céréales, vers lequel le groupe se dirigeait lentement, en se dandinant. La petite cité accompagnait son mort et le menait à l'autre monde. Oesterer crocheta trois ou quatre serrures. Il vola ce qui lui plut. Il prit tout ce qu'il désira. Quelle joie de dérober simplement ce qui tente le regard sans songer à autre chose qu'au plaisir de saisir. Sublime exaltation de cueillir tout ce qui fait immédiatement envie sans qu'on l'ait jamais anticipé dans l'imagination, dans son désir, dans un rêve.

Il ressortit de la ville, regagna la forêt, emplit les grandes poches en cuir de son cheval avec toutes ses merveilles.

Le jeune garçon contourna le site par la route de l'ouest, où le soleil s'affaissait. Il pénétra dans une riche ferme, amadouant les chiens, évitant les oies, les canards, s'écartant des porcs qui n'avaient pas été enfermés dans leurs soues. Là, il mangea, il but. Il trouva une chemise neuve. Alors il alla au puits. Il se mit nu dans la lumière du soir. Comme il était gracile, juvénile. Il se lava consciencieusement, entièrement, il passa la chemise toute blanche. Il prit des chausses neuves et les enfila et les noua sur son ventre. Un foulard. Une belle calotte de cuir. Il noya ses vieux vêtements dans le purin des porcs. Il repartit encore. Il n'avait plus besoin de rien. Il était devenu un autre homme. Il était aussi beau qu'un jeune faon. Il désira s'inventer un nom. Il n'en trouva pas. Mais que représentent les noms ? Que signifient un nom ou un prénom dans le réel ? On l'appelait Oesterer en raison de son accent. Son accent était distinct et clair comme un cristal. Ses yeux aussi. Des yeux couleur d'aigue-marine extrêmement pâle.

Ce fut dans ce temps-là que Marie gifla Meaume si fort que le sang lui jaillit par les narines. Elle se jeta dans un carrosse de louage. Elle se rendit à Caen.

C'était une femme qui marchait de façon très particulière. Son pas était lent, replié, soulevant très peu les genoux, poussant très peu le mouvement de la robe, toute droite, si belle.

Elle n'était qu'orage.

Sa peau était sombre : rose sombre.

Elle avait les yeux incroyablement beaux et bleus des Kabyles.

La mer soulevait d'immenses vagues.

Les deux grands manteaux noirs quittèrent le bois et longèrent la mer d'émeraude face à l'île de Cézembre. Les deux jeunes hommes ne pouvaient pas parler tant le vent était bruyant. Tant il était véhément. Tant le vacarme de la mer assaillait. Les hautes roches de granit en amplifiaient l'écho. Les vagues explosaient au-dessous d'eux et leurs embruns montaient en l'air comme des fusées qui les enveloppaient dans leur pluie mystérieuse. Ils voyaient au loin la cité de Saint-Malo, grise, ouvrée, crénelée, sublime. Les plus hautes déferlantes se fracassaient soudain avec des grands coups de tonnerre qui leur faisaient battre le cœur. Les deux jeunes hommes étaient penchés en avant, luttant contre le vent infatigable ; une saute du vent relevait les cheveux ; la rafale qui suivait les rabattait soudain sur leurs visages et elle les aveuglait. À d'autres moments ils se tenaient par la main comme s'ils craignaient de se détacher de la terre. Oesterer et Hanovre le neveu avançaient aussi vite qu'il leur était possible mais le plus souvent, comme il leur fallait faire face au vent, ils n'avançaient pas du tout. Ils se touchèrent par hasard alors qu'ils cherchaient à se défendre des meutes de vent, de la force constante et invraisemblable du vent. Ils se touchèrent involontairement puis volontairement alors qu'ils cherchaient à lutter contre les coups de bourrasque car leurs sexes s'étaient alors immédiatement durcis. Arrivés sur la corniche ils consentirent à cette impatience du corps qui naissait dans la poussée et dans l'aboi du vent. Ils se caressèrent mutuellement avec vigueur. Ils ne gémirent pas mais ils hurlèrent ensemble dans la tempête et leurs bouches se touchèrent. Ils restèrent quelques instants collés l'un contre l'autre dans le vent, leurs mains pleines de leur glu, serrant dans leur poigne refermée, jusqu'au rabougrissement, le bout du membre de l'autre. Le jeune Oesterer embrassa les cheveux pleins de sel de Hanovre. Hanovre le lyriste ouvrit les yeux dans le vent et l'iode qui les brûlaient. Il pleurait. Ils repartirent, assourdis, Hanovre les joues trempées de larmes, dans la tempête, en se tenant très fort par la main. Au bout du sentier de la côte, le mur qui entourait les loges de la douane se dressa enfin. Passé la muraille épaisse, ce fut un brusque silence. Le vent ne les atteignait plus. Le bruit que faisait la bourrasque s'effondra. Ils s'immobilisèrent.

Ils se regardèrent.

Leur embarras se transforma en une espèce de honte qui les fit se rapprocher plus encore en sorte de ne plus avoir à se voir. Ils s'enlacèrent. Ils s'embrassèrent. La salive ayant empli leurs lèvres, leurs langues explorèrent l'obscurité de leurs bouches, s'avancèrent, gagnèrent, au fond des mâchoires, la gorge, le son de leur gorge, le chant de leur râle. Ils palpèrent de nouveau leurs sexes, qui de nouveau étaient surgis entre leurs ventres comme des objets inexplicables, qui cherchaient à se caler, à s'imbriquer, à incurver leurs croissants. Hanovre s'adossa contre le mur et reprit son souffle. Le jeune garçon vint devant lui, très près, et caressa longuement de la main le visage de son aîné comme s'il le découvrait enfin, au-delà du plaisir, au-delà des larmes qui coulaient de ses yeux. Ils montèrent l'escalier. À l'étage, Oesterer lui prit le bras et ils allèrent directement dans sa chambre où ils se dénudèrent. Ils se découvrirent pour la première fois entièrement nus. Ils furent si heureux de leurs apparences qu'ils plongèrent une troisième fois dans le bonheur et qu'ils s'y endormirent.

Il y a une véritable joie à découvrir par soi-même, au bout de sa main, dans son silence, sa source sauvage.

Le Christ plongea son visage dans un voile qu'une femme lui tendit et il y laissa sa figure.

Thullyn lisait les cartes, où elle était sans pareille à découvrir la chance.

Elle aimait la musique et s'abandonnait entièrement à la douleur qui naissait d'elle.

Telles étaient ses deux passions si on oublie la mer puisqu'elle venait des îles du bout du monde.

Enfin elle avait une peur absolue de la mort. Cela faisait quatre couleurs. L'amour, la mer, la musique, la mort. Elle possédait une voix si belle que toutes les scènes des principautés d'Italie se la seraient disputée si elle avait accepté de chanter en public. Une voix si aiguë, si légère, un délicieux soprano. Mais elle ne la laissait s'expirer ou fuser que dans la chambre, derrière le rideau de la porte, accompagnée de sa viole ou encore par l'archiluth de Hatten. Elle détestait l'émotion où l'entraînait son corps quand elle montait sur la scène sans instrument, les deux mains vides. Cette émotion métamorphosait sa voix – et même la détruisait. Elle préférait que le grand coffre rouge de la viole la séparât de l'auditoire et protégeât son corps. Elle était devenue une violiste virtuose sans doute dans le souvenir de cette voix qui lui manquait devant tous et dont tout son bras déployé avait pris la charge. Elle aimait le plaisir physique. Mais elle se désolait de n'avoir jamais rencontré un homme qui l'eût aimée vraiment, auquel elle eût été attachée véritablement, du fond du cœur, attachée à jamais du fond de la chaleur de sa chair, du fond de la sensation de sa chair. Un homme en qui elle aurait eu si totalement confiance au moment de sa joie qu'elle n'aurait plus jamais ouvert les yeux et qu'elle se serait entièrement dissolue, dissoute, résoute au bonheur.

Ç'avait été, deux fois neuf mois, nuit après nuit, Hatten.

Un jour, alors qu'ils vivaient encore ensemble, alors qu'ils se trouvaient tous les deux assis sur une dune de sable, au bord de la mer du Nord, entre Knokke et Brugge, dans la faiblesse du soir, dans le vent qui tombait, il se trouva que Thullyn leva la main, la posa sur sa tête, lui caressa les cheveux. Mais, au bout de quelques instants, tandis qu'elle continuait de lui caresser les cheveux, sans songer à rien d'autre qu'au plaisir mécanique du mouvement de sa caresse, Hatten s'effondra en sanglots. Comme il ne pouvait plus arrêter ses larmes, la jeune femme se retrouva démunie et malheureuse. Mais il parvint à lui dire, entre deux hoquets, que c'était la joie qui les lui faisait verser et qu'elle ne s'en souciât pas. Ses lèvres tremblaient quand il lui dit ces mots. Et quand ils se relevèrent dans la nuit qui venait et qu'ils quittèrent le rivage de la mer, qu'ils gravirent les roches, qu'ils rejoignirent le sentier de sable, elle lui demanda la raison de cette longue crise de larmes qu'elle n'avait, en vérité, pas comprise. Alors il répondit qu'il n'avait jamais connu de caresses depuis qu'il était apparu dans ce monde et qu'il ne saurait pas s'expliquer à lui-même combien c'était doux et combien il aurait été désolé que cela eût échappé à ses jours.

6. Le lointain

Quand Thullyn n'était pas près de moi, quand elle partait en voyage, disait Hatten le musicien, j'avais l'impression d'avancer dans un territoire devenu lointain. Puis, quand elle m'abandonna la première fois, je me suis avancé très loin dans ce lointain et il est vraisemblable que ce que j'appelle le lointain d'autres l'appellent la tristesse ou plutôt un sillage plus proche encore de la mort que peut l'être la tristesse. Non pas un sentiment, un remous. Et un remous non pas dans le corps mais qui, dans l'espace, appartient à l'espace et malmène le corps qui y est englouti. Un nuage qui se forme et qui très vite est prêt à crever. Tout était brouillé au-devant de mes yeux ou à l'intérieur de mes yeux. Je me souviens que la brume faisait de longues et extraordinaires vagues sur les dunes. Cette brume n'était vraisemblablement que le mouvement de mon sang qui agitait mes yeux mais elle avait lieu dans l'espace extérieur et mon corps y titubait. Comme la chaleur de l'orage, dans les vallées des montagnes, déforme les pins, presse les cimes, disloque la neige et, même, fait naître l'avalanche. Le pouls du sang dans les veines, le courant des rivières, les marées qui conduisent la mer sur le sable et en organisent les heures et les rafales et les répits ne se discernaient plus. Je rejoignis les dômes, revis la grand-rue de Mulhouse. Je rejoignis l'homme qui m'avait adopté enfant, qui était courtier en instruments de musique. Trois mois plus tard je passais de nouveau par les plages dont mon cheval aimait le sol autant que l'étendue. Je chevauchais dans le bruit de la mer que Thullyn aimait tant quand nous étions tous deux deux corps inséparables. Je souffris tant que je ne composais plus et que je n'y songeais pas. Un mois plus tard encore, quand je me suis retrouvé avec Jakob Froberger et Anna Bergeroti à Paris, après les sombres séances, la peau blessée, j'allais prier. Prier, n'est-ce pas rêver le jour? Rêver, n'est-ce pas prier la nuit? Moi, l'impie, j'allais prier. Du moins j'entrais dans une église et je restais assis dans un coin, au bout d'une rangée. Je m'accoutumais à la pénombre et le lointain s'affaissait, se résorbait. Je n'aurais jamais osé dire à mes amis, qui me croyaient ennemi des dieux, ni à mes proches, qui me croyaient à jamais révulsé, que j'avais conservé cette habitude prise lorsque j'étais enfant – j'avais été enfant de chœur, j'avais été choriste, j'avais été organiste, j'étais devenu copiste, puis un musicien dont le secret et la méfiance et la tristesse ou un peu plus que la tristesse étaient désormais l'épreuve. On me disait impie parce que je refusais de saluer les dieux mais les églises, les cathédrales, les basiliques, étaient restées pour moi, toujours, à jamais, des sanctuaires. Même, si je puis dire, le souvenir d'un dieu qui était parfaitement mort rendait ces enclos de silence encore plus vénérables. Et, plus encore, il était possible, depuis que les croyants les avaient désertés, que les lieux de culte démunis de culte, une fois devenus vides, une fois délivrés d'espérance immortelle, tant le silence qu'ils contenaient était devenu sonore et pur, fussent destinés, par privilège peut-être, par excellence, aux incroyants. Seuls les athées en respectaient la fonction ancienne, c'est-à-dire la nuit constante, quelque chose d'absolument lointain, de haut et d'effrayant aussi, proche du supplice, sûr de la mort et de son cri, et qui était peut-être devenu plus saint en s'étant renoncé. C'était enfin une odeur insensée, encensée, embaumée, perdue, sublime. L'absence de musique que les parois de la nef prodiguaient le plus souvent quand on poussait leurs portes de cuir formait un long mur noir opaque couvert d'une sorte de silence d'huile qui stagnait à mi-corps. Cette eau imaginaire stagnait à hauteur du nombril. Quand on s'approchait du jubé, ou de la grille du chœur, et qu'on se retournait, le nid ancien, le buffet de bois, la tribune, les deux grandes ailes de ces hauts tuyaux de plomb restaient si puissamment agrippés à la paroi géante. Qu'une corde de luth, de lyre, de viole ou de théorbe casse, c'est un signe de mort. J'apercevais « quoi » au fond de la détresse qui était venue me guetter et me dévorer quand celle que j'aimais s'était envolée vers son enfance ? Qu'est-ce qu'un fantôme sinon nous-mêmes vivants, au-delà de nous-mêmes, enfiévrés par notre propre mort qui fait un cercle pour revenir vers soi ? Mais que veut dire nous-mêmes ? Nous-mêmes vivants que leurs reflets avalent ?

III

VIES DES MUSICIENS

1. Les cartes battues

— C'est trop tard, dit Marie Aidelle en entrant dans la bibliothèque. Les cartes étaient toutes distribuées avant que nous arrivions dans ce monde. Nous commençons par jouer très mal, parce que nous ignorons que c'est un jeu et que nul ne nous a enseigné quelle pouvait en être la nature. Nous ne découvrons les règles qu'en jouant. C'est de la même façon que nous ne découvrons les dieux que quand ils se retirent. Nous sommes comme les habitants de Pompéi qui ne connurent tout l'ascendant du Vésuve qu'en étouffant sous sa cendre. C'est dire combien nous jouons tout de travers. Le cosmos ? Le royaume d'un enfant qui joue. La nuit ? La nuit inarrêtable. Cette force intraitable, effarante, qui au terme de chaque journée nous renverse. La nuit qui couche les corps sur la terre comme une vague immense. Les corps des femmes, des éléphantes, des hommes, des buffles, des rhinocéros, des ourses, des bisons – tous s'affalent et se vautrent. Puis chaque sommeil, à l'intérieur de chaque corps plaqué sur le sol, sous la force de la Nuit, est la demeure insensée des rêves qu'aucune âme et qu'aucune mémoire ne sont capables de contraindre. La faute ? Nous n'allons pas nous la disputer car nous ne l'avons pas commise. Pour la plus grande part elle retombe sur le temps qui commença avant tout commencement et va sans revenir, et par lequel nul ne maîtrisa jamais ce qui jaillit à la clarté de l'étoile qui fit tout.

Voilà ce que je pense, s'écria-t-elle alors. Ceux qui naissent sont toujours beaucoup trop petits, trop défaillants aux moments de leurs commencements pour ne pas succomber aux coups imprévisibles des brusqueries du vent, de la violence de l'obscurité, des trombes de l'eau, de la ténacité de la mort, qu'ils sont impuissants à anticiper. Le temps entasse tout l'inintelligible en une seule fois, à l'instant de chaque naissance, sur trois livres de chair souffrante dont le cri est si disproportionné à la taille. En naissant tout est inimaginable. Provenant d'un monde plus homogène et plus chaud que le monde, surgissant dans le jour lui-même qui surgit devant le petit visage que sa lumière brûle, tout gèle d'un seul coup comme les rameaux, l'hiver, dans l'aube, malgré le soleil dont le rayonnement est alors si faible.

Alors tout élan – nous qui étions tout élan – se défait sous nos yeux en tendresses trahies au bout d'une heure.

Mais, pour dire toute la vérité, reprit alors Marie

Aidelle en s'avançant vers Meaume, ni le flambeau, ni la table, ni les cartes, ni les couleurs, ni les figures, ni les partenaires, ni la distribution, ni soi-même ne sauraient être mis en cause de façon séparée. De toute ma vie je n'ai rien vu vraiment tant j'étais aveuglée par quelque chose en moi qui gauchissait mon regard, qui me précédait et me précipitait, me jetait hors de la maison. Hors de moi. Maintenant que je suis sur le bord de l'Escaut croyez-vous que je suis venue d'Arabie ?

— Vous le répétez sans cesse.

— Dans un fossé ?

— C'est toujours un abîme. Un gouffre comme un autre.

— Je suis normande. Mon père s'appelait Mohammed.

— Et alors ?

Elle se leva. Elle lui prit la main qu'il tenait posée sur le cuivre, préparant l'eau-forte. Le burin d'acier brillait entre les doigts de Meaume. Elle lui dit :

— Et alors j'aimerais que vous deveniez un jour vivant.

— Oui, Marie. Il me semble maintenant, à moi aussi, quand j'y songe, à l'âge où je suis parvenu, que je souhaiterais devenir vivant.

Meaume le peintre disait : Le corps réclame une âme. Mais avant de l'obtenir il demande une image. Il s'en fait une demeure à la fois accoutumée et magique. Alors cette demeure, il l'appelle âme.

Meaume disait à Hatten, dans la grande bibliothèque de la longue et belle demeure d'Abraham, à Anvers : L'eau-forte désigne une eau qui brûle. Mais l'image sous le stylet apporte plus de contrainte encore que cette eau ne creuse et ne ravine. La brûlure que lui fait sa peine est une maison tellement obsédante pour le malheureux. Elle est si cuisante, si lancinante, qu'elle est comme un fanal dans ses jours. Chacun reste au pied de sa croix. Le signe de chacun est sa souffrance. Regarde mon visage. Où est Marie après la mort de l'enfant dont on pourrait penser qu'elle l'aime ? Elle part. Elle part sans raison. Elle s'écarte même de Joseph d'Arimathie et de Nicodème. Pourquoi part-elle ? Elle ne se rend pas à la grotte. Et où est-elle après le jardin ? Elle ne foule même pas l'herbe du jardin. Où est-elle sur le chemin qui mène à Emmaüs ? Elle ne foule même pas le sable qui longe le sentier. Nous sommes tous brûlés par un tout petit fragment de braise qu'il est impossible de discerner en plein midi et c'est notre cœur. Un tout petit fragment de braise qui lance de nouveau sa flamme sans qu'on le prévoie. C'est cet étincellement qui enchaîne les hommes à des scènes pourtant si sommaires et qui sont, jusque dans les rêves au cours du sommeil, du début jusqu'à la fin, toujours aussi assidues. Nul ne quitte sa blessure inexplicable. Tel est le sens pour moi de mon œuvre de cuivre.

L'homme d'Anvers, qu'on appelait Abraham, avait été un homme de guerre sur le front d'Italie. Il était protestant. Il avait été un assassin dans les Alpes de Savoie. Ce n'est pas qu'il se fût assagi : il s'était transformé. Ce ne sont pas les meurtres qu'il a commis, ce ne sont pas les combats qu'il a menés, ce n'est pas le courage dont il a fait preuve sur la frontière d'Italie, ce ne sont pas ses prisons à deux reprises, ce ne sont même pas ses évasions intrépides, c'est le deuil souche que peu à peu il reconnut au fond de lui, qu'il visita, puis qu'il habita, qui en fit un vrai lettré. Il constitua une sorte d'abbaye sans dieu, ni héros, ni règles, ni devoirs; une sorte de havre entre Hoboken et Antwerpen. Une sorte de chartreuse avec son potager irrigué par l'eau qui était dérivée d'un canal de l'Escaut. Il y accueillit Meaume défiguré – quand Meaume, ayant quitté Brugge, quitta Rome et renonça à la peinture pour lui préférer la morsure du cuivre noir et ses berceaux. Il soigna Thullyn quand elle revint seule pour la première fois dans le Nord, après qu'elle eut délaissé Hatten sans lui fournir la moindre explication, et qu'elle passa par Anvers où elle découvrit ce « refuge » – où elle découvrit avec stupeur ce grand parc où Abraham avait trouvé asile et dont il offrait le charme, la sécurité, les fleurs, les légumes, la douceur à quelques-uns de ses amis. C'est Monsieur de Sainte Colombe, dont elle avait été l'élève, qui l'avait recommandée à son attention. Il accueillait tous ceux qui fuyaient ce monde ou qui avaient maille à partir avec les nations et les lois et les dieux pour peu qu'ils fissent preuve d'un peu de retenue et de fierté. Il l'hébergea dans la longue demeure sur le canal qui rejoignait l'Escaut alors qu'elle était muette, parfaitement malheureuse, et qu'elle ne voulait en aucun cas l'admettre. Pourtant cet homme était devenu indifférent aux malheurs des hommes, mais le fait qu'elle ne voulût pas se plaindre, ni marquer la moindre faiblesse, ni même s'expliquer à elle-même pourquoi elle avait répudié sans un mot, sans lui donner le moindre motif, celui qu'elle aimait pourtant, toucha le vieil homme dans son cœur à l'égal d'un souvenir. Il ne voulut pas choisir entre les deux amants. Il ne voulut pas avoir à trancher entre les désespoirs. En vérité, dans toutes les œuvres, et même dans les passions des hommes, il ne voyait que le fond du ciel et il y décelait, parfois, les vestiges de ses constellations. Derrière l'ordre il ne voyait que le chaos qui s'ouvre. Il achetait tous les livres qui paraissaient dans le nord de l'Europe. En ôtant l'épée de son flanc, il était devenu un homme du livre. Le poing restait fermé sur un objet de sang, sur un maroquin rouge. Il aimait tellement les questions – il les aimait tellement qu'il n'écoutait que par habitude de politesse les réponses qu'on lui faisait. Mais, une fois les conclusions proférées, une fois les arguments examinés, il revenait aux questions que les réponses qui avaient été apportées soulevaient derechef. Il estimait que la vie et la nature sur la terre possédaient moins une signification qu'elles ne consistaient en une énigme insensée qui était bien plus insignifiante dans sa fin, et même dans leurs regards, qu'elle ne l'avait été dans la puissante émulsion de son commencement.

2. *Les oiseaux*

Froberger accordait ses claviers plusieurs fois par jour. Il était pourvu d'une oreille qui était absolue. Il préférait les caisses en cyprès à celles en bois de tilleul. Il taillait ses becs de corbeau, dont il avait toujours sur lui une pochette. C'est une chose curieuse que les oiseaux dominent les instruments de la musique de la même façon qu'ils dominent la main de l'écrivain dont la plume prélève l'encre, trace ses lignes ou ses portées sur la feuille, dont le canif affine sans cesse la tige creuse en sorte de la rendre plus pointue et acérée de nouveau. Une épinette a la forme d'une aile d'oiseau grande ouverte tandis qu'un clavecin a la forme d'une harpe couchée assortie de becs de charognard ou de rapace ou d'oie ou de cygne qui chante.

Jakob Froberger est le seul musicien de ce temps dont on n'ait pas d'image.

Où qu'il arrivât, dans chaque cité, il confiait sa mule ou son cheval au garçon d'écurie, il confiait son bagage à la tenancière de l'auberge, il se rendait sur-le-champ aux étuves. En prenant son bain, en se reposant sur sa marche de pierre, dans la buée brûlante, Jakob Froberger examinait les hommes et faisait son marché. Du moins c'était un marché imaginaire qui le plus souvent ne quittait pas l'intimité de son âme. Ensuite cette imagination trouvait son relais et son perfectionnement dans la spontanéité de ses visions nocturnes. La difficulté à laquelle il était confronté dans la réalité consistait à séduire les hommes dont il avait rêvé l'étreinte car il n'y réussissait que de très rares fois. Il est vrai que c'était un homme qui peinait à plaire. Quand il entrait dans un salon, quand il pénétrait dans une taverne, quand il montait un escalier de marbre, il fascinait par sa taille, par son volume, par son autorité, par sa lenteur. C'était un gros homme qui avait la forme d'un triangle que la gourmandise ne cessait d'alourdir, année après année. Son visage était sans attrait. Il avait de grands traits flottants et presque inexpressifs. L'ensemble avait la forme d'une roche dans l'espace. Seules, de façon si curieuse, ses mains restaient fines, délicates, et comme indépendantes du volume de son torse et de son ventre. Elles pendaient le long de sa panse, elles ballaient au bout de ses bras comme de grandes nageoires blanches. On ne voyait qu'elles. Sur un double clavier superposé elles étaient imprévisibles, spontanées, splendides.

À la lueur des flambeaux, le soir, lors des réunions de musique, c'étaient des carpes blanches qui filaient sur les touches jaunes du buis et sur les demi-tons d'ébène.

La seconde difficulté qu'il rencontrait dans ses amours était extrême ; il s'agissait de trouver un lieu où se débaucher sans que quelqu'un vous surprît, sans que personne vînt se plaindre à l'aubergiste, au service du guet, aux prudhommes de la fabrique, aux curés de la paroisse, et qu'on vous engeôlât. Les exempts comptaient dix deniers pour ces prises. Enjôler est un mot si curieux si l'on croit qu'il signifie séduire. Enjôler, c'est mettre dans la geôle, c'est mettre en prison. Quel effrayant mystère que l'amour, où la possession n'est jamais loin, et l'enfermement un étrange rêve qui menace les jours. Et plusieurs fois ses désirs l'avaient conduit dans des geôles. Plusieurs fois le prince Leopold Friedrich avait dû intervenir pour obtenir son élargissement. Froberger souffrait intensément de ces déboires qui l'affligeaient, qui l'alanguissaient, qui emplissaient derechef son âme de concupiscences qui n'étaient le plus souvent que des frustrations, son corps de satisfactions esseulées qui n'étaient que des mélancolies. Alors il composait des pièces merveilleuses, imaginant qu'il racontait des prouesses alors qu'il ne faisait que compenser ses dépits.

L'homme coiffé de son long manteau de peau retournée avance sur son cheval sous la pluie. Le capuchon est enfoncé au-delà du nez. On ne voit pas son visage. C'est Joseph qui guide Jésus. C'est Énée qui mène Ascagne dans le bois de la laie où il va creuser son fossé et édifier sa ville. C'est Froberger qui mène la jeune princesse Sibyla à Saint-Dié, la ville aux cent cloches.

La princesse, quand elle était jeune, à la fin des années 1630, quand elle était encore une grande enfant disgracieuse, toute boutonneuse, maladroite, avait l'âme anxieuse et scolaire. Elle se tenait un peu voûtée. Son âme était scrupuleuse. Elle obéissait aussitôt à tout ce qu'on lui indiquait. Lors de la grande peste de Stuttgart, elle resta confinée six mois durant dans le palais et ne voulut même franchir, six mois durant, la porte de sa chambre. Elle savait par cœur toutes ses leçons, toutes ses tables de multiplication, tous ses nombres premiers, toutes les formes des feuilles des arbres, celles de leurs fruits, celles de leurs graines, tous ses psaumes, toutes les parties du corps d'un cheval, tous ses morceaux de musique. Elle était influençable. Elle faisait immédiatement siennes toutes les manies singulières qu'elle voyait. Elle respecta toute sa vie, de façon rigoureuse, jusqu'à la minutie, les rôles qu'il lui fallait remplir parce qu'ils résultaient de sa naissance et qu'ils lui avaient été inculqués par sa mère. Elle était attentive à tous les codes dès l'instant où sa mère (ou ses gouvernantes, ou ses servantes) avait bien voulu les lui expliquer. Elle vivait dans cette ombre de mère et d'obligation sans qu'elle montrât le moindre mouvement de révolte. Elle honorait toutes les fêtes carillonnées comme des devoirs. Elle était comme une abeille scrupuleuse dans ses étapes, dans ses haltes, dans ses retours. Les rituels réformés, les cortèges, les mariages, les enterrements, les cérémonies, elle les accomplit, le temps passant, avec une placidité qui était imperturbable et un mépris qui naquit mystérieusement et qui s'amplifia. Elle suivait toutes les étapes comme s'il s'agissait des différents moments d'une danse grossière, aux pas invariables et très lourds, comme on danse dans les villages, marquant nettement les temps. Sa passion proprement intellectuelle n'allait qu'à la musique instrumentale. Alors toute sécheresse et indifférence la quittaient et elle avait du plaisir à être seule devant son clavier à s'exercer sans finir. Pourquoi détestait-elle le chant humain autant que la trompette ? Pourquoi bannissait-elle de la musique tous les chœurs de voix, tous les cuivres, tous les tambours, et jusqu'aux flûtes ? Pourquoi détestait-elle ses songes ? Pourquoi la choquaient-ils ? Pourquoi en était-elle si dégoûtée chaque matin ? Pourquoi se gardait-elle si vivement des autres jeunes filles, de toutes les femmes de la cour de quelque âge qu'elles fussent, si revenues de tout et dégrossies et amoindries qu'elles fussent ? Pourquoi tant de réserve devant les hommes, depuis leur toute petite enfance de bébé jusqu'à leur plus débile sénilité, et leurs mains tremblantes, leurs lèvres baveuses ? Totale froideur. Les nourrissons et leur odeur et leurs stridences lui répugnaient. Même quand elle fut mariée elle marquait, avec son époux, le prince Leopold Friedrich, son retrait, avant tout autre sentiment. Aucune pitié en dehors des gestes que la religion prescrivait. Le monde, Dieu, les guerriers, les seigneurs, les pasteurs, c'était la même danse hiérarchique à laquelle elle participait avec le plus grand détachement. En dehors des heures de cour, au palais impérial de Wien, au palais ducal de Stuttgart, au château de Mömpelgard, dans l'immense place forte de Héricourt, elle restait seule dans ses appartements, le plus souvent allongée, à lire des partitions et à faire résonner les différentes musiques au fond de l'âme, dans leurs silences propres, dans leurs rythmes appropriés. Soit encore assise devant son clavier, en observant et en répétant indéfiniment toutes les indications que son maître de musique, Jakob Froberger, lui avait faites. Penchée au-dessus de son encrier, les doigts serrés sur la hampe creuse de sa plume d'oie ou de faisan, elle annotait sans fin ses partitions en sorte de ne rien oublier de ce que son maître lui avait dit. Mais, subitement, elle voulait sortir, elle voulait être heureuse, elle voulait être libre. Alors elle se rendait à l'écurie. Elle quittait le château de Montbéliard et traversait les champs. Elle gagnait l'ancienne place forte féodale de Héricourt et elle s'enfonçait dans les profondes forêts que les quatre tours anciennes dominaient. Là, elle imposait à sa cour qu'on la laissât seule, dans les taillis, dans les bosquets, sur la berge du lac, ou le long de l'Allaine, entre les fûts énormes des châtaigniers et des chênes, entre les roches sombres et moussues dont les formes et les aspérités dataient d'avant les forêts elles-mêmes. Là, c'était son autre passion, sa véritable passion, sa passion charnelle. Là, sur la selle, sur sa jument Josepha, son corps se redressait, la princesse devenait presque belle en étant comme délivrée de tout. Il faut sans doute convenir que la princesse Sibylle n'aimait pas vraiment la chasse, elle ne participait que de loin aux piaffes et aux excitations et aux sonneries de la meute, elle ne tirait pas – même si elle ne ratait jamais cette occasion de sortir des murailles. Être dehors, être dans les arbres, être à cheval, errer au-dessus du monde, voilà ce à quoi elle accordait le plus haut prix. Lors des chasses au vol ou encore à courre elle appréciait d'être autorisée à se retrouver très loin, à l'écart des hommes et des chiens – qu'elle devançait autant qu'il était possible, se repérant aux abois et aux cris et aux cors – sur sa jument Josepha. Les deux bêtes – le cheval et la princesse –, quand elles étaient vraiment livrées à elles-mêmes, sous le regard de personne, sans songer à quoi que ce soit, sans songer même à songer, ayant quitté toute cérémonie, ayant abandonné tout langage, ayant laissé s'effriter et tomber en poudre toute peur, dans le bruissement des ramures de la forêt, elles respiraient. Une espèce d'envergure revenait, dilatait l'espace, amplifiait les poumons, élargissait les naseaux, les narines, les yeux. Elles étaient heureuses.

3. Les virtuoses

Plus les doigts sont agiles, plus l'âme les oublie.

Être virtuose, ce n'est pas acquérir une agilité fabuleuse, c'est devenir cet oubli.

Hatten était virtuose. Il s'asseyait. Il posait sa tuorba (son théorbe) sur ses cuisses. Les deux chevilliers disparates pointaient, l'un près de sa joue, l'autre au-dessus de son oreille. Son torse se redressait un peu pour les atteindre. Son oreille s'élevait un peu pour les entendre. Ce double instrument formait comme les bois d'un cerf au-dessus de son front. La mélodie qui naissait sous ses doigts devançait alors son visage. Ses paupières se baissaient. La longue lueur de son visage devenait l'air même dans l'espace de la salle où il se produisait.

Tout à coup le chant d'un oiseau s'élève au cœur de la nuit.

C'est une sorte de nuit que celle que procréent les yeux refermés des femmes et des hommes quand ils écoutent la musique.

Ses traits se détendaient.

Le front, la pâleur de son front se déplissaient entièrement. Sa tête devenait vraiment lumineuse.

Dans le jeu virtuose l'âme semble livrée à sa propre animation dans la liberté qu'elle a gagnée à force de travail et d'entraînement mécanique jadis.

Et l'âme qui écoute, tout enivrée de la mélodie qui jaillit comme si elle était née par surprise, rejoint parfois du bout des yeux les doigts qui la lèvent : les doigts qui la traduisent courent en effet comme s'ils l'inventaient.

C'est ainsi que plus on est habile, et plus l'amnésie de la genèse de l'habileté est totale, plus les exercices qu'elle a coûtés ne peuvent s'apercevoir. Alors que seule la mémoire de l'acquisition saurait décomposer la maîtrise à laquelle on est parvenu, la prestesse du corps a oublié sa source.

C'est comme la naissance de l'envol, du premier envol au bout des ailes des oiseaux, qu'on n'imagine pas dans l'histoire du monde, et qui eut lieu.

L'énorme Froberger était un immense virtuose qui le plus souvent improvisait. Il faisait ce qu'il voulait de ses doigts.

La princesse Sibylle suivait scrupuleusement la partition, qu'elle reproduisait avec la plus grande fidélité ; elle observait tous les tempi tels que son maître les lui avait indiqués ; sa vélocité était inouïe ; mais son agilité était entièrement volontaire.

Anna Bergeroti n'était pas bonne virtuose. C'était sa voix qui était sublime.

Thullyn était une magnifique virtuose, parfois extraordinairement inspirée, mais c'est surtout sa capacité à transposer qui était miraculeuse.

Cette facilité qui apparaît aux yeux du monde comme un don qu'on possédait en naissant est une grâce qui ne résulte que d'une impitoyable et constante ascèse.

Tout un chacun surgit démuni de tout, le jour où il jaillit par hasard du fond informe et inhumain du monde, comme la vie jaillit par hasard – par un extraordinaire hasard – jadis, de la mer.

Comme la marche émergea de la nage, comme le bondissement s'éleva du saut, comme l'envol déborda le bondissement.

On peut définir le corps virtuose : le corps qui a oublié tout écart avec lui-même ; il exprime ce qu'il sent ; le corps qui s'évade de lui-même et s'invente un double merveilleux ; le corps qui a oublié en toute bonne foi l'extrême contention que chacun de ses muscles a consentie ; il n'en a plus la mémoire ; il ne saurait même pas en rappeler les différents rouages ; tout le système des relations, des transmissions, a cessé d'être volontaire ; toute l'attention à laquelle l'âme s'était assidûment appliquée s'est résorbée sans laisser le moindre vestige ni dans le sang, ni dans les os. Ce n'est plus une masse, ni un poids, ni un mouvement ; c'est une élation pure. De la même façon le corps qui s'assoit devant la nappe blanche ne perçoit plus l'arête, la forme, l'écaille, la crête, les cornes, les bois, la silhouette même des chairs qu'il dévore.

4. Les musiciens

Comme les musiciens courent à toutes jambes le long des quais. Comme ils marchent à grands pas, à immenses pas, sur la pointe des pieds, dans les ruelles glissantes. Comme ils ont peur de dévernir la teinte noire de leurs souliers. Le temps presse leur art comme il presse leurs corps. C'est une course d'obstacles, de mésaventures, qui procèdent pour la plupart du ciel au-dessus d'eux; mais pas seulement des nuages, des vents, des averses inopinées, des rafales de la neige; soudain ils reçoivent, au pire moment, sur leur perruque, sur leur chapeau, sur leur barrette, l'urine d'un seau, la crue d'une gouttière, l'éclaboussement d'un pot; leurs rouleaux de partitions sont trempés; ils l'essuient en hâte avec le revers de leur manche tout en courant – ou bien ils en protègent l'encre sous le pan de leur veste; ils halètent mais ils ne parviennent pas à récupérer un peu de souffle; ils hâtent le pas; ils essaient de rattraper leur retard; ils se précipitent vers le salon où le silence se fait déjà.

Le comte d'Alabaret était un amateur forcené de musique. Il se rendait à tous les concerts qu'on pouvait lui indiquer ou dont il entendait des lambeaux au-delà des murailles. Percevait-il un chant dans l'espace, il cherchait la porte. Il tirait la cloche. Il sortait un sou d'or. Il allait trouver la voix qui l'avait ému. Il logeait chez lui les musiciens étrangers qui venaient se produire à Paris ou qui cherchaient à être présentés à la cour pour lire leur musique devant le roi – ou tout au moins toucher l'âme des princes et appartenir à leur chapelle particulière. Il les nourrissait, il les blanchissait. Il offrit sa chambre à Hatten quand il vint avec Froberger à Paris. Monsieur Froberger logeait quant à lui chez Monsieur Blancheroche. Le comte d'Alabaret organisait des banquets où chacun avait à charge de montrer, l'un après l'autre, la virtuosité où il était parvenu, la caractéristique de son jeu, le vertige auquel il entraînait, l'émotion qu'il recherchait dans sa propre quête. Ce sont les premiers concerts de notre histoire. C'étaient des sortes de duels, de cartels, de défis, de joutes. Les auditoires eux-mêmes rivalisaient entre eux. Une de ces réunions était même réservée aux écoliers ; cette séance de musique était dite gracieuse ; elle était ouverte à tous les apprentis et même à leurs professeurs ; elle servait de répétition aux virtuoses mais aussi aux essais de leur instrument et permettait de sonder la résonance de la salle dans laquelle ils s'apprêtaient à jouer. On l'appelait la « générale ». Les autres, dédiées aux amateurs et aux bourgeois, étaient payantes. Monsieur de Gouy fut le premier à faire payer les réceptions de musique qu'il donnait chaque semaine. Monsieur de La Barre l'aïeul, qui était son disciple, qui était organiste comme lui, en usa exactement comme son maître avait fait. La troisième fut Madame Payen dans sa petite maison près de Notre Dame. Thullyn et Sainte Colombe, quand ils donnaient leurs concerts à deux violes à la salle de Mandosse, se faisaient payer.

Les assemblées principales avaient lieu le dimanche matin. Les férus de musique savante pouvaient y aller comme s'ils se rendaient à la messe dominicale. Ces tournois étaient très courus pour la qualité de la musique savante qu'on y jouait, mais aussi à cause de cette ruse que ces toutes neuves séances concertantes offraient à l'athéisme. Un vrai dieu y naissait. Un vrai dieu unique et sans visage. On feignait de se rendre à l'église tandis qu'on se rendait en vérité à ce qu'on appelait encore un « concert fastueux » dans une paroisse lointaine.

— L'un s'appelle Füssen. L'autre Brescia.

— Ce sont de très beaux noms, murmura Meaume.

— Aussitôt on sait que ce sont des luthiers, dit Froberger.

Comme les luths comptaient alors, pour qu'on parlât de luthier.

— Ce pourraient être des libraires imprimeurs, dit Meaume.

— Oui. C'est vrai. Mais ce sont des luthiers car l'accent porte sur la première syllabe, rétorqua Froberger. Telle est la musique. C'est comme l'univers. C'est à l'explosion du premier son qu'on reconnaît le monde. C'est l'attacca. C'est le son de jadis de l'univers, avant que commençât son chaos, et avant que ce dernier s'épanchât en espace dans la nuit qui constitue sa mère. Dans les livres on commence par une phrase qui fait silence. Dans les sonades on commence par un cri comme dans les forêts.

— Mais ce peut être une larme, ajouta Hatten. Une goutte d'eau de son tombe dans le battement du cœur qui entraîne son onde et l'impulsion de son cours.

Vies des musiciens, querelles de fausses notes, problèmes d'éclairage, attributions de bois de chauffage, dons de tabatières, de rubans de soie si colorés et si doux, de camées d'Égypte ou d'Asie ou de Grèce, de miniatures microscopiques dans des œufs d'or, de bagues qui scintillent sous les flammes des lampes à huile ou des flambeaux.

Puanteurs des perruques trempées, relents de vin acide, odeurs perpétuelles de suie de conduit de cheminée, de fumée de tabac, de chandelles éteintes, de suées des aisselles.

La vie des musiciens est simplement difficile parce qu'ils vivent assis.

Elle est courageuse parce que les bouts de leurs doigts sont en sang puis en corne. Leurs plectres sont des griffes. Leurs sautereaux sont des becs. Leur cul est empli d'hémorroïdes et vient s'écouler à la moindre dispute, au moindre ombrage, au moindre congédiement, au moindre ajournement.

Les pichets de vin s'entassent à chaque fin de réunion, les pots d'étain, les verres à pied, les bols de terre cuite – mais ce sont toujours les mêmes cris affreux pour évincer les chants où ils se sont si longuement concentrés. On croit toujours que l'âme peut faire relâche et prendre son repos. Mais rien n'écarte les brusques souvenirs chez les femmes. Et rien n'apaise la mémoire chez les hommes. Rien. Ni chez les femmes, ni chez les hommes. Rien. L'alcool qui se dépose en eux échauffe plus leur sang qu'il ne les distrait de leurs tourments. Le désir de porter malheur à ceux qu'on jalouse, de préparer la mort de ceux qui vous ont blessé, la rage de survivre, ou plutôt la témérité de survivre, mais aussi les sanglots ou les cris qui résultent de la remémoration si peu synchronisée des passions montent avec l'ivresse, font trembler la chair de leurs lèvres, mouillent leurs manches, contraignent leurs mâchoires, pincent leur cœur.

Leurs yeux s'épaississent et le bord de leurs paupières s'ourle de larmes. La cornée brûle à force de déchiffrer les pattes de mouche de leurs partitions dans la flamme inconstante, clignotante, d'une bougie de suif.

Leurs plaisanteries sont éculées et de plus en plus sottes alors qu'ils titubent dans la nuit. Ils n'ont plus qu'une envie où leurs pieds chancelants les mènent ; c'est tomber la tête la première, sur leur paillasse, les fesses en l'air ; entrer d'un coup dans l'autre monde.

— Du poisson, il faut garder les ouïes précieusement.

— De tous les habitants de l'eau, quels qu'ils soient sous leurs écailles argentées, il faut préserver ces oreilles de l'origine du bout de son couteau.

— Mais les crabes ?

— Non ! Quant aux crabes il ne faut jamais, au

grand jamais, toucher les pinces du bout des dents de sa fourchette.

— C'est quoi, cette histoire que vous nous racontez sous la lune toute ronde ?

— C'est la cochlée où l'audition prend son sexe. C'est dans la cochlée qu'on peut s'assurer du sexe de chaque corps.

— On ne blesse pas les ouïes.

— Il est formellement interdit à un musicien de manger ce qui sert à entendre.

— C'est la part des rois.

— Après avoir quitté le pavillon, on entre dans le vestibule.

— On entre dans le vestibule, on atteint le limaçon, on passe la caisse du tympan, on touche l'osselet.

— On retombe en enfer.

— C'est le jeu de l'ouïe.

— Magie de musicien.

5. La musique et la mort

La musique se fit longtemps dans l'instrument de pierre si particulier que furent les nefs pleines de pénombre des églises, dans le monde roman, puis les immenses et plus lumineuses allées des cathédrales, dans le monde gothique. La musique auprès du Dieu mort commençait toujours par faire silence autour des derniers mots de son agonie, puis s'élevait jusqu'au tonnerre. Parfois terrifiait. Parfois pleuvait. Parfois consolait. Du moins tous les musiciens le croyaient, alors que c'était faux et qu'à l'origine la musique *donnait* la mort au terme du silence qu'elle convoquait dans l'affût. Le son si dense et si sec et si pur que fait la corde de l'arc est le signe de la proie qui tombe au loin, si loin qu'un chien doit secourir la vue, courir, bondir, afin de rapporter à l'archer ce qui courait, ce qui volait et qui est mort. Exaltation et pour le flair du chien, et pour le regard de l'homme, de ce qui sombre. La faim, ou plutôt la famine est le noyau de tous les désirs qui nous possèdent, sans qu'il se trouve d'exception. Des fantômes sonores errent dans l'espace au-dessus de leurs cadavres, de leurs fourrures, de leurs bois, de leurs incisives, de leurs tibias. On descend dans les grottes pour entendre tout d'abord battre son cœur dans le noir. C'est vraiment le premier chant. Comme on l'entend sur le bord de la plage, en appliquant sur les oreilles des enfants les conques marines. Ces voûtes de nacre ou de calcite si obscures sont aussi des réservoirs de silence avant qu'elles forment des parois dédiées aux échos. Les églises se sont substituées aux anciennes cavernes comme autant de résonateurs à la beauté de plus en plus inouïe. Quand le dieu du soleil prit la première lyre, c'est une carapace creuse de tortue qu'il soulève, sur le dos de laquelle les présages se rassemblent, et qu'il retourne sur elle-même sur le seuil de la grotte à la frontière de l'Arcadie : il y tend les boyaux des chèvres qu'il garde et qu'il a tuées. Le simple mot d'archet dissimule si peu l'arc où il prend élan. La musique mène aux enfers puis en apprivoise les ombres voraces qu'elle retrouve tout à coup, brusquement, dans l'autre monde. Là se sont réfugiés auprès de leurs propres aïeux ceux qui l'enseignèrent. Alors les molosses, les dogues, qui sont les premiers à l'avoir connue, du temps où ils étaient encore des loups, abandonnent leurs abois et se couchent devant la porte immense que forment les gigantesques mâchoires ouvertes de l'Enfer. Orphée s'avance en jouant continûment la lyre sous les yeux innombrables et si pénétrants de Cerbère. L'ombre de la femme qu'il aime est attirée par les quatre syllabes sur lesquelles il module. Elle le suit pas à pas, doucement, enveloppée par les résonances de son nom, de sa voix, de sa lyre, tandis qu'il franchit la porte noire. Si elle le quitte subitement, sans l'en aviser, c'est à la suite d'un coup d'œil – c'est parce que le musicien s'est mis en quête de vision, de visée, d'affût, de regard, de lumière. Les sons fantômes sont comme les apparitions dans les songes qui tous réclament jalousement les paupières refermées et la nuit. Ce ne sont pas des postures précises, ce ne sont pas des paysages aimés qui les réveillent dans le noir : mais des craquements, des détonations mystérieuses, des cloches ou des gongs qui appellent, des vaguelettes qui frottent la roche, un soudain bruissement qui attouche la rive sur laquelle la fenêtre donne, sous le balcon qui le reçoit, des mélodies qui restent accrochés dans la cavité du crâne, dans des poches secrètes, labyrinthiques, minuscules diverticules, cryptes, petites chapelles latérales, soupiraux à l'intérieur de cet étrange souffle retenu qu'est chaque âme humaine qui tremble. Les sons qui se suivent sont des pensées. Ce sont des retentissements de l'émotion. Étranges tarabusts qui obsèdent l'humeur interne autant qu'ils la dénotent. Mystérieuses offrandes de reproches, d'airs qui reviennent en boucle comme des revenances, de cris d'oiseaux, des chagrins.

6. La disparition des luths

Après le vieux Gaultier, le plus grand luthiste du temps fut Blancrocher. Le sieur de Blancrocher (Charles) et Monsieur Froberger (Jakob) et Monsieur de La Guerre (Michel) jouèrent ensemble le 26 juillet 1652, à Paris, aux côtés d'Anne de La Barre, de Monsieur Vincent, de Monsieur Hatten, de Monsieur Constantin, de Monsieur d'Anglebert, organiste, de Monsieur Couperin (Louis). La mort si absurde de Blancheroche de retour du jardin royal eut lieu sous les yeux de Mademoiselle de Saint Thomas, en présence du marquis de Termes, le mois suivant, au lendemain de la journée du Feu. Mademoiselle de La Barre était installée dans le grand fauteuil. Messieurs Hatten et Hanovre étaient assis sur les pliants. Tous le virent tomber, débouler, rouler sur les marches de l'escalier étant monté à l'étage pour y chercher le luth qui lui était nécessaire tandis que l'énorme géant Froberger se tenait penché au-dessus du double clavier de son clavecin, appliqué à l'accorder, préoccupé d'en changer un sautereau. Mademoiselle de La Barre a noté dans son journal, qu'elle tenait en latin : Dominus Frobergerus videns periculum cucurrit pro doctore. (Ce fut Maître Froberger qui, voyant le péril, se précipita dans la rue pour chercher un médecin.) Le nom du grand luthiste est changeant et variable. Froberger sur sa partition a noté : Blancheroche. Couperin a noté : Tombeau de Blancrocher. Son épouse, après sa mort, a écrit sur son livre de raison : Charles de Fleury, sieur du Blanc-Rocher, qui mourut dans notre maison rue des Bons Enfants de la paroisse Saint Eustache.

Michel de Marolles, qui collectionnait toutes les gravures de Geoffroy Meaume, et Blaise Pascal, qui était mathématicien, et aussi physicien, se déplacèrent pour entendre les quatre tombeaux qui furent composés au lendemain de sa mort.

Voici le titre exact que Jakob Froberger a noté de sa main en tête de la partition : *Tombeau fait à Paris sur la mort de Monsieur Blancheroche lequel se joue fort lentement à la discrétion sans observer aucune mesure.* Il l'a datée du 2 octobre 1652. Le retour du jeune roi en fuite, à l'intérieur de Paris, c'est le 21 octobre 1652. Mais le 21 octobre, Froberger est déjà parti. Monsieur Jean Baptiste Bonne Croix, le peintre, et Monsieur Geoffroy Meaume, le graveur, se trouvent à Anvers, abrités chez Abraham. Ce fut là que Lambert Hatten les rejoignit en compagnie de son luth et de son abandon.

Or, ce fut en ce temps-là, au nord de l'Europe, au cœur des guerres religieuses, sous le règne du monarque qui désira être le soleil, après qu'il eut installé son pavillon de chasse entre l'étang de Saint Quentin et la forêt de Louveciennes, que le luth passa de mode.

De façon curieuse le monde prit prétexte de Luther.

Les évêques, les prêtres et les clercs se servirent d'un piètre jeu de mots pour bannir hors du royaume cet instrument comme faisant partie de la religion persécutée.

Monsieur Titon du Tillet, Commissaire des guerres, a écrit : « Monsieur Falco, doyen des secrétaires de Messieurs du Conseil, élève de Monsieur Charles Blancheroche, me demanda de venir à son hôtel. Il pleura longuement tout d'abord sans que j'en comprisse la cause puis il me confia : "À peine est-il encore quatre Luthériens dans Paris !" »

De façon régulière Monsieur Titon se rendait chez Monsieur Falco. Ce dernier ne laissait pas passer un mois qu'il ne lui demandât de franchir sa porte. Placé dans un fauteuil antique et noir et très dur, aux bras duquel il prétendait rester attaché comme Ulysse au mât d'emplanture de son navire, il passait plusieurs heures de rang à écouter Monsieur le Doyen jouer des pièces de luth dans son cabinet.

Monsieur le Commissaire des guerres « contemplait Monsieur Falco qui était toujours d'un air tendu et les joues caves, répandant de temps en temps des larmes silencieuses sur le bois de l'instrument, qu'il tenait pour ainsi dire enlacé ».

Mais un jour Monsieur le Doyen se leva, se retira, s'excusant de ne pas lui donner à souper tant il était triste.

Monsieur le Commissaire des guerres, soudain délaissé au silence, fut très étonné et rejoignit son hôtel. Le lendemain Monsieur Falco lui fit dire qu'il avait pensé que jouer du luth de temps en temps devant un connaisseur calmerait la souffrance des souvenirs – mais ce n'avait pas été le cas. Le temps du luth était fini. Monsieur le Doyen avait pris conscience la veille, tandis qu'il jouait devant Monsieur Titon, que ce temps était clos. Il était maintenant d'une humeur à se jeter de la falaise.

Alors les luths disparurent. Le vieux Gaultier qui fut le maître de Monsieur Blancheroche, quand il fut véritablement devenu très vieux, se retira chez son frère, dans le hameau de Nèves. Nèves est situé sur la rive droite du Rhône, à deux lieues de Lyon. Quand il apprit son retrait, Monsieur de L'Enclos, père de Ninon, grand virtuose, grand duelliste, désira lui rendre visite. Ils commencèrent par évoquer le passé et les souvenirs des musiciens qui s'étaient défiés, qui avaient triomphé, qui avaient perdu, qui avaient disparu, qui étaient morts. Ensuite ils calomnièrent un peu ceux qu'ils avaient connus, se raillèrent l'un l'autre sur deux ou trois épisodes de leurs rencontres qui les avaient en vérité prodigieusement meurtris, passèrent sans s'arrêter trop longuement sur les motifs de leurs jalousies – qui les hantaient encore –, mordirent à leur tour assez violemment et injustement dans les instruments qu'ils avaient tellement aimé jouer. Enfin, quand ils eurent trop parlé, ils se turent. S'étant tus, ils se levèrent lentement. Henri de L'Enclos se dressa le premier, le vieux Gaultier le suivit, ils s'approchèrent des fourreaux des luths ; ils les dévêtirent de leurs housses ; ils les accordèrent ; ils jouèrent « trente-six heures ensemble sans qu'ils eussent souci de boire et de manger ».

Le visage de Denis Gaultier peut se voir dans *La Réunion des amis.* Mais *La Réunion des amis* n'est en aucun cas une peinture de Monsieur Vouet comme il est indiqué sur l'or du cadre. Il est vrai qu'on y voit un beau drapeau qui fait penser à sa manière et qui explique pourquoi on s'est mépris. *La Réunion des amis* est due à la main de Monsieur Le Sueur. Monsieur Guillet de Saint Georges a noté dans ses Mémoires que Monsieur de Chambré, Trésorier des guerres, qui demeurait rue de Cléry, avait eu le désir de faire un tableau des portraits de ses amis. Chacun d'eux était représenté avec le symbole de sa passion. Monsieur Le Sueur fut contraint de s'y peindre lui-même, alors qu'il y avait de la répugnance, un pinceau à la main. Nul ne sait le nom du chasseur mais son lévrier est très beau. Monsieur Gaultier, qui était le plus magnifique luthiste de son temps avant que parût à Paris Monsieur Blancheroche (et qui avait été le maître de musique de Monsieur de Chambré) tient son luth. Il est monté de dix-neuf cordes, neuf chœurs et la chanterelle.

7. *Madame Blanc-Rocher et ses visions*

Un jour, beaucoup plus tard, Madame de Blanc-Rocher fit cette confidence à Thullyn et à Mademoiselle de La Guerre, quand elles se retrouvèrent à Versailles :

— Parfois je crois que mon époux disparu n'est pas mort. Ces rêves, que je puis à peine raconter, sont cruels. Je me réveille en eau. Mes fesses sont en eau. Dans ces moments je le vois qui rejoint une femme qui n'est pas moi et je souffre dans mon rêve. Bien sûr, hors de mon rêve, je souffre aussi. Mais ma douleur est tellement plus cuisante dans mon sommeil. Je souffre d'une façon qu'il n'est pas facile de dire parce qu'à chaque fois la curiosité l'emporte sur ma peine. Je me cache derrière une colonne. Je me dissimule derrière les épines d'un fourré. Je le guette. Je le pourchasse dans les arbres de la forêt, dans les roches, dans des ruelles interminables. J'y suis furieuse, mais aussi affolée. Je l'épie de très loin, à la façon d'une ombre qui s'encastre dans le mur. Je sens le mur sur mon bras. Je sens le salpêtre du mur humide sur mon dos. Comme le fait une chouette en plein jour qui s'encoche dans son écorce et qui sent l'odeur si puissante du chêne où elle se rassure et s'endort. Regardez, il lui a pris le bras, je puis en déduire qu'il me trompe avec elle. C'est sûr. Je pense que cela est sûr car c'est tellement douloureux. Pourquoi ai-je ces images odieuses qui me blessent et me font tant de mal? Et pourquoi suis-je si soupçonneuse, émue, en alerte, défiante, dans ces représentations que j'ai de moi tant d'années après sa mort? Pourquoi reviennent-elles, pourquoi insistent-elles, pourquoi ne cessent-elles de m'alarmer et de me faire battre le cœur? Pourquoi ma propre tête me propose-t-elle des histoires toujours jalouses? Ce sont des enquêtes de commissaires et puis soudain cela devient des chasses à courre. Pire : ce sont pour moi, au réveil, d'épouvantables romans dont je ne puis ni m'expliquer la fièvre, ni vous rendre compte de la malice et de la grossièreté. Est-ce la musique en personne qui vient rechercher mon époux? Les idées si arrêtées qu'il avait sur la musique, qu'il m'avait tant serinées, m'habitent-elles encore? L'allégorie de la musique va-t-elle descendre dans ce monde comme on le voit sur les peintures des peintres? Mais, dans ce cas, pourquoi cette allégorie a-t-elle des seins si beaux et une robe si attirante? Pourquoi le grand corps de mon époux s'éloigne-t-il toujours de moi qui étais pourtant si soucieuse, dès que le soir tombait, de son ardeur, de ses détresses, de sa faim ? Comment faire pour maîtriser ou pour éconduire cette épouvantable sorcellerie et ces cortèges de femmes qui s'offrent si malhonnêtement à son désir ou même qui le provoquent ? Il s'est enfui si absurdement de mes jours en descendant trop rapidement les marches d'un escalier mais, en vérité, je ressens qu'il est vivant et qu'il poursuit une vie qui ne m'a jamais été dédiée et qui se déroule ailleurs. Thullyn, comment se fait-il que les visages des morts s'échappent de la sorte, après la mort, de la mort elle-même, et si longtemps après la mort, et entourés d'un si délicieux parfum, et avec une si invraisemblable fraîcheur ? Qu'une fois quitté l'Enfer, la vase languissante, l'eau morte, les joncs affreux, toutes ces ombres noirâtres, ces tombes désolées et moussues, ces sonates reverdissent, ces chants jaillissent, ces concupiscences se dispersent dans le monde, de façon si désinvolte, si neuve, si cruelle, si féerique ?

— Je ne saurais le dire, répondait Thullyn. Je suis sujette moi aussi à cette présence incompréhensible auprès de moi, si près de moi, de celui que j'ai abandonné un jour.

— Je n'ai jamais connu pour mon compte, dit Mademoiselle de La Guerre, ce monde d'incroyables chimères que vous me faites découvrir. J'ai la chance de ne jamais rêver. Ou du moins j'ai le bonheur de ne pas être exposée à en avoir le souvenir. Cependant vos revenants me paraissent plus extravagants qu'ils ne seraient capables de me terrifier.

— C'est qu'ils sont la plupart du temps pleins de désir. C'est pourquoi ils peuvent paraître au réveil un peu ridicules ou choquants, convint Thullyn.

— Cette poussée est démoniaque, dit Madame Blancheroche.

— Du moins cette poussée ne peut se contrôler, admit Thullyn.

— D'où viennent les rêves ?

— Nul n'en a jamais su la fonction ni le but, affirma tout à coup Mademoiselle de La Guerre.

— Il y a des nuits, au moment où je m'endors, où j'ai peur de ce que mon âme va ourdir au cours de mon sommeil.

— Je n'éprouve pas cette appréhension mais je suppose que j'entretiens une sorte de colère contre moi, et la honte persistante de l'avoir quitté sans un mot d'explication la première fois où je l'ai quitté.

À partir d'un certain âge les femmes appliquent sur leurs lèvres un rouge à lèvres qui salit leur vieillesse.

Elle avait posé le pied sur le banc et découpait ses ongles quand Hanovre vint la trouver.

— Cachez votre fente.

— Il n'y a rien à cacher sur le corps de celle que vous aimez et qui vous aime.

Son visage est tout rose, ravissant. Son accent, lorsqu'elle parle, est délicieux. La jeune femme qui venait d'Irlande plongea sa main dans le broc. Elle ouvrit davantage les cuisses. Avec un peigne de buis elle étirait et elle se mit à coiffer sa touffe. Son buisson était bouclé et presque crêpelé. Elle essuyait doucement le pli bourrelé et dodu de ses parties intimes.

Il la regardait avec stupeur.

— Je n'ai pas d'attirance pour la nudité des femmes, murmura-t-il.

— C'est votre histoire. Mais vous ne voulez pas me la conter. Pour ce qui me concerne, me voilà toute propre. Vous ne vous lavez jamais? demanda-t-elle à son nouvel époux.

— Je me garderais de le faire devant vous.

— Vous pensez que je le mangerais en y mettant un peu d'ail et quelques tranches d'oignons?

— Peut-être. Comment le saurais-je?

— Ou un peu de cèpes découpés en petits morceaux avec une noix de beurre?

— Peut-être. Comment le saurais-je?

— Votre vie est bien étrange.

— Elle n'est pas étrange. Elle a été simplement abîmée quand j'étais petit et je m'en veux d'en être encore inconsolable.

8. La jeunesse amoureuse de Sibylle

Rênes tendues, mors tiré, la princesse cisailla violemment les lèvres de Josepha en sorte qu'elle ne bougeât plus. Elle parvint à immobiliser immédiatement la jument et elle se pétrifia elle-même.

Elles laissèrent passer la file des marcassins et la laie qui n'eurent pas un regard pour elles deux.

Le cheval restait cloué au sol.

Il rechigna à repartir.

La princesse le laissa faire.

La jument préféra se diriger d'elle-même vers l'écurie. Quand elle fut parvenue au château, Sibylle sauta à terre ; Josepha but dans la vasque qui est dans la cour du château ; puis elle s'allongea de tout son long à même le pavé de la cour, au soleil, sans même songer à rejoindre sa paille dans l'écurie.

Visiblement cette rencontre ne lui avait pas plu.

Il est possible que la princesse Sibylle aimât son maître de musique mais elle ne savait pas qu'elle l'aimait. Et comme celui-ci ne témoignait aucun goût pour les femmes de tous les milieux et de toutes les conditions du monde, aucune séduction n'existait entre ces corps qui se retrouvaient avec plaisir mais sans imaginer de plaisir. Elle aime mais elle ne se doute pas une seconde qu'elle aime. S'élevait en elle une ardeur peut-être, mais qui restait si imprécise, qui ne laissait surgir aucune flamme perceptible dans ses jours, qui n'éclairait rien dans sa vie, qui simplement passionnait l'heure où elle étudiait sans qu'elle eût à investiguer plus avant. Elle mettait les états d'euphorie ou de grâce où elle pouvait se trouver sur le compte de la musique qu'elle apprenait auprès de lui depuis son plus jeune âge, puisqu'elle était née à ses côtés, à simplement quatre ans d'écart. Elle obtenait tant de satisfaction de cet apprentissage dès la sortie de son enfance. Peu à peu elle s'était mise à y exceller. Mais à peine était-il là, au château de Mömpelgard, dans la place forte de Héricourt, dans les appartements de Vienne, dans la cité fermée du Vatican, dans le palais de la place Navona, à l'abbaye de Westminster, dans les salons de Paris, dans la grand-salle rue des Bons Enfants, où que ce fût dans le monde, il repartait. Si la princesse éprouvait le regret de ses leçons, le regret de ses conseils, de ses remarques, elle n'imputait pas cette impression ni même cette sorte de chagrinement au défaut de sa présence. Elle jouait ses œuvres, ne jouait à peu près qu'elles, restait auprès de lui sans percevoir ce besoin de lui. Il est vraisemblable que la princesse Sibylle ne distingua jamais avec clarté la source de l'embrasement de certaines heures, pas plus que la cause des langueurs ou des périodes plus ou moins longues d'assombrissement auxquelles elle était confrontée. Sans doute, si elle avait été sur le point de les pressentir, n'aurait-elle pas voulu extraire de ses peines le motif probable qui les provoquait. Elle ne souhaita pas dégager de cette dévotion purement esthétique – de cette pratique scrupuleuse, quotidienne, obsessionnelle, laborieuse à laquelle la virtuosité astreint – la dense intimité qui y était mise à couvert. Il est vrai qu'elle était princesse et qu'elle n'aurait pas eu droit à l'idée même de cette inclination. Il est vrai qu'elle aurait été épouvantée par cet amour si elle l'avait reconnu.

Après s'être exercée au clavecin, elle allait nourrir la jument qu'elle aimait.

À Héricourt il y avait une petite lanterne suspendue au-dessus des stalles tant l'écurie était sombre.

Les chevaux hennissaient doucement en entendant le pas particulier de la princesse trotter et s'approcher. Elle leur parlait. Elle restait auprès d'eux jusqu'à ce qu'ils eussent terminé de mastiquer leur fourrage.

Souvent Josepha l'attendait, assise au fond de son box.

Sibylle, tout sourire, une ou deux carottes à la main, la flattait avec la main, caressait le chanfrein, la belle crinière, la choyait.

Alors Josepha se mettait debout.

Elle mit son cheval au galop. Dehors, elles ne faisaient plus qu'une seule bête splendide et énorme.

Tout à coup Sibylle sentit l'incroyable poussée qui l'emportait.

Elle s'abandonna tout entière à l'incroyable poussée qui montait du fond de ses fesses jusqu'au centre de son ventre et elles entrèrent toutes les deux dans la pénombre de la forêt.

IV

LE CHANT

1. Les Enfers

En 1652 certains villages, en Picardie, périrent entièrement par famine. Puis la moitié de la population des cités disparut par épidémie. On se mit à brûler, à la façon de boucs émissaires, tous les vagabonds qui infectaient l'air. Les Égyptiens brûlèrent. Les sorcières brûlèrent. Les protestants brûlèrent. Les libertins brûlèrent. Les jansénistes, du moins tous ceux qui avaient été exterminés, furent déterrés et on mit leurs os dans des bûchers, le nouveau roi désirant éviter que l'abbaye sainte continuât d'être l'occasion d'un pèlerinage dans les champs qui entouraient le nouveau château qu'il avait conçu en sorte de résider loin de Paris et de se tenir éloigné des émeutes, de s'épargner les cris des tumultes, de se tenir à jamais à distance de toutes les barriques des barricades, de tous les bouchons et les chaînes cadenassées qui barraient la Seine, tout le long de son cours, depuis les moulins de Charenton jusqu'au pont Notre Dame.

À Paris les petits enfants agitaient leurs crécelles pour indiquer où ils se trouvaient dans l'ombre. D'autres venaient avec leurs cerceaux. Ils se rassemblaient quai de Conti dès que la nuit tombait. Les halos vacillants des lanternes découpaient des silhouettes sombres que la faim offrait aux joies les plus brèves. La lune et les étoiles éclairaient des visages, les lèvres qui chuchotaient, les ébauches des joies et des rires des enfants dans les violences des adultes.

Hatten raconta qu'un jour il avait vu deux fillettes qui traînaient un nourrisson étranglé par une ficelle vers le bûcher. Il dut vomir. Il peina à raconter cette histoire parce que les pasteurs affirmaient que la violence des enfants était miraculeuse en ceci qu'elle était pure, au contraire de celle qu'organisaient les cardinaux, les évêques, le pape lui-même.

Mais, affirmait Hatten, les enfants tueurs sont pires que leurs pères soldats.

Et le pire du pire, ajoutait-il, ce sont les mères qui les poussent au combat et les y excitent. Il est vrai que Monsieur Hatten n'avait connu ni son père ni sa mère.

Pour peu qu'il aperçût une fumée au loin qui s'élevait, Monsieur Hatten se cachait. Pour peu qu'il vît dans la nuit sans lune une faible lumière qui errait entre les fûts des arbres, qui inventait des ombres, pour peu qu'il crût voir une flamme qui vacillait sous l'aplomb d'une roche, il descendait de son cheval. Il privilégiait sur toute autre race les chevaux des Ardennes pour leur patience, leur constance, leur taille, leur prudence, leur silence. Il se terrait. Car c'était un homme qui préférait la terre au monde. C'était un homme qui préférait les fructifications de la nature aux valeurs des archevêques et des princes. Comme personne, dans son origine, ne lui avait été fidèle, il ne supposait pas de fidélité chez ses congénères. Partout il cherchait à échapper à l'intrusion de la lumière. Entendait-il une voix humaine qui sonnait dans l'air, au loin, derrière les branches, derrière les murs, il se dissimulait plus avant encore dans l'obscurité de son buisson, au fond de sa nuit. Monsieur Hatten, qui n'était plus croyant, contourna ainsi tous les champs de bataille durant les guerres religieuses. C'est ainsi qu'il réussit à éviter durant trente ans les armées dépenaillées, tonitruantes, vicieuses, de l'empereur Ferdinand, du roi de Suède, du Premier ministre de la France, du souverain d'Espagne qui tuaient et incendiaient. Il n'assista à aucun combat. À aucune escarmouche. Il empruntait rarement une route pavée. Il hésitait devant l'avenue, même ombragée, d'un mail. Jamais il ne s'associa à des convois de commerçants. Jamais il ne s'immisça avec son cheval dans des compagnies de colporteurs. Jamais il n'entrait à l'intérieur des murailles des villes une fois la nuit tombée. Il avançait comme les chauves-souris volent dans le noir, qui ne se fient qu'aux murs vides où elles rebondissent sans émettre de son perceptible. Il attendait que le noir eût envahi la terre. La substance apaisante du noir, qui est tellement plus ancienne que la lumière solaire, dont la nature est uniquement audible, tranquillisait son âme. La nuit était comme le seul souvenir qu'il eût retenu d'une sorte de bonheur à la source de ses jours. Une fois que le noir était là, il faisait d'étranges esses dans l'espace à la façon dont les serpents progressent dans les silex de la montagne. Ou il était comme un chevreuil qui fait hourvari dans la futaie. Il avait toujours accroché à sa selle l'épée dans son fourreau, sur sa gauche, et le pistolet à droite toujours chargé de poudre grise et prêt à être armé. Froberger tua, peu souvent, mais à deux reprises il n'hésita pas. Hatten, lui, ne tua jamais. Voyait-il des hommes s'assembler aux carrefours, aux octrois, il voyait apparaître le visage du mal. Il reculait, il s'écartait de la foule qui s'amassait. Il trouvait un moyen de passer plus loin. Il disait qu'il y a toujours un gué, une traverse, une fissure, au sein des communautés, pour échapper au visage de l'homme.

2. Histoire du frère aîné de Froberger

Un soir, alors qu'il tenait la partie de premier violon, après avoir fait trois heures de musique au dîner du margrave, il s'était rendu aux cuisines pour boire et il s'y était attardé. Ils avaient tous bu et rebu. Ils avaient tous parlé de leur vie, c'est-à-dire ils l'avaient pleurée car la merveille d'une vie, même son horreur, laissent inconsolables.

Quand il revint au petit échafaud de bois couvert d'une indienne jaune qui avait été dressé dans la salle des banquets pour qu'ils pussent jouer et résonner, ses compagnons étaient partis. Il saisit sa boîte de violon sur sa chaise. Il rentra chez lui. Isak Froberger avait alors vingt-neuf ans. Il passa une nuit d'autant plus dense qu'il avait beaucoup bu. Au matin, quand il ouvrit sa boîte pour s'exercer, il découvrit que ce n'était pas son violon qui y était rangé. C'était un violon neuf, dont il reconnut aussitôt que c'était celui de Loriot le jeune, bon musicien qui était normand, et originaire de Caen. Il s'agissait d'un violon de bonne qualité mais qui n'avait rien à voir avec son propre instrument, qui avait été fait par Amati à Vérone, qui valait un tout autre prix, qui lui avait été donné par son père, Basilius, avant sa mort cruelle dans les suffocations lors de la grande épidémie qui avait décimé Stuttgart et emporté dans un second temps sa mère et sa sœur. Basilius l'avait acheté à Steilgleder, qui avait été le maître de Jakob pour l'orgue. Son sang ne fit qu'un tour. Il passa ses vêtements en hâte. Il se rendit chez le Loriot. Il poussa la porte et, poussé par sa fureur, il bouscula les servantes. Il monta à l'étage. Loriot était encore couché et son épouse se trouvait à dormir à ses côtés.

— Rends-moi mon violon, cria Froberger l'aîné en arrachant la couverture.

— Qu'est-ce qui te prend? s'écria Loriot.

Il était tout ébouriffé.

Son épouse réveillée en sursaut à son côté s'était mise à hurler.

— Rends-moi le violon que tu m'as volé.

— Je n'ai pas pris ton violon.

La rage emporta Froberger l'aîné. Il tira du lit le musicien, lequel, bien qu'il fût nu, se mit à le bourrer de coups de poing. L'épouse du Loriot, bien qu'elle fût aussi nue que l'était son époux, levant la guillotine de la fenêtre, criait dans la ruelle pour demander du secours. Les servantes se mêlèrent et s'époumonaient à leur tour, les unes ameutant auprès de la porte, les autres montant à l'étage, d'autres encore barricadant la salle où les enfants dormaient. Froberger prit par les épaules le Loriot et le lança violemment contre le montant de la fenêtre. La vitre explosa, puis le châssis de la fenêtre céda, puis le musicien tomba dans la rue, en contrebas, sur la tête, qui éclata. Froberger l'aîné reprit son violon, descendit, découvrit les voisins qui commençaient à s'assembler autour du cadavre ensanglanté. Ils avaient tous l'air menaçant, les servantes se mirent à glapir en le montrant du doigt, les artisans se baissèrent pour saisir des pierres, il leur tourna le dos, pénétra dans une maison, monta au faîte, se hissa sur les tuiles, gagna de toit en toit la porte de la cité, sauta dans les fossés, parvint à Cologne. Là Isak mit un mot à son frère cadet. Jakob lui envoya immédiatement de l'argent tout en lui recommandant de changer de nom et de détaler sans attendre. Il monta sur un bateau qui allait à Venise et qui, de Venise, accosta à Byzance.

3. Histoire de Marie Aidelle enfant

La pluie battante, la bourrasque avaient entièrement vidé la rue de l'Eure. Ils dormaient. Ils entendirent des coups sourds – au-delà du crépitement de la pluie – qui montaient de la porte de leur hôtel particulier. Soudain, un fracas de porte qui s'effondre les tira de leur lit, les mit tous debout. Les servantes accoururent, dépoitraillées, échevelées. Tous hurlaient ensemble. Trois hommes inconnus, parlant allemand, les visages noircis de fumée, dégoulinants d'eau, s'engouffrèrent dans la chambre des maîtres. L'un portait une torche à la main, les deux autres levaient des bâtons cerclés de fer. Ils frappaient tout ce qui bougeait à la lueur de la torche. Une petite servante aux yeux bleus – aussi bleus que deux sublimes turquoises – se glissa derrière le dais du lit. Elle vit celui qui tenait la torche. Elle dit plus tard que c'était le fils aîné des hommes qui étaient venus de Genève, elle en imita l'accent lourd et traînant, il avait simplement couvert ses joues de graisse noire. Il rouait de coups tous ceux qui s'efforçaient de se défendre de son emportement. C'est un autre Suisse qui avait assommé jusqu'à la mort l'épouse et l'époux qui étaient catholiques de Bayeux, qui pourtant s'étaient mis à genoux sur leur lit parce que c'était la nuit, parce qu'ils avaient peur, parce qu'ils suppliaient, parce que tout à coup ils gémissaient tout bas en sanglotant.

Ce n'était que douleur, hurlements, écoulement de sang, tranchées subites, mauvaises odeurs.

Le plus âgé des hommes faisait des croix avec le sang sur les murs.

Après, longtemps, durant longtemps, ce fut un très profond silence.

Plus tard, les voisins s'étaient insinués entre les portes, à pas de souris, précautionneusement, humainement, furtivement.

Enfin, beaucoup plus tard, sous la pluie de l'aube, les sergents arrivèrent. Ce furent eux qui découvrirent la servante aux yeux si bleus qui tremblait sous l'étoffe du dais et qui n'osait point sortir de sa cache tant elle avait été saisie par l'épouvante : elle demeurait scellée dans le mur, pétrifiée dans le souvenir des violences qui étaient survenues, assourdie par les cris de la mort. Ils lui donnèrent à boire un peu de cidre. Elle était la seule survivante. Elle s'appelait Mariam Abdel. Ils lui donnèrent un peu d'eau-de-vie, ils la caressèrent, ils la rassurèrent.

L'enfant raconta par morceaux, ce qui est le signe de la vérité.

Mais ce qu'elle racontait déplaisait.

Aussi les sergents l'emmenèrent-ils au tribunal de l'hôtel de ville. Elle y trembla encore, elle ne dormait pas, il y faisait froid, elle y était seule. L'apparition de chaque nuit et le bruit de l'averse, quand le soleil se retirait, quand l'ombre progressait, lui causaient de la peur. Elle faisait cauchemar sur cauchemar. Elle était consolée doucement – mais aussi sermonnée – par une sœur religieuse qui venait le matin, qui avait été affectée à son entretien, qui sentait très bon, qui faisait de délicieux gâteaux au beurre, qui étaient recouverts d'une couche de sucre, et qui la poussait à effacer au fond de sa tête ce qu'elle avait vu. On la questionna tous les jours. Tous les jours elle nommait les hommes venus des Alpes, du lac de Genève, avec leurs accents traînants, leurs manières de rustres, leurs façons de riches, leurs ruses de criminels, leurs aplombs de rochers. Elle ne voulait pas en démordre. Embarrassés, les magistrats, précédés par le conseil de la Ville, se rendirent chez les exilés qui étaient au service du cardinal. Toute la famille suisse, rassemblée épaule contre épaule dans la grand-salle, toute vêtue de noir, les hommes comme les dames avec leurs fraises blanches godronnées autour du cou, les reçut avec dignité. Ils avaient pris le deuil de leurs voisins. Non, ils n'étaient pour rien dans ce carnage et dans ces croix sur les murs. Oui, ils avaient renoncé à la guerre sainte qui sévissait dans les cantons. Oui, parfaitement oui, ils étaient indemnes de ce péché que cet enfant leur imputait sans doute avec innocence mais avec injustice. La servante reçut une bourse d'or et une robe. Mariam Abdel fut rebaptisée Marie Aidelle. Elle fut conduite dans une voiture dont on avait rabattu les rideaux de cuir jusqu'à l'évêché de Dinant, où elle fut tour à tour servante puis lavandière dans la Meuse, puis dinandière, puis miniaturiste sur cuivre. Tout se calma. Onze ans passèrent avant qu'elle rencontrât Meaumus le peintre – mais il avait quitté la peinture alors. L'eau-forte qui lui avait été jetée à la figure dans la jalousie avait depuis longtemps rendu son visage informe. Il faut dire que la peau non vivante qui entourait ses yeux rendait son visage étrange.

4. L'abreuvoir de Héricourt

Dans la cour du château de Héricourt, il y avait une auge pleine d'eau pour les chevaux. Une pauvresse l'utilisa pour laver son enfant. La princesse la battit à mort avec sa cravache au retour de la chasse. Quand elle la surprit en train de souiller l'eau de sa jument Josepha, elle ne se contint plus. Elle la cingla jusqu'à ce que la jeune femme tombât sans vie sur le pavé de la cour de la place forte. Le bébé fut confié à l'hospice. La princesse n'en eut pas aussitôt le remords. Mais elle fit de mauvais rêves dans les semaines qui suivirent. Monsieur Froberger disait que c'était Josefa elle-même qui lui en avait fait le reproche nocturne. Deux saisons ne s'étaient pas accomplies qu'elle requit de son aumônier des prières et qu'elle commanda à Maître Froberger une pièce intitulée *Sur la pauvre qui lavait son enfant dans l'auge des chevaux, laquelle se joue sans mesure.*

Frelaure, tel était le nom de la mule qui accompagnait depuis si longtemps Herr Froberger sur le territoire de l'Europe en guerre. Elle portait son bagage. Elle n'était pas récalcitrante, plutôt flegmatique, l'air un peu égaré. Frelaure est un vieux mot de patois de l'Est qui se disait alors pour « perdu ». Frelaure est un mot qu'emploient les Français mais qui vient du verbe « verloren ». On disait d'un homme vagabond que c'était un frelaure quand on ne pouvait espérer le récupérer pour son travail dans aucune ville du monde connu.

Une bête marronnée est un animal qui redevient un fauve.

Un homme perdu est un homme qui se perd parce qu'il n'a plus idée de ce que peut être un chemin.

Un vagabond est celui qui fait son métier de vaguer.

Tous ceux-là allaient dans les roseaux des rivières et la sauvagerie des pauvres. Comme Jakob Froberger lui-même dans ses joies rapides, secouées, rapidement secouées derrière les haies, cachées dans le foin des greniers.

Or, un jour, Frelaure qui était à brouter auprès du musicien, montée sur un talus, glissa sur l'herbe, glissa de plus en plus vite et fut emportée par l'eau du Rhin. Tout le bagage fut englouti.

Ce fut durant les premières guerres religieuses, tandis qu'il était réellement pourchassé par tous les catholiques des Vosges et des Alsaces, que Monsieur Hatten pénétra en hâte dans l'église de Bergheim, sur la Jagst, dans le Württemberg. Il resta quelque temps dans l'ombre, debout, derrière une colonne, pour s'assurer qu'aucun Espagnol ne l'avait suivi.

Il tarda encore, dans cette ombre, derrière le confessionnal et le rideau, pour s'assurer que personne du petit village de Bergheim ne s'était mis à genoux pour prier dans la nef.

Personne ne s'affairait dans la sacristie.

Pur silence.

Alors, furtivement, il contourna la colonne de pierre et monta à la tribune.

Parvenu devant le pédalier de l'orgue, il ôta le vantail.

On est au cœur des guerres et il entre dans le noyau de la musique. Il se glisse sous le buffet et il ramène sur lui le panneau de bois.

C'est là qu'il s'endort.

Il fut réveillé par un tout jeune organiste allemand qui criait contre lui, qui s'appelait Froberger, et un organiste français qui s'appelait Chenogne et qui le bourrait de coups de poing :

— Qui êtes-vous ? Que faites-vous dans mon orgue ?

Herr Hatten se mit à crier plus fort que les deux organistes. Il cria si fort que les coups s'interrompirent. Ils le tirèrent hors du buffet.

— Attendez, parvint-il à dire. Je vais vous dire. J'étais souffleur d'orgue à La Rochelle avant que la population se fût dévorée elle-même et la ville consumée.

Alors Herr Froberger se radoucit.

— Asseyez-vous près de moi. Racontez-moi votre histoire.

Mais Monsieur Chenogne l'avait reconnu.

— C'est Hatten ! C'est Hans Hatten.

— Non, c'est Lambert Hatten, dit Hatten.

5. *Cantio assoluta*

Un jour que Monsieur Hanovre le lyriste se rendait à Mantes son cheval soudain broncha. Il tira sur les rênes. Il tendit l'oreille.

Immobile, dans le silence, il perçut autour d'eux un chant gémissant.

Il alla vers la rive.

L'enfant délicieuse, le cou étranglé et noirci, le ventre plein de sang, les petites parties génitales déchirées, avait été jetée dans un étang. Or, elle vivait encore. Du moins elle respirait encore, entourée de roseaux et de nénuphars. Le petit corps reposait sur les grosses feuilles si épaisses des nénuphars. Sa bouche d'enfant ne geignait plus : son petit torse toussait et suffoquait. Elle s'était agrippée à un amas de branches et de fleurs de sauge. Le musicien lyriste descendit promptement dans l'eau avec son cheval et sortit doucement l'enfant de l'étang. Il rejoignit le sol de la rive. Il l'apaisa en la tenant longtemps contre son cœur, il la coucha délicatement sur la croupe, il la recouvrit de sa grande veste de drap. Il poussa la porte d'une auberge. La femme de l'aubergiste l'aida spontanément, elle sut comment soigner, elle sut comment guérir, elle sut comment nourrir la petite et elle trouva immédiatement de quoi et l'oindre et la vêtir. L'enfant survécut. Hanovre le neveu donna l'argent qu'il avait sur lui et laissa son adresse à Versailles où il jouait désormais de la lyre auprès du roi, espérant appartenir aux musiciens de sa chambre, nourrissant même l'espoir de devenir son musicien attitré en sorte de venger son enfance. Il monta sur son cheval. Elle grandit. Elle vieillit. L'enfant oublia sa peine et son sauveur. Elle devint une jeune fille si belle qu'elle promit sa foi. Ce fut un beau mariage. Le soir, son époux s'approcha d'elle tout heureux et tout désirant. Quand elle découvrit son sexe développé entre ses jambes, elle reconnut quelque chose dont elle n'avait pas le souvenir. Il monta sur elle. Tandis qu'il la pénétrait elle l'étrangla avec ses deux pouces. Plus tard elle dit qu'elle n'avait pas pu faire autrement. Qu'elle s'était soudain souvenue de quelque chose qui s'était passé autrefois. Un dieu s'était emparé de ses mains. Il se trouva qu'on la crut car on avait conservé le souvenir de sa douleur quand elle avait été recueillie à l'auberge et qu'on l'avait nettoyée et pansée et bénie. On envoya un exempt à Versailles afin que Monsieur Hanovre vînt témoigner. Devant elle, à la barre, le lyriste évoqua ce repêchage qu'il avait fait jadis. On ne pouvait faire reproche à cette jeune femme que sa mémoire n'ait pas voulu le retenir. Elle eut l'air plus perdue encore quand elle entendit ce que son sauveur racontait. On la relâcha. Alors elle erra dans la solitude de sa douleur répétée, dans sa douleur parfois affolée. Curieusement elle aima la musique comme son sauveur puisque son sauveur était musicien. Elle mêla ces thèmes à ces images, et peu à peu les roula, les métamorphosa, les amincit. Elle devint un chant. Elle quitta la France. Sa voix bouleversait quand elle s'élevait dans les tribunes des églises. Elle devint assoluta dans la basilique de Sant'Ambrogio à Milan.

6. Les guerres religieuses

Comment créer en période de guerres de religion ? Comment se concentrer dans le silence et la clôture de son âme lorsque tous les jours ouvrés sont plongés dans les cris et l'anomie ? Quand tous les instants du temps prétendument régulés sont contraints par la peur ? Quand toutes les nuits s'enfoncent sans remède dans l'appréhension, tous les rêves dans l'épouvante ? En France, la nuit de la Saint-Barthélemy faisait encore trembler les songes au bout d'un siècle. En Allemagne, en Finlande, la guerre de Trente Ans avait laissé dans les collines, dans les genêts des collines, dans toutes les vignes si bien alignées sur les versants des collines, dans les forêts de pins qui les surmontent, aussi loin que les côtes des îles de la Baltique ou les campements des Samoyèdes, des anciens Saam, une odeur de fumée, d'inhumanité, qui serrait encore la gorge. Comment envisager l'art dans le chaos ?

Ce qui n'est pas sublimé reste toujours aussi intense.

Tel est le sauvage.

Ne pas choisir entre les ruines des ports bombardés par les vaisseaux anglais sur les côtes de France, des ports incendiés de Koszalin, de Kobenhavn, de Burgsvik, de Tallin.

Jusqu'à la mer de Laptev et jusqu'à celle des Tchouktches.

Et plus loin encore, au tournant des huttes de bois de cerf, des îles du Japon ravagées et pillées dans le chant impavide de la mer de Chine, au bord de l'océan Pacifique immense.

Les ports chantent leurs plaintes, leurs Sirènes.

Madame d'Autun, alors qu'elle était âgée d'une trentaine d'années, commanda à Hatten de mettre des mélodies sur un canevas de tragédie de musique dont elle avait eu l'idée, qu'elle exposa oralement devant lui. Elle chanta quelques airs de son invention qui n'étaient pas fabuleux mais l'idée qui en faisait le fond passionna immédiatement Hatten. Les images surgirent. Les enchaînements qu'il imaginait lui plurent. Il les fit sonner sur son archiluth et ses traits ravirent ceux à qui il les montra. Thullyn l'y poussa, elle y engagea toutes ses forces, elle l'aidait à noter les mélodies qui surgissaient soudain, dans le noir, au cours de la nuit, et qui amélioraient et même rendaient ensorcelantes les lignes mélodiques que Madame d'Autun avait indiquées. Thullyn les transposait aussitôt sur sa viole. L'œuvre contait, dans les deux premiers actes, les amours malheureuses d'Écho et de Narcisse sur les bords du fleuve Céphise. Puis elle en répercutait les désespoirs et les souffrances au cours des deux actes suivants dans les mêmes thèmes mais point dans les mêmes mouvements. C'était un opéra de musique continue comme celui de Blow sur Adonis. Madame d'Autun avait simplement repris le texte de Marlowe, dans lequel il était mort si cruellement. La musique de plus en plus ample et de plus en plus libre les répétait en les rapportant aux amours malheureuses de Hérô et de Leander sur les bords de l'Hellespont. Le visage de Narcisse s'ensevelissait dans l'eau comme le visage de Leander y plongeait. C'était le fond de l'eau qui projetait au-dessus d'elle un miroir où les silhouettes et les reflets ne parvenaient pas à se confondre, où les mains et les membres s'éloignaient dans une unique douleur là où ils cherchaient pourtant à se superposer dans la joie. À la fin de ces étreintes impossibles, de ces étranges métamorphoses, Écho devenait une falaise qui éprouvait une sorte de vertige, Hérô devenait une gigantesque épervière de mer qui tournoyait en battant lentement des ailes au-dessus du corps de Leander disloqué sur la grève. Hélas il est possible que devant toutes ces amours, lesquelles se dédoublaient pour ne pas s'unifier, la tête lui tourna. Marlowe n'y parvint pas. Hatten n'y parvint pas. Peut-être la surabondance de ses idées le noya-t-elle dans leur effervescence. Peut-être prit-il peur devant cette contrainte d'une musique continue, cette obligation thématique imposée aux différentes arias, l'ampleur de l'œuvre, devant cette excitation où elle entraînait de plus en plus Thullyn, cette pression aussi que Madame d'Autun cherchait à exercer sur lui en l'enfouissant sous ses improvisations de moins en moins heureuses, ses conseils, son ascendant, son or. Le musicien échoua à dompter les idées musicales qui affleuraient profusément en lui. Soudain elles se mirent à le fuir. Il en fut si vivement déçu, quelques efforts que fît Thullyn, que le projet à proprement parler enthousiasmait et qui dans le même temps cherchait à rendre Hatten plus entreprenant dans le monde des musiciens et plus confiant dans son art. Il est vrai que c'était un poème maladroit, sans mesure, sans ordre, mêlé de mots anglais, encore sans rimes. Il se perdit dans cette marée insaisissable.

Thullyn et Marie Aidelle, au bout de l'Escaut, plongent dans la mer du Nord.

Elles se lancent la tête la première dans les grands rouleaux glacés, de plus en plus élevés, immenses. Les vagues se dressent au-dessus des deux nageuses.

L'une est si pâle et longue.

L'autre si brune, si ample, aux yeux sublimes.

Sur le bord de la mer tout est un peu plus odorant. L'air y est plus épais. Tout est salé sur les lèvres. Tout est gras d'une sorte de suint d'iode qui empoisse les doigts, qui couvre les joues, qui alourdit les seins, qui colle à l'intérieur des cuisses, qui se mêle à la racine des cheveux.

Elle incline la tête un peu vers l'arrière. Elle secoue ses cheveux pour faire tomber les gouttes d'eau. Ses cheveux rejetés en arrière dégagent entièrement la pâleur de son front osseux et mouillé. Elle se renverse en se cambrant afin que ses cheveux retombent et avant qu'elle les torde pour en exprimer l'eau.

Ses seins s'écartent et même s'aplatissent sur son torse alors que tout son corps verse.

On ne voit plus d'elle que son ventre bombé et nu.

Ses cheveux rejetés derrière elle touchent le plancher de la chambre.

Elle sent la chaleur du feu qui touche son front encore humide. Qui passe sur l'arête de son nez. Qui glisse sur ses paupières. Alors Thullyn ouvre ses yeux et, la tête toujours à l'envers, elle voit la scène peinte si minutieusement à l'angle de la toile. Le chasseur essoufflé, épuisé à l'ombre du buisson après avoir couru des heures durant après les fauves. À peine est-il assis qu'il se relève. Trempé de sueur, il se met debout silencieusement, soudain, dans la brise qui s'est créée quand l'aube a commencé.

Dans le silence, il lève son javelot car il entend, derrière lui, dans le fourré, une bête sauvage qui fait craquer les branches.

On voit à peine son beau visage de femme dans les branches.

Alors que celle qu'il aime constate que celui qu'elle aime ne lui est en aucun cas infidèle, elle voit la lance jaillir.

Elle ouvre les yeux simplement, vers ce rien, vers la mort.

7. *Les figures des cartes*

Cela se disait mêler, puis cela se disait couper, pour finir on rassemblait les cartons des cartes et on reposait un petit rectangle de feuilles de papier épais comme un livre sur le tapis de feutre.

David portant ta harpe dans ta tunique d'or, on te retournait.

David, Alexandre, César, Charlemagne, en vérité vous étiez si peu rois tandis qu'on renversait vos bustes sur le tapis vert de la table de jeu.

Minerve, Junon, Rachel, Judith, déesses, martyres, étranges reines, vous n'étiez pas non plus exactement des reines.

Hector, Ogier, Lancelot, Lahire : en aucun cas vous n'étiez des valets, des serfs, des serviteurs, des domestiques.

Mais ces figures durent.

Vous perdurez, sans qu'on en ait toujours, quand on joue, une conscience précise.

Sans qu'on songe, quand on joue, à la mémoire de leur hasard.

Ce fut en 1650, quand les luths disparurent, que les cartiers de Paris fixèrent les traits de vos figures, rappelèrent vos exploits, nommèrent les différents héros des cartes parisiennes, précisèrent les attributs dans vos mains, ou ceints autour de vos hanches, déterminèrent de façon définitive les couleurs de vos tuniques comme celles de vos robes.

On culbutait tous ces visages dont les noms déjà s'oubliaient. On repoussait sa chaise. On quittait la salle de jeu. On tournait le dos à la fumée des flambeaux de suie et aux volutes qui montent des pipes de terre de Givet ou en bois de bruyère de Savoie ou de l'Ain.

Maintenant Hatten l'impie descend vers la rivière. Les yeux lui brûlent encore dans l'aube – et pourtant l'aube qui l'entoure est si rose. L'air et le froid du vent lavent l'iris et la pupille. Il a laissé son gros cheval ardennais à la barrière de la maison du pêcheur de rivière en sorte qu'il puisse repartir sans que personne pût avoir le soupçon du lieu interdit où il se trouverait à jouer durant toute la nuit. Un jour une femme qu'il aimait est partie, sans daigner dire un mot, en direction d'une plage de la mer du Nord qui est située plus loin que les îles de la Frise.

Il ne s'est jamais remis de ce départ invraisemblable.

Devant lui une barque est restée tirée sur l'herbe.

Il entend un bruit d'eau.

Derrière la cloison de bois de l'étable il aperçoit une femme debout, les deux jambes ouvertes, se soulageant au-dessus de la paille. Ayant achevé, elle bombe le ventre et cambre un peu les reins pour s'essuyer avec sa chemise. Il voit combien elle est jeune et belle. Ses fesses sont menues, blanches, rondes. Après ce qu'il a vu, après ce qu'il a eu l'audace de contempler d'elle, il n'ose pas parler fort, héler, appeler, pour se faire connaître d'elle. Il n'ose pas lui demander ne serait-ce qu'un peu de foin d'orge pour son cheval. Il n'ose pas quémander ne serait-ce qu'un peu de lait de chèvre pour boire après tant d'alcool ingurgité durant toute la nuit. Il part de façon furtive. Il s'esbigne dans l'aube qui maintenant est grise. L'atmosphère est toute nuageuse. Il se dirige vers la porte de la cité toute proche, les rênes de son vieux cheval ardennais à la main. C'est la ville de Meaux. Le musicien loue une chambre dans la première auberge, à la première enseigne qu'il voit remuer dans la grand-rue. Cette vision d'une femme qui urine puis qui s'essuie avec un pan de tunique l'a ému. Cette silhouette l'obsède toute la nuit. Il y songe encore irrésistiblement durant la matinée. C'est la première fois qu'il songe à une femme qui n'est plus celle qu'il aimait. Il revient sur le bord de la rivière l'après-midi. Elle se tient assise sur des cageots devant la maison. Elle est occupée dehors à remailler un filet d'épuisette. Il s'assoit près d'elle.

— Je t'ai vue pisser hier, lui dit-il.

— C'est possible. Cela m'arrive plusieurs fois par jour.

V

L'AMOUR

1. Les premiers instants de l'amour

Quand Hatten et Thullyn, après le concert qui fut donné dans la maison municipale, à droite de la grand-place de Brussel, se saisirent leurs mains pour la première fois, quand leurs doigts touchèrent leurs doigts sous la pluie battante, alors qu'ils se trouvaient au débouché de la ruelle qui conduit au puits et au brasseur de malt, quand elle prit soudain ses joues dans ses mains, quand ils se turent, comme ils étaient cloués sur les pavés, ils se regardèrent.

Dans le noir de la nuit, sous l'averse drue – dans le glissement des chants peut-être de toutes les pluies qu'ils avaient entendues et qui ruisselaient dans son âme –, l'amour les entoura.

L'amour – qui n'appartient jamais à un seul corps – prit le temps qu'il fallait pour les entourer.

Pour improviser le silence nécessaire au cœur de la pluie, là où leurs regards se découvrirent.

La pluie mouillait leurs visages comme elle trempait leurs mains assemblées – qui tout à coup s'étreignirent.

Ils ne parlaient plus, ils s'agrippaient déjà.

Il faut peut-être dans la musique, comme il faut peut-être dans l'amour, au moins une sorte de regret. Une nostalgie plus vaste que la joie que le plaisir donne. Un souvenir qui l'anime. Il faut quelque chose qui s'étend au-delà d'elle et qui ne puisse se maîtriser. Quelque chose qui rêve encore dans le sommeil du désir. Quelque chose qui attende au fond du corps. Quelque chose qui continue à espérer même quand tout vient faire défaut – le corps, l'heure, la force, la grâce, l'âge, la peur.

Il faut un orient à ce qui manque.

Dans le chant des oiseaux, c'est facile à trouver, c'est le soleil.

Les oiseaux sont sûrs d'eux dans la leçon qu'ils donnent chaque jour. Ils sont péremptoires. Une interprétation qui ne se tourne pas en improvisation n'est pas de la musique.

C'est l'aube.

Toute l'inimitié qui règne entre la faim de la femme et la soif de l'homme, toute l'envie qui domine les genres et qui façonne les fins, toute la frustration des manques qui relaient eux-mêmes les malheurs des générations, allant d'âge en âge, sans qu'on sache exactement où s'arrêter, ni dans le temps d'avant, ni dans le temps d'après, toute l'hostilité sauvage qui naît spontanément de la différence sexuelle, envie, inimitié, détresse, rivalité, jalousie sont débranchées, tout à coup, tout d'un coup, brusquement, à cet instant où le langage se rompt.

À cet instant où le ciel s'ouvre.

Lors du coup de foudre : l'instant où le ciel se déverse.

Ce brusque éclair au-dessus des corps trempés de pluie se substitue à la violente lumière que découvrit autrefois la naissance. Il défait le premier monde. Il manifeste avec une violence comparable le corps entrouvert d'où on sort en effet par le sexe. C'est pourquoi alors un sexe s'avance. C'est pourquoi alors un sexe s'ouvre.

Tout homme, toute femme, qui met un objet à l'amour, n'aime pas. Tout être humain ou animal qui fixe un but à l'amour, n'aime pas. Qui impose un contenu, n'aime pas. Qui rêve un foyer, une maison, un enfant, de l'or, une récompense, n'aime pas. Qui court après la réputation, l'ascendant social, la voiture, l'honneur, n'aime pas. Qui vise le champion du tournoi, l'intégrité religieuse, la propreté, la délicatesse de la nourriture, l'ordre du lieu, le soin du jardin, n'aime pas. Celui qui prétend s'introduire dans un groupe auquel il n'appartient pas, ne serait-ce qu'atteindre les objectifs les plus sûrs – la mère dans l'homme, le grand-père maternel dans la femme –, n'aime pas. Celui qui recherche la culture, la virtuosité, le courage, l'expérience, la fierté, le savoir, n'aime pas. Dans l'étreinte Dieu et Je sont morts.

Mais quelle folie que de prétendre mettre au jour ce que cache l'ombre de la nuit.

N'y a-t-il pas de la démence à jeter dans la lumière ce que l'immense masse bleue de la nuit préservait?

On ne divulgue pas ce qu'on ose en secret.

Thullyn se disait à elle-même : Quelle âme n'est pas contrainte par la vision du malheur où elle s'est formée quand elle était enfant? Hatten, tu ignorais ce que j'avais vécu avant que j'entoure tes joues avec mes mains sous la pluie. C'est pourtant cet abîme qui me hantait. C'est exactement cela que j'avais rencontré quand mon père mourut dans l'eau glacée du fjord. C'est à cet abîme que je cherchais à t'arracher en prenant les billets pour Londres, alors qu'il n'était que mon abîme.

Si la robe de notre première vie est une ombre, la robe de l'amour est ce voile qui de nouveau la propose. On rêve dans l'odeur que ce dernier recèle. On pleure dans les plis de cette tunique qui peu à peu se trempe de l'amour plus ancien. On rêve dans l'ombre que crée ce drap qu'on soulève chaque soir auprès de la lampe : le corps nu y glisse ses longues pattes blanches et son sexe barbu. On rêve, dans l'odeur que les rideaux de lit, que cette tente qu'ils forment, que ce tabernacle de linges que les couvertures augmentent et concentrent et appesantissent, au bonheur qu'il va abriter, au souvenir qu'aucun mot ne rappelle, à la première tunique de chair dont on fut revêtu avant d'être revêtu. On rêve sans finir dans cette poche d'air que le voile nocturne retient autour des lèvres. Il ne dissimule pas : il protège. Quel curieux nom que ce mot de délivre ! C'est ce bout de drap qu'on tire jusqu'à sa joue, ou bien qu'on hèle doucement jusqu'aux bords de ses narines, ou à mi-distance d'elles, pour que les yeux se ferment, pour plonger dans le sommeil, pour s'endormir.

Alors, plus tard, le rêve surgit au milieu des membres nus qu'il recouvre mais qu'il n'immobilise pas tout à fait en rêvant.

Les pupilles bougent à toute allure sous les paupières.

2. Thullyn au Refuge

Thullyn venait des îles du nord, venait du fond des mers du Nord, du golfe de Botnie. Son père était armateur et capitaine de navire. Elle était montée sur le pont de tous les bateaux de sa flotte, elle connaissait tout du fond de l'extrême Occident, tout de l'arrière-fond de l'Allemagne, du Schleswig-Holstein, des îles de la Frise, de l'île de Gotland. Parmi toutes les horreurs qu'elle avait perçues lors de l'invasion et de la cruauté suédoises, elle n'avait retenu que la musique privée, secrète, la puissance invraisemblable de sa plainte toute neuve. Tout d'abord elle n'en avait perçu que le sentiment tragique, la difficulté et l'effroi. C'était une joueuse de viole qui était renommée dans l'Europe du Nord jusque dans les principaux ports des Russes, jusqu'aux îles de Stockholm au fond du lac Mälar, jusqu'à Viborg au Danemark. Cette femme, qui était belle mais qui était très haute (un mètre quatre-vingt-cinq), qui avait une tête d'oiseau de mer, se serait damnée pour la musique.

C'est ce qu'elle aima spontanément dans la personne de Hatten : il s'était *damné*. Il ne croyait plus en Dieu. Il avait quitté Dieu pour la musique.

Elle s'est rendue à Antwerpen, dans la maison d'Abraham qui était un palais, un grand ermitage en dehors des murailles du port, qu'on appelle le Refuge.

Elle déroule une toile peinte par Monsieur Bonnecroye (il signe indifféremment Bonne Croix ou Bonnecroye) qui sent encore l'huile mêlée au vernis dont elle a été enduite.

Elle la déplie précautionneusement en s'aidant d'un chiffon de laine. Elle ne veut pas la tacher de ses doigts. Elle l'essuie dans le même temps qu'elle la découvre. Elle l'étale tout entière du plat de la main sur la table, contre laquelle est posée la volute et le manche de sa grande viole rouge.

Pour une fois il ne s'agit pas d'une scène de nuit.

D'abord on aperçoit la brume qui couvre une

petite rivière qui coule dans les cailloux. C'est l'été. C'est l'été car tous les arbres, sur la colline bleue, portent des fruits.

On voit exactement comme sous la main du peintre de génie qui est né autrefois dans le village de Vinci la brume qui s'étiole, qui se disperse sur le champ auprès de la rivière et, tout à gauche de la toile, si on plisse les yeux, on remarque une minuscule silhouette d'homme nu et désirant qui court dans la lumière bleue vers le bosquet de saules à l'est de l'étoile qui élève sa sphère d'or au-dessus du monde. Les bras de l'homme sont tendus et veulent étreindre la jeune femme qui s'est baignée et qui sort de l'eau. Maintenant la nymphe, la naïade si luisante, si longue, si nue, si ruisselante, cache avec son bras ses seins tout blancs; elle dissimule avec les doigts de son autre main la broussaille de son sexe sombre. Toute trempée, pétrifiée, elle se tient debout dans l'eau à deux pas de la rive dans la lumière qui maintenant se recolore, dans les lambeaux de la brume nocturne dont le voile peu à peu s'écorche et se défait. Le sexe de l'homme est dressé devant son ventre comme si une branche lui était poussée. Au bout des bras tendus les deux mains ouvertes cherchent à se refermer autour de la longue femme nue, luisante, humide, dont les pieds et les chevilles sont pris dans la boue et la fumée de l'eau. Or, ce n'est pas la naïade qu'il a saisie : il a pris dans ses bras cinq roseaux de marais. Son désir se répand parmi eux tandis que sa main les rassemble et les serre, et tout à coup son souffle, au bord de ses dents, produit un petit chant fragile et ténu et merveilleux parmi tous les joncs légers, de longueur inégale, que sa main presse en croyant enserrer un long corps nu et doux de femme, un sein qui enfle sa joie dans l'ombre, une joue ronde et lisse, un ventre lisse qui se détend et qui palpite, une mousse rêche qui s'entrouvre et qui, peu à peu, bée, qui, peu à peu, s'écoule. Ce dieu qui soupire se nomme Marsyas. Et son soupir s'échange au mot sifflant de « Syrinx » ; il appelle ainsi ce reste de nymphe perdue au bas du corps trempé et envasé, qui longe les rivières, les saules, les aulnes, les trous d'eau, les oseraies. Femme qui a cessé d'être visible. Pauvre roseau qui chante. Étrange tristesse qui naît après la fausse étreinte qu'un rêve a fait naître aux derniers instants de la nuit. Ce n'est plus qu'un doigt creux qui pleure.

3. L'impie

Un jour Monsieur Hatten s'était rendu sur le pont Notre Dame pour acheter un nouveau chapeau. Madame d'Autun disait que c'était chez Monsieur Coûtard que Monsieur Hatten achetait ces splendeurs de feutres, aux étoffes peignées de douces laines chaudes, à l'enseigne de L'Âne rayé. Il tomba nez à nez pour la seconde fois de sa vie avec Thullyn qui marchait dans son grand manteau d'hermine le long du fleuve, se rendant aux vêpres pour écouter Monsieur Couperin à l'orgue. Il se précipita vers elle. Il se fit reconnaître d'elle malgré son chapeau de loutre, ils ne se quittèrent plus durant neuf mois. Ce n'était pas comme s'ils ne s'étaient jamais connus, mais c'était comme s'ils étaient redescendus tous deux au cœur du monde de la nature sauvage. Comme s'ils avaient de nouveau sauté dans l'autre monde mais, cette fois, à partir de l'origine, c'est-à-dire pour toujours.

Alors, sur la rive de la Seine, dans l'air si clair et si pâle de Paris, Thullyn fit le geste que toutes les femmes qui aiment font. Elle toucha sa main avec ses doigts.

Soudain sa peau, et la chair sous la peau, s'éveillèrent.

Il l'enlaça.

Son genou a touché son genou.

Son doigt, tandis qu'il parle, a touché la lèvre que maintenant elle regarde et qu'elle n'écoute plus. Elle approche sa propre bouche. La lèvre est baisée doucement. Elle y pose un petit bout de langue humide. Le doigt est serré très fort dans ses doigts. Tout est commencé pour l'autre de l'autre car l'autre de l'autre est plus infini que soi et tellement plus inconnu que chaque âme dans sa propre résonance.

Le pouce quitte le bout de sein qui est devenu si épais et si dur. Comme cette femme si haute est digne dans le désir. Dans l'air pur et le silence, comme elle est belle.

Tellement plus émouvante que la découverte anxieuse, ou réservée, ou timide, d'un corps dont on ignore tout, est la joie de voir réapparaître le corps que l'on connaît par cœur et que l'on aime.

Le bonheur de le retrouver semblable, odorant de la même odeur incomparable, irrésistible, vivant, chaud, confiant, sublime.

L'euphorie de le reconnaître si unique.

L'extase de s'y lover.

C'est par là, peut-être, que la musique et l'amour se joignent.

La musique ne parle ni elle ne signifie. Elle crypte et elle retrouve.

Elle ressuscite le perdu au fond de l'ombre du crâne.

Elle revient en arrière et s'élance, elle regagne, mouvement par mouvement, lentement, et brusquement rapide, tout ce qui a ému.

On aime tellement courir soudain sur le bord de la mer en sorte de se plonger dans les bras de celle qu'on aime.

La musique comme reconnaissance folle, extraordinairement émouvante. Comme retrouvaille bouleversante avec ce qu'on n'attendait plus de récupérer du monde d'avant le monde.

Jamais ils n'évoquèrent entre eux la rupture qui avait ouvert un tel abîme sous leurs pieds autrefois.

De nouveau ils s'arrachent aux proches et aux obligations du monde comme au premier jour où ils s'étaient vus, jadis, sur la grand-place flamande, sous l'averse, au bout de la ruelle du brasseur de malt. La première auberge où ils se sont de nouveau étreints était une nouvelle fois si rebutante dans la minceur de ses cloisons – dans l'écho exubérant de son remue-ménage – qu'ils l'ont quittée avant que l'aube paraisse. De nouveau ils recourent à la mer pour s'y laver, pour s'y étreindre. De nouveau ils gagnent la mer du Nord à Blankenberge. Chez Thullyn c'est un réflexe. Voit-elle l'océan qu'elle plonge. Ils courent, ils s'enlacent, ils s'attardent, ils foncent dans le vent. Ils vont d'auberge en auberge sans cesse en direction de l'embrun, luttant contre l'embrun qui trempe leurs visages sous la force du vent, fonçant vers la source des rafales qui décomposent son chignon et qui échevellent ses cheveux. Ils s'élancent sans cesse en direction de la mer de son enfance et du cercle des aurores sans qu'ils s'installent longtemps où que ce soit. Les amoureux sont véritablement seuls au monde qui se soustrait de lui-même à leurs regards. Les villes, les maîtres, les amis, l'époque, les pères, les mères, les rois, les reines, les valets, les héros, les dieux s'éloignent, s'émiettent, s'anéantissent autour d'eux dès l'instant où ils ont aperçu la peau de l'autre corps et qu'ils ont senti l'odeur du cou ou de l'épaule où ils enfoncent et scellent leurs visages. Ils s'éloignent autant qu'il est possible de toutes les autres femmes et de tous les autres hommes. Leur égoïsme est une splendeur. L'enclos de leurs mains, leur barricadage, leur intimité, leur invulnérable bonheur, tel est le trésor qu'ils ont trouvé dans ce monde et qu'ils gardent jalousement. Au milieu de leur corps c'est la source qu'ils protègent. Quand ils quittent la chambre qu'ils ont louée, quand ils quittent l'appartement qui les a accueillis, ils marchent la main dans la main pendant des heures le long de l'estran, le front trempé, leurs paupières mouillées, dans le vacarme de l'océan qui monte de nouveau, dans le vent qui redésordonne leurs écharpes, qui balaie leurs souvenirs. C'est un enchantement qui n'est pas imperméable à l'univers qui les englobe ni à la nature qui les entoure : il n'est allergique qu'à quelque tiers que ce soit qui se mêlerait de détacher ces deux corps différents qui s'essaient à fusionner tout à coup. Ils sautent dans plus ancien qu'eux-mêmes. Cet enchantement n'est rétif qu'au monde humain, à ses religions, à ses temples, à ses langues, à ses exterminations, à ses croisades.

4. La tuorbe

Hatten était luthiste. À la vérité sa formation était celle d'un organiste mais il se servait d'un théorbe pour composer. Il venait de Suisse ; il avait passé son enfance sur le bord de l'Ill, à Mulhouse. Pourtant il disait « tuorbe » comme en Italie. Thullyn disait un archiluth. À Rome, du moins dans la cité du Vatican, une tiorba désignait le double luth, à deux manches, à deux chevilliers. On l'avait sobriquetté d'abord Hatten le réformé puis on avait dit Hatten l'impie. Il n'était qu'écœuré. Certains disaient Hans, d'autres, Nathan, d'autres Lambert. Il n'était qu'un sillage de tristesse qui ne connaît pas le bateau devant lui. Il était comme une fumée qui a quitté sa braise : elle est comme égarée. Par moments elle vole, toute plate, placide. À d'autres moments elle fuse, furieuse, entortillée, tourbillonnante. Mais le plus souvent, dans l'air qui est retombé, c'est un mouvement fragile qui est comme une onde mouvante. C'est une lente sarabande sinueuse, si friable, si susceptible. La famille qui l'avait recueilli était originaire de Saxe, installée entre l'Ill et la Doller. Puis elle l'avait rejeté comme renégat. Son vice ne consistait pas, dans sa révolte, à refuser de nommer Dieu – ce qui ne représentait pas un danger considérable –, mais il s'était mis dans la tête de ne jamais se rendre aux offices ; de ne pas respecter les interdits de gras ; de ne pas observer le carême ; de ne pas communier à Pâques ; de ne pas se signer aux passages des morts. Il désirait oublier tout rite de ferveur commune. Il se fit de plus en plus farouche. Il devint comme ces petits rapaces qui détestent la lumière, qui tournent le dos au jour dans les ruines et qu'on nomme effraies. Effraies non pas parce qu'elles sont effrayantes – effraies parce qu'elles sont effrayées par le rayonnement solaire et les cris des humains. Elles ont des yeux immenses.

Il en avait les longues joues duveteuses, la peau ou bien l'étoffe blonde, les soies si soyeuses et presque blanches. C'était un copiste si exceptionnel que tous les musiciens, de quelque tribu, ou nation religieuse, de quelque langue qu'ils fussent, sur tout le territoire de l'Europe, le protégeaient comme une pierre précieuse inestimable. Ce fut peut-être le plus savant des harmonistes du monde baroque. Tous dissimulaient son athéisme mais lui pas. Il composa peu. Il ne publia pas. Ses mélodies étaient faites sur un modèle si particulier qu'on les reconnaissait aussitôt et qu'on ne manquait jamais de pleurer la deuxième ou la troisième fois où on les entendait pour peu qu'on les eût étudiées. Thullyn les mettait plus haut que tout. Et au-dessus de ce haut elle mettait le prélude en fa dièze majeur. Elle en avait tiré une transposition pour deux violes que, elle, elle avait publiée. La princesse Sibylle plaçait ses compositions juste au-dessous des suites et des tombeaux de Froberger mais juste au-dessus des pièces de Frescobaldi et de Louis Couperin. Anna Bergeroti ne les appréciait pas. Si virtuose qu'elle fût, elle l'était moins que la princesse Sibylle. Il est vrai surtout que leur abord était plus que difficile, et leurs armures étaient inexprimables. Il usait de toutes les clés sans qu'il y eût de raison. Il cryptait plus qu'il n'écrivait. Les variations, si on songeait au lieu où elles menaient, étaient, à première lecture, non pas simplement audacieuses, mais abstruses. Elles conduisaient à d'étranges plages de silence et non pas à des fins. C'étaient des compositions qu'il fallait lire même si leur apparence était presque hiéroglyphique. C'étaient des chants qu'il fallait y trouver en fouillant, en creusant, avant de les ressusciter en les mémorisant. Aussi les seigneurs, les bourgeois amateurs, le clergé, les sociétés de musique ne faisaient appel à lui que pour la netteté de ses copies, que pour le dessin des ornements qui les ouvraient, que pour les harmonisations qu'il y ajoutait, que pour la beauté ornementale de ses fins de portée, c'est tout.

On racontait mille légendes sur la vie de ce maître abscons, ce long corps maigre, affable mais fuyant, déroutant, toujours des hauts-de-chausse noirs et des brandebourgs bleus, si poli, si insaisissable. Il est sûr qu'il quitta pour finir Thullyn – qu'il s'enfuit, s'émancipant brusquement des conseils que la jeune artiste suédoise, en vérité finlandaise, prétendait lui donner pour confirmer sa gloire auprès des autres musiciens. Ce fut Monsieur Huygens qui envoya Monsieur Hatten à Montbéliard, à la cour des Württemberg. C'est là que Froberger le retrouva. Ce fut la princesse Sibyla qui le recommanda à la cour de l'empire. C'est à Vienne, même si plus de quinze ans les séparaient, que Hatten et le jeune Froberger nouèrent une affection et même une dévotion réciproques. Même si leurs arts étaient différents. Et même si, à certains égards, leurs valeurs et leurs goûts étaient inconciliables, ils s'admiraient absolument. Indépendamment aussi de leurs croyances. Froberger avait été réformé mais ne l'était plus. À la suite de la grande peste, Monsieur

Froberger s'était précipité à Rome. Il s'était converti au catholicisme après la mort de la plupart des siens dans l'épidémie avec la même passion, avec la même résolution que Monsieur Hatten avait mises à quitter toute religion devant le spectacle des guerres civiles.

Messieurs Froberger, Kapsberger, Kircher, Hatten traversent le nouveau château de Montbéliard. Le prince et la princesse de Württemberg les précèdent. Ils se rendent dans la grande galerie que Leopold Friedrich vient de faire vitrer. Il la leur montre. Il leur explique qu'il avait pensé qu'il était nécessaire de l'abriter de la pluie et du vent en sorte de protéger ses peintures.

C'est ainsi qu'il avait conçu ce long couloir couvert à la façon des Italiens, à la façon du roi des Français dans la haute futaie de Fontainebleau.

L'aurore commence.

Le soleil se lève au loin.

Ils admirent son éblouissement sur l'horizon. Puis ils admirent les peintures. Ils admirent les premiers rayons qui touchent le vernis des peintures, qui se répercutent sur les lames d'or des cadres.

Puis le prince les salua. Il rejoignit la salle d'armes où ses hommes l'attendaient dans l'obscurité, au bas de la demeure princière, dans la fin d'égorger dans la journée quelques papistes, quelques Espagnols, quelques Français, quelques Maures.

Seul le feu qui rougeoyait dans l'âtre de la salle

éclairait leurs yeux et les armes qui pendaient à leurs flancs.

Ils invoquèrent Dieu. Ils renouvelèrent les serments. Ils passèrent par la chapelle en s'agenouillant et en se signant tour à tour.

Ils traversèrent la cour couverte de grésil.

Ils se rendirent aux écuries alors que la nuit se défaisait entièrement dans les stalles.

Monsieur Hatten, comme il avait été blessé par les jugements qu'on portait sur lui, ne montrait plus depuis longtemps – depuis le début des années 1630 – ni ses préludes, ni ses sarabandes et ses graves. Sa réputation était celle d'un musicien qui lisait admirablement les œuvres des autres mais dont le caractère était difficile. On le faisait venir. Avec lui, on prenait des pincettes comme on fait pour les braises dans les cheminées ou les fours. Il interprétait les œuvres des compositeurs plus jeunes avec une extraordinaire puissance. Il y joignait une grâce mélodique qui n'était qu'à lui. Alors on ne disait pas interpréter mais lire. Il lisait, il prononçait la musique des amis. Tous les musiciens sans qu'il y eût d'exception estimaient que Monsieur Hatten en rendait mieux le sentiment avec son archiluth que personne d'autre, même sous la forme d'un concert instrumental, même en faisant appel à tous les jeux de l'orgue. Surtout, il savait donner jour à l'afflux qui doit porter chaque air : il le projetait dans le vide que chaque œuvre authentique vient ouvrir devant elle. Même leurs propres auteurs découvraient ce qu'ils avaient composé à cause de la direction unique du mouvement qu'il ajoutait à l'œuvre parce qu'il l'y avait décelée. Parfois il imaginait cet élan et il le lui prêtait. Parfois il se limitait à le suggérer. Il l'insinuait subrepticement dans la partition qu'il était en train de déchiffrer. Il ramenait de l'autre monde cet incroyable mouvement d'avancer, ce mystérieux andante qui fait le chant secret de chaque œuvre de musique. C'est cette amplification immédiate, animée, animale, animante, aimante, qui éblouit Thullyn quand elle l'entendit pour la première fois, d'abord à Kiel, sur le bord de la Baltique, puis à Antwerpen. Elle le suivit partout durant trois années avant que leur amour naisse. C'était une musicienne elle aussi extraordinairement puissante, une grande vigueur d'archet, incroyablement vivante. Bonne harmoniste elle-même, elle transposait tout ce qu'on lui proposait avec génie. De nombreuses partitions du XVIIe siècle germaniques, flamandes, italiennes, anglaises, françaises, ont été conservées grâce à la main d'Hatten de Mulhouse. L'unique copie des œuvres qui sont restées de Monsieur de Sainte Colombe est de sa main. Elles furent notées à Paris, de mémoire, après qu'il les avait eu entendues dans la maison de la Bièvre. Il vécut seul, il travaillait seul, dans une chambre seule, même quand il voyagea avec Froberger, même quand il accompagna Thullyn. Il se retira soudain au-dessus de Bern après la mort de l'empereur Ferdinand ou, plus exactement, juste au lendemain du décès de son père. Il composait à la dérobée mais ne voulait rien montrer. La jeune Thullyn à la fin de son adolescence chantait délicieusement mais elle-même ne parvint pas à chanter en public : aussi se servit-elle de la viole pour se protéger de l'auditoire et en sorte de chanter quand même, faisant vibrer une corde au bout de son archet. L'un et l'autre ils auraient dû s'entendre mais ils s'aimèrent. Ils préférèrent s'aimer à s'entendre. Sans doute eurent-ils raison. Mais eurent-ils raison ? Ils vécurent ensemble deux fois neuf mois, parfaitement heureux. Ils auraient dû vivre ensemble toujours. Il travaillait énormément.

VI

LA MER DE MARMARA

1. La main de cartes

Monsieur Froberger pouvait passer des heures devant ses cartes. Il pouvait passer des heures à lancer des petits dés d'ivoire taillés sur le tapis de jeu. Il pouvait passer des heures sans parler, sans bouger, sans uriner, sans cligner des yeux, sans frémir, sans marquer la moindre impatience, en attendant un signe de la chance. Il passa sa vie à guetter un événement qu'il ne pouvait pas prévoir mais qui bouleverserait tout, qui irradierait les heures, qui confirmerait tous les désirs qui l'obsédaient, lesquels aboutissaient si rarement à quoi que ce soit dans le réel des jours. Le jeu offre cet espace et, à chaque distribution d'une main de cartes, il fait renaître cet espoir. Ce n'est pas exactement une prière : c'est une attente à l'état pur. Froberger était extraordinairement superstitieux. On appelle ces heures immobiles des patiences. Ou encore on les nomme des solitaires. Des heures sans même manger alors qu'il était d'ordinaire gros mangeur. Pendant tout le temps du jeu, cette statue du dieu Héraklès se tenait le dos droit, à l'antique, en tension, mâchoires mâchées, œil rond d'oiseau rapace un peu exorbité, organiste aux mains soudain non plus habiles ou véloces, mais regroupées et engourdies comme des serres plus habituées aux branches qu'aux flots, aux arêtes des roches les plus hautes qu'au sable des dunes. Le front parfaitement bombé et presque obtus, à l'affût, impénétrable. Comme une sorte de milan ou plus précisément de vautour laissant ses grandes ailes articulées à demi ouvertes. Puis, sur le tapis verdâtre de la table, après avoir joué, il retournait ses mains longues et blanches comme des coques ouvertes et vides. Le musicien de la cour de Vienne jouant aux cartes dans le réfectoire du château de Héricourt ressemblait comme deux gouttes d'eau aux silhouettes qui font leur offrande sur les fresques de l'Égypte que le hasard, les mouvements des sables, la passion de l'Antiquité, l'excitation des explorations lointaines, commençaient de déterrer des alluvions qui longeaient le beau fleuve du Nil. Les jeux qu'il préférait étaient l'écarté et le reversis. Il joua à Wien, quand il y était maître de chapelle, deux jours et deux nuits de suite avec Christof Hermann de Rosswurm et Pompeo Frangipani, seigneur italien qui a laissé son nom à une délicieuse crème aux amandes.

Quel être peut présumer de ce qu'il laisse en ce monde après qu'il l'a quitté ?

Et que laisse le jour, chaque jour, en se retirant, qui se perçoive encore ?

Tout le temps qu'on vit, quoi qu'on accumule, quoi qu'on confesse ou qu'on prétende avouer, on ignore la nature, le corps, et même la démarche qu'on a, en vérité, présentés au jour.

De toutes les manières qu'on s'y prenne, quoi qu'on espère du mouvement de sa vie, on en méconnaît l'orient. La fin ne le découvre même pas alors qu'elle s'éteint.

Ce hasard est un secret inobservable.

Et c'est peut-être une chose merveilleuse que tout ce qui a fait le fond de l'existence lui soit si dérobé.

Chaque âme est à elle-même inconnue.

On n'a aucune idée de la femme, ou des deux femmes, ou des trois femmes que Monsieur Frangipani aima au cours de sa vie, ni de ce qu'il souffrit auprès d'elles, tandis qu'il les aimait.

On ne sait rien de ce que fut son plus extrême bonheur.

On ne se souvient que de cette pâte mi-sucrée mi-amère qui colle sous la dent, où se cache la fève qui fait, ou ne fait pas, le roi.

Lorsqu'il étudia la musique dans la cité de Rome auprès de Monsieur Frescobaldi, le jeune Johann Jakob Froberger, un jour, alors qu'il se rendait au palais d'ambassade d'Athanasius Kircher, rencontra, dans la lumière d'or de l'aurore, un peintre français, qui s'appelait Monsieur Nicolas Poussin, alors qu'il était à sa promenade du matin. À la fin de la nuit, avant que le soleil fût entièrement levé, avant que l'atelier fût empli de la clarté nécessaire, avant que ses assistants fussent à pied d'œuvre, avant qu'il pût s'appliquer de nouveau à la composition de ses toiles, le peintre s'était fait une coutume d'aller marcher dans les décombres de l'ancien forum. Il y allait pour laver ses poumons qui étaient fragiles et que les odeurs des essences et des huiles dégradaient. Puis il y allait aussi pour respirer quelque chose de plus ancien dans le temps, dans l'Histoire, et qui y avait laissé de belles usures, d'étranges couleurs, des formes merveilleuses, des vers délicieux, des légendes sublimes. Outre cela il ramassait des petites mousses, ou des champignons, des petits roses, qu'il mettait dans son chapeau, et qui iraient dans l'omelette. Il y mêlait encore des fleurs pour l'atelier, ou pour son épouse dans la chambre, ou simplement pour les disposer sur la table de la cuisine, s'il en apercevait de ravissantes ou d'exquises au bout de ses souliers. Quand il était né en Normandie, où il ne revint jamais, alors que c'était le moment le plus furieux des guerres de religion, son père servait comme capitaine. Grand et féroce et ambitieux et habile et ladre capitaine. Un peu comme le père de Monsieur Pascal qui multipliait les bûchers et dont l'âme s'émerveillait des cris de la souffrance comme autant de clameurs secourables et de supplications de la piété. Le père de Monsieur Poussin avait été un grand pilleur de protestants. Il s'était enrichi pour la grâce de Dieu, dans la faveur de Rome, dans les mèches déroulées, les tonnelets de poudre, les boulets, le tonnerre. Son fils unique, dans le silence démuni qui est propre à l'enfance, qui résulte essentiellement de l'ignorance de l'âme, de la faiblesse du corps, de la peur des plus grands, de la dispersion ahurissante des circonstances, fut un enfant qui avait poussé dans les décombres que les troupes de son père avaient abandonnés derrière elles. Un enfant éberlué par la vision des morts immobiles, des enfants écrasés, des chevaux éventrés, des pierres éboulées dans leur silence. C'est le seul peintre français d'alors qui aimât le latin, la langue des morts et aussi celle des Anciens – le seul peintre qui ait lu tout son Virgile, qui ait su par cœur toutes les mutations que les *Métamorphoses* engrangent, qui ait connu dans leur source latine toutes les anecdotes terribles de la *Légende d'or.* Jadis aussi, Virgile, à Fiésole, aux tout derniers instants de la République romaine, fut lui-même un enfant des ruines, sa famille ayant été expropriée de la maison natale par des soldats vétérans. Poussin, aux Andelys, Virgile, à Fiésole, avaient levé les yeux sur les mêmes visages cupides et violents. C'étaient les mêmes expropriateurs. Ç'avaient été les mêmes vandalismes, les mêmes déroutes, les mêmes mœurs affolées, les mêmes gémissements dans les fossés. Ce furent les mêmes destins. Jamais Virgile n'accepta de s'installer dans la Ville où Auguste agrandissait ses palais. Jamais Poussin ne se résolut à se domicilier à l'intérieur des murs de la capitale de la France. Si le peintre avait finalement opté pour Rome c'est que l'ancienne capitale de l'Empire romain et de la chrétienté catholique était devenue un village étrange et tiède sur la rive du temps.

Se rendre à Rome c'était quitter des ruines récentes, normandes, mouillées, transies de froid, sentant la suie et la pomme sure, pour des ruines antiques remplies de fleurs vivaces et de boutons de menthe bleue et de corymbes de sureau inondés par l'étoile du soleil.

2. *Les montagnes*

Butte Montmartre, Buttes Chaumont, Butte rouge, colline de Chaillot, montagne Sainte-Geneviève, on aurait pu croire que la capitale de la France, c'étaient les Alpes.

Monsieur de Sainte Colombe : Quand je me rendais à Paris dans les années 1640, j'allais regarder les canards descendre et se poser sur les marais de Paris auprès de la vieille bastille où Monsieur de Saint Évremond et Monsieur de La Rochefoucauld avaient tous les deux été tyranniquement enfermés. Monsieur Morin m'accompagnait. Que c'était beau, ces osiers mêlés de brume. Ces craquements des oiseaux. Ces fûts de lumière dans les arbres. Que cela sentait bon. Nos bottes étaient trempées. Un matin, Monsieur Baugin et Monsieur Bonne Croix se levèrent avant l'aube pour venir avec nous et noter des esquisses de voleries dans leurs carnets de peinture.

Un jour que Thullyn demeurée seule et devenue heureuse, revenue des rives de la Bièvre où elle était allée saluer son maître, s'était rendue simplement pour errer dans les jardins et les bosquets magnifiques qui prolongent et entourent le nouveau palais de Versailles, où Madame Blancheroche avait pris résidence, ayant quitté la rue des Bons Enfants, elle apprit que Hanovre était mort alors qu'il avait été nommé en personne à la chambre du roi pour y tenir la lyre à son lever. Hanovre le neveu n'avait obtenu, enfin, la place qu'il avait tellement rêvé d'occuper que pour la céder à un autre. Il en avait appris la nouvelle, il en avait été heureux, il était allé boire, il avait pris froid, il était mort. Au moins en avait-il éprouvé la joie. Cela avait eu lieu dix semaines plus tôt au moment des grands froids qui l'avaient emporté.

3. Vie de Hanovre

Ce fut dans le mois de novembre 1647 que le chirurgien de Montbéliard fut consulté par Monsieur Froberger au sujet d'un de ses élèves qui avait été blessé dans la forêt de Danne par des soldats. Plus précisément il avait reçu plusieurs coups d'épée dans le ventre à la suite d'une partie de pharaon. Il s'appelait Hanovre le neveu et il avait vingt-quatre ans. Il était originaire de la cité de Paris. Il était le neveu d'un luthiste qui avait été célèbre du temps de Monsieur Gaultier et de Monsieur de Chambré. Le jeune musicien était assis sur une banquette de velours, les hauts-de-chausse baissés, tout blanc. Le chirurgien, penché en avant, recousait la plaie qui s'était ouverte à son flanc. Monsieur Froberger tenait la main de ce jeune homme qui cherchait à feindre de ne pas souffrir. Il était pâle. Son sexe était beau comme une minuscule tulipe blanche. Le maître et le disciple, quand il fut guéri et rasséréné, s'aimèrent sept mois d'affilée. En 1653 Hanovre le neveu quitta le Havre de Grâce dans un chalut pour se rendre en Angleterre où il apprit la lyre. On le voit monter sur la planche du bateau et on perd sa trace durant quatre années. Il fut follement amoureux d'un Autrichien qui avait vingt ans de moins que lui quand il rejoignit le sol français par la mer, dans la cité de Saint-Malo.

Deux ans avant qu'il fût nommé et qu'il mourût, quand il fut de retour à Paris, Hanovre le lyriste découvrit la tombe de son oncle (Hanovre le vieux, qui était le luthiste ami de Monsieur de Chambré) dévastée. Quand il se rendit le lendemain au cimetière avec le marbrier pour voir comment raccommoder le monument, il rencontra une femme veuve dont la tombe du mari, elle aussi, avait été dévastée durant la nuit. Elle était en larmes sous son voile noir. Le cercueil avait été rompu, les ferrures et les croix dérobées. Elle était originaire d'Irlande. Elle avait un long cou sinueux. Elle était petite mais belle, les joues toutes roses. Elle parlait de façon maladroite le français mais ils avaient tenu leur conversation en anglais car il avait l'usage de cette langue et qu'il éprouvait du plaisir à l'employer. Il se rendit avec elle chez le magistrat. Elle ôta son voile de veuve pour parler. La peau de la jeune femme était réellement rose pâle, rose translucide, avec deux ou trois taches de rousseur sur le visage, dont une sur une narine. Elle portait une belle blouse vert foncé boutonnée jusqu'au cou.

— Qui a osé faire cela ?

— Quelqu'un qui ne l'aimait pas.

Comme ils se trouvaient sur l'île de la cité pour faire leur déposition chez le commissaire, ils se rendirent en sortant chez Monsieur Pardoux le luthier, qui était un ami de Hanovre. Toinette les reçut seule et ils lui racontèrent leurs histoires. Hanovre traduisait quand l'une ou l'autre peinait à comprendre. L'atelier était mystérieusement vide. Monsieur Hanovre ne fit pas de remarque. L'air de Madame Pardoux ne l'y engageait pas. Elle offrit de la soupe à la jeune veuve d'Irlande. Madame Pardoux dit :

— Il y a quelqu'un qui était jaloux et qu'il vous faut surprendre.

Aussi allèrent-ils veiller à tour de rôle dans le cimetière.

Une nuit, à l'heure où ils échangeaient leur quart, les mains de la jeune femme d'Irlande s'égarèrent dans l'obscurité. Ils tentèrent de passer toute la nuit ensemble. Il en ressortit perplexe.

— Je comprends pourquoi j'ai préféré jusqu'ici les hommes, lui dit-il, quand il s'agissait de prendre un peu de volupté. Je ne savais pas que la jouissance des femmes était si mouillée. Notre origine est horriblement liquide. La façon qu'ont les femmes d'exprimer leur joie a quelque chose de torrentueux. Leur sexe est une sorte de boue où on s'enfonce.

Il se reprit aussitôt. Il expliqua à la jeune veuve avec laquelle il avait passé la nuit que ce n'était pas la beauté de son corps ni son tour d'esprit qui motivaient sa réticence, car il aimait sa compagnie, sa beauté, sa voix, ses yeux, son caractère et jusqu'à la beauté de la langue qu'elle parlait, jusqu'à l'accent qu'elle donnait à tout, mais son sexe. Il lui fallait faire la distinction entre le genre, qui l'attirait, qui l'émouvait, et le sexe, qu'il fuyait. Il lui avoua que ses goûts avaient toujours été martiaux et qu'il avait toujours marqué une prédilection, jusqu'à cette nuit, pour la main ferme, resserrée, assurée et prompte d'un être fait comme il était fait. Elle fit une moue où il vit qu'il y avait plus de dégoût que de pitié. Il y avait même quelque chose qui était plein de colère dans ses yeux. Il le perçut et il lui représenta que les hommes entre eux entendaient mieux les précipitations et les raccourcis de leurs joies. La jeune femme fut alors consternée. Monsieur Hanovre s'embarrassait dans ses raisonnements.

— Montrons-nous ensemble autant que vous voudrez dans le monde mais ne partageons rien d'intime dans l'obscurité.

Or, cette jeune femme venue d'Irlande, dont la couleur rose, l'humour, la langue, la fierté étaient si singuliers, s'était éprise de lui. Elle ne se contenta pas de cette réponse. Non seulement elle le poursuivit de son amour mais elle lui confia bien pire.

— Je ressens de la honte. Il me faut vous avouer quelque chose. Je vous ai affreusement trompé. À la vérité c'est moi qui dévastais nos deux tombes quand je vous vis, dans l'espoir de m'unir à vous, tant je me trouvais seule dans cette tristesse ou plutôt cette langueur qui a suivi la mort de celui qui était mon mari. Cette solitude était insupportable.

Mais dès qu'il voyait auprès de la chandelle des cheveux longs tomber sur des épaules, dès qu'il entendait une robe se défaire et bruire en s'affaissant sur le plancher de la chambre, il voyait dans son imagination une sorte de trou d'eau informe où tout son corps perdait consistance et s'engloutissait. Ce malaise le laissait en retrait, et ni l'un ni l'autre ne comprenaient que cette prévention lui fût si insurmontable. Il aimait sa présence auprès de lui, il appréciait sa conversation et le chant d'étrangeté qui se mêlait à sa voix, il aimait son odeur, sa tendresse, mais il se gardait de monter dans son lit la nuit tant il craignait de disparaître au fond du monde. La jeune Irlandaise eut soudain l'idée de composer un personnage, et surtout de faire fabriquer par un coiffeur une perruque et de se couper les cheveux. Il se trouva que l'amour naquit juste quand elle rogna ses cheveux rouges. Elle eut l'idée d'une dispense. Elle lui promit qu'elle ne ferait rien que ne ferait un homme et que pour ce qui le concernait il pouvait parfaitement s'abstenir de faire ce qu'un homme se permet de faire à une femme quand elle souhaite se reproduire, ce que d'ailleurs elle ne souhaitait nullement. Ils trouvèrent moyen de jouir seuls, étant à côté l'un de l'autre. Ils aimaient même à s'entre-regarder. Ils améliorèrent les procédés qui choyaient leur étrange bonheur.

Elle dit à Thullyn quand, devenue une seconde fois veuve, elle la vit se promener dans les jardins de Versailles :

— Le point principal est de ne pas dormir toujours seule. La vie que je menais avec Hanovre le jeune, ou Hanovre le neveu, qui n'était pas si jeune que son nom l'indiquait, et qui n'était pas plus neveu que vous n'êtes entourée d'enfants, et qui n'était lyriste que par l'instrument qu'il jouait à merveille, fut une sorte de songe que je n'avais jamais formé et qui se révéla plus beau, peut-être, que s'il était venu de moi. C'était incongru et délicieux. C'était une aventure nocturne où la distance dans le plaisir étonne. Je trouve ma vie étonnante après avoir quitté Uhaim pour Londres, et Londres pour Paris, et Paris pour le village de Versailles où je me suis installée entre la maison de Madame Blancheroche et celle où vit la jeune Madame Couperin veuve.

Thullyn parle avec Madame Blancheroche sur la grande terrasse de Versailles. Elle la quitte soudain. Elle se dirige vers le grand bassin.

De loin, au bout du grand bassin, c'est une grande

femme très belle, très haute, à la grande robe bleue, aux deux pans verts.

Aujourd'hui il pleut.

Thullyn s'approche du jet d'eau qui se mêle à la pluie. Elle tend la main. C'est si étrange.

Partout dans ce monde, sur le bord de l'eau qui l'attire, sur les grèves des mers, c'est un rêve dont le sillage est un homme qui se défait dans l'eau sans qu'on voie la poupe de rien.

Qui se noie.

Qui n'appelle même pas au secours.

Et peut-être n'est-ce pas Hatten. Peut-être est-ce son père, son père à elle, lui aussi perdu, dans le golfe, qui sombre.

Maintenant la silhouette sous la pluie est devenue une mouette pénible et dandinante au bout d'une digue.

Le plastron blanc devient un gilet de laine blanche qui enveloppe son torse.

Le silence se fait bien que la pluie tombe à verse.

Les deuils sont si étranges.

Puis c'est un pourpoint aux bandes de velours bleu pâle qui va se perdre le long du grand canal dans les bosquets.

Les deuils sont même imprévisibles. Du jour où son mari était mort, Madame Blancheroche, qui avait été jusque-là une mère placide et irréprochable, une maîtresse de maison régulière, une épouse large, attentive et maussade, une cuisinière économe, se transforma soudain en une femme folle amoureuse de son époux décédé. Il tomba et elle s'habilla mieux. Elle se releva. Elle surprit tous ceux qui avaient connu son mari et qui avaient fait affaire avec lui. Dès la semaine qui suivit la dégringolade de son époux dans l'escalier de sa maison rue des Bons Enfants elle exigea de Monsieur Froberger qu'il quittât la demeure toutes affaires cessantes, sans quoi, dit-elle, elle le traînerait en justice. La seule vision de sa silhouette gigantesque, et aussi sa notoriété, et peut-être sa nation, lui étaient devenues insupportables. Selon certaines confidences qu'elle semait çà et là elle était persuadée que Jakob Froberger était venu de la ville impériale de Wien pour voler à son époux tous les ornements et les accents qu'il avait apportés au jeu du luth en sorte de les transporter sur son clavecin et s'en enorgueillir.

Monsieur Hatten fut aussi accusé par elle d'avoir dérobé des partitions qui appartenaient à la collection de son époux pour les transporter dans sa charrette à Vienne à la cour de l'empereur Ferdinand, sous la garde ou plutôt sous l'autorité d'Athanasius Kircher.

Monsieur Froberger se défendit d'avoir été la cause directe du décès de son ami alors qu'ils revenaient cette après-midi-là du jardin royal avec Mademoiselle de Saint Thomas.

Il ne comprenait rien à ces accusations que Madame Blancheroche répétait et qui étaient tournées essentiellement contre lui. Elle lui fit reproche du Tombeau qu'il avait composé sur la mort de son époux. Cette pièce avait connu un grand succès. Elle avait rencontré aussitôt plus de faveur que celles de Messieurs Louis Couperin et Denis Gaultier. Celle de Monsieur Hatten, conçue pour le luth personnel de Blancheroche, était impénétrable. Elle était en vérité injouable, sinon par lui-même. Tandis que la pièce descriptive de Monsieur Froberger avait été maintes fois jouée, maintes fois louée, maintes fois célébrée et recopiée. Elle avait franchi les frontières. Cette pièce témoignait de sa douleur et la contenait tout entière.

— Mais c'est de ma douleur qu'il s'agissait, Monsieur. Ce n'était pas la vôtre.

— Elle a été la mienne par conséquence directe, le voyant tomber de l'étage, comme vous.

— Elle ne vous appartenait pas.

— Non, Madame, vous ne pouvez point dire ce que vous prétendez. La peine appartient à ceux qui ont de la peine. La douleur est indivisible et tous ceux qui étaient présents, qui le virent glisser puis rouler comme un éteuf soudain jusqu'à se rompre et à mourir, en sont également dépositaires. Cette douleur a été immédiate et commune. Même les circonstances de sa mort ont autant frappé Monsieur Couperin, Monsieur Gaultier, qui étaient tous deux absents ce jour-là, que vous-même ou que Mademoiselle de La Barre ou que Mademoiselle de Saint Thomas qui étiez présentes en effet et qui l'avez vu expirer sous vos yeux.

— Vous avez subtilisé à ses œuvres personnelles

des traits qui n'appartenaient qu'à lui et vous en avez parsemé votre composition.

— Oui, Madame. Et j'y ai mis tout mon soin car c'est son portrait qu'il me fallait rendre puisque je composais son tombeau. J'ai fait son portrait avec toutes les particularités et les parures et les ornements et les motifs qui caractérisaient sa manière en sorte qu'on le reconnût tout entier.

— La mort n'est pas une parure. Le deuil n'est pas un ornement que vous pouvez accaparer. Vous ne semblez pas comprendre que l'art et particulièrement la musique ravivent tout ce qui a été vécu. Vous ne saisissez pas combien je suis malheureuse.

— Je le conçois mais la plainte accompagne la plainte. Comme la mémoire offre de maintenir le souvenir, la musique permet de faire retentir la douleur. C'est ainsi qu'il arrive que l'art creuse une distance, et écarte de sa cause, et en cela console. Je pense même qu'il peut enchanter ce qui n'était jusque-là que détresse et panique. Peut-être même est-il capable d'éconduire la sidération, de la transporter ailleurs, de l'irriguer différemment afin de la plonger peu à peu dans un paysage moins insupportable.

— L'art n'adoucira jamais le deuil que je ressens. L'art n'apaise rien dans notre monde. La création n'apporte la paix à aucune créature vivante.

— Eh bien si ce que vous dites est vrai, Madame, cela ne m'importe pas. Moi, je ne peux m'empêcher de créer.

— Et moi, je ne veux plus vous entendre. Ne

mettez plus jamais les pieds dans ma maison. Je ne puis tolérer qu'on évoque pour moi la vie que j'ai soufferte afin d'en tirer quelque profit que ce soit.

— Si c'est le gain des copies que nous avons dû faire que vous voulez...

— Non. C'est qu'on orne mes cris qui me blesse. Laissez-moi l'homme de ma vie. Retirez-vous de ce lieu où il est mort si funestement. Retournez dans vos montagnes. Traversez le Rhin sur votre barque avec votre charrette. Traversez-le même à la nage si cela vous chante et composez un chant de nage pour les matelots partis à la recherche de votre toison d'or. Rejoignez la cour de l'empereur qui est notre ennemi. Laissez-moi à mon mort et à ses reliques. Laissez-moi au silence auquel j'ai droit et qui m'est nécessaire.

Elle a saisi son gros manteau fait de peaux de vison et de renard et le lui lance. Son visage est plein d'une magnifique fureur. Elle est devenue si belle en devenant seule. Elle s'est amincie en souffrant. Ses cheveux ont blanchi, ses joues se sont émaciées, son front s'est agrandi et il est plein d'une clarté toute neuve. Elle le pousse vers la porte de sa demeure, elle le projette sur le pavé de la rue des Bons Enfants. Si énorme qu'il soit dans sa fourrure, il titube. Même, de façon inexplicable, elle lui offre un des luths de son mari mais elle pose la condition qu'il ne revienne plus jamais l'importuner. Il lui en fait serment. De retour dans son logis Froberger donne le luth à Hanovre, dont il est l'amant, ou du moins qui se fait l'auxiliaire de ses joies quand ils se retrouvent çà et là. Mais Hanovre dit qu'il faut le donner à Hatten car, pour ce qui le concerne, il s'est pris de passion pour la lyre. « Comprenez-moi, je laisse à Hanovre le vieux, au souvenir de la bonté de mon oncle, la gloire qui lui revenait quant au luth du temps où il jouait la partie d'accompagnement avec Monsieur Gaultier. »

Un jour, plus de dix ans plus tard, un jour de mars, quelque chose, sur le corps de Froberger, sur tout le corps, commença de rejeter la lumière.

Quand la surface d'un corps commence à rejeter la lumière, c'est la mort qui intervient à l'intérieur du corps. On voit véritablement la mort qui monte de l'obscurité de la chair. C'est l'avancée de la mort avant qu'elle soit là.

Disparurent l'obésité, la rougeur étale et coutumière du visage.

Une espèce de trou noir creuse le corps ; ce trou noir irradie à la surface de la peau une étrange lumière indécise, corruptible, trouble.

Le corps commence à devenir une Ombre.

Ce fut à Mayence que cette ombre commença de sortir de ce corps.

Restèrent les yeux étrangement éclairés de cette lueur trouble, indéfinie, fragile, d'un musicien qui avait vieilli prématurément quand il avait été remercié par le nouvel empereur.

Ce fut en 1665.

Adieu les mains grandes, agiles et blanches. Adieu

la peau vaste, plissée et lisse cachant l'articulation si rapide et comme imprévisible.

Il joua jusqu'à l'aube du dernier jour, en mai 1667, mais leur énergie et leur perlé s'étaient flétris. Leur promptitude n'hésitait pas mais leur consécution était devenue hachée. Son visage se creusa de jour en jour. Puis la maladie fit de Hercule, lors de son retour dans la forêt de Danne, une étrange ficelle. Une sorte de ruban de peau flasque qui errait sur le ruban des chemins. Qui errait sur le pont-levis de Héricourt. Sibyla devina tout, se garda de le questionner, mais lui imposa de résider désormais auprès d'elle. Il errait dans la place forte ancienne et immense. Il errait entre les quatre tours, la tour Gigotte, la tour d'Espagne, la tour de la Lanterne, la Grosse Tour. Il errait le long des fossés qui étaient censés les protéger tous des incursions des Français. Elle fit en sorte qu'il y finît ses jours. Tant d'années étaient passées. La peau de la petite tête, jusque-là si disgracieuse, de la princesse wurtembergeoise s'était elle-même entièrement plissée ou recroquevillée à la façon d'un petit oiseau marron. Une petite grive. C'était un bouquet de sillons délicieux. La peau toute tachetée par les marguerites de la mort était exactement semblable au ventre des petites grives musiciennes. Les musiciens privilégient si particulièrement le chant des grives. Le propre de ces chants est que chaque motif qu'elles lancent dans l'air est répété deux fois puis, aussitôt, quatre fois. C'est un très bel effet. Quand le vieux musicien amaigri, et même devenu grêle, fut de retour, ses yeux se mouillèrent alors qu'il s'inclinait devant elle. Elle prit ses mains – transformées en longues pattes de crabe désarticulées – dans ses mains. Elle lui montra, une à une, les peintures et les tapisseries qu'elle avait rapatriées de ses anciens appartements royaux de Vienne, de Stuttgart, de Montbéliard, et qui maintenant ornaient la galerie et les salons de la place forte jusque-là si austère que son frère lui avait cédée.

Elle avait fait exécuter de nouvelles toiles et fait copier de nombreuses tapisseries à partir d'anciennes peintures de lacs, de sources, de forêts, de curées, de cavalcades, d'étangs, de chasses au canard.

Elle avait fait suspendre toutes ces images, tout éclatantes parce que toutes récentes, sur toutes les murailles des salles anciennes mais aussi le long de l'escalier tournant.

Il lui dit que la nature était entrée dans la place forte sous forme de peinture.

Cette remarque plut beaucoup à la princesse.

Il lui demanda alors si elle pouvait lui prêter une des plus belles d'entre elles.

Elle répondit que cela lui ferait plaisir.

Il indiqua une longue fresque verticale exécutée à la façon des Florentins sur du plâtre, un grand monochrome bleu qui représentait Hérô en longue robe de prêtresse d'Artémis toute blanche, ouvrant les bras, sautant dans le vide au-dessus de la mer de Marmara immensément bleue, sublimement bleue. Elle volait, elle nageait dans l'air bleu.

— Je ne pensais pas que vous auriez choisi une femme qui vole, lui dit-elle.

Il lui répondit qu'elle lui rappellerait son frère qui vivait là-bas, au-delà de l'Hellespont, dans les îles des Princes.

— Je me souviens de lui.

Sibylle lui en fit don aussitôt.

Il la fit sceller à la muraille de sa chambre, face au long tréteau où il posait ses claviers.

Levant les yeux il avait l'impression de voyager encore, de rejoindre les siens, ou ce qu'il en restait, l'unique qui restait. La couleur en était si belle. C'était un bleu si beau, si pâle, comme seule l'Italie du Nord sait les concevoir ou comme seul son ciel, sur les collines, sait les proposer. Ainsi restait-il auprès de son frère, dans la mémoire de l'empereur Ferdinand III de Habsbourg qu'il avait servi jusqu'au dernier jour, auprès de la chapelle d'or, dans le souvenir de son père Basilius, auprès de son frère aîné qui jouait si merveilleusement du violon, sur un instrument qui venait d'Italie, qui était un pur joyau.

Il y avait un vieil homme qui vivait de l'autre côté du fleuve et de la cathédrale Notre Dame. Il avait été l'ami du père de Froberger qui s'appelait Basilius. Il demeurait rue des Rosiers. Il avait vécu dans les Carpates. Le vieil homme vivait assis devant sa roue, au milieu de ses sécateurs, ciseaux, cisailles, gouges.

C'est ce vieux taillandier qui remettait à Jakob les lettres que lui adressait son frère aîné Isak. Ce dernier vivait désormais sur une île, l'île des Grecs, en face de Constantinople. Il avait repris, pour s'y dissimuler, le nom de son père, auquel il avait donné la forme grecque de Basileus.

Le taillandier offrait à boire au musicien, dans des petits dés de bois creusés, un alcool de graines de millet extrêmement fort, si fort qu'il mouillait de grosses larmes les yeux de Froberger.

Froberger adorait cet alcool de millet qui remontait au fond des temps.

Voici comment le musicien de Héricourt mourut. Ce ne fut pas sur les marches d'un escalier. Ce fut sur le dallage en damier d'une cuisine. Le premier témoignage se trouve dans un livre de raison d'un bourgeois, venu de la Sarre, qui n'appartenait pas directement à l'entourage de la princesse, qui est daté du 8 mai 1667. Enfin il y a les deux lettres princières, l'une qui en déroule la narration, l'autre qui en exprime la douleur. Il expira dans la forteresse de Héricourt, dans le réfectoire. La duchesse douairière Sibyla écrivit à Monsieur Huygens : Que Dieu me pardonne de n'être qu'une petite élève sans importance de votre cher, zélé, révéré Maître Iohann Iakob Froberger. Il était arrivé dans ce monde exactement quatre années avant que Dieu consente que j'y paraisse à mon tour. Je suis née sous son regard et mes jeux se sont très tôt mêlés aux siens ou plutôt ils les ont imités. Il m'en a enseigné toutes les règles. Puis il est devenu l'organiste privilégié de sa majesté impériale quand je fêtai l'anniversaire de mes dix ans et, il y a maintenant juste sept semaines, après qu'il eut joué aux cartes aux cuisines, comme il avait l'habitude de le faire tous les jours, alors que cinq heures étaient passées, s'étant mis debout quand la cloche tinta l'heure de la prière des vêpres, il a été frappé par Dieu d'un coup de sang. Les valets avec qui ils jouaient dirent qu'il s'était mis debout juste au moment des chants, tenant encore une carte à la main, et qu'alors tout son corps tomba en avant comme un bloc de pierre sur les dalles blanches et noires. On m'a appelée. On l'a redressé comme on a pu contre le mur. Il a repris son souffle avec difficulté dans mes bras puis, sans pouvoir bouger aucun membre, il s'est endormi tout doucement sur mon sein. Tout le château était présent et a été peiné de sa fin comme je l'ai été moi-même.

Voici la narration reproduite par Monsieur Constantin Huygens : Le grand musicien est en train de jouer aux cartes sur la table de la cuisine. Il se lève quand il entend chanter le deuxième psaume des vêpres. Memoriam fecit mirabilium suorum. (Il a fait de la nature un mémorial de ses merveilles.) C'est le chant qu'il a composé dix-sept ans plus tôt, en revenant de Rome, en 1650. Alors ses yeux tournent sur eux-mêmes. Il verse étrangement. Il lâche la carte qu'il tient dans sa main. Le corps s'arque un peu et vacille en arrière, il semble qu'il va tomber en arrière mais, au contraire, il tombe en avant sur le pavement, la face contre terre comme un homme qui adore. Il ne reprend pas conscience. Sa chair se pétrifie. On le saisit aux épaules. On s'efforce de l'asseoir contre la paroi du réfectoire. Il expire son souffle alors qu'on entend encore chanter le deuxième psaume *Impius* des vêpres.

4. Sur la mort du dieu Hercule

Sénèque a composé un admirable chœur dans la longue pièce de théâtre qu'il a consacrée à la mort d'Hercule.

Ô mon Dieu faites que je sois vivant quand je serai à mourir.

Égal aux dieux est celui qui voit finir synchroniquement ses jours et ses bonheurs.

Par ille est superis cui pariter dies et fortuna fuit.

O God ! May I be alive when I die.

Ô Jupiter ! Faites que je sois encore vif au moment où mon souffle quittera les deux rebords boursouflés de mes lèvres,

si rare est l'homme que la joie accompagne jusqu'au fond de son âge.

Rarum est felix idemque senex.

Rarum est felix idemque senex.

Heureux, mille fois heureux celui à qui est épargné la barque, l'attente, les marécages, les limbes, l'eau morte qui stagne dans les joncs onctueux et malodorants des enfers,

vieille salive sale où dorment les noms et les reflets,

où s'arrêtent les ombres timides devant leurs propres souvenirs,

vite les flammes,

je ne veux rien oublier avant que la mémoire défaille,

avant que la douleur la captive.

Si rare est l'homme que la joie accompagne jusqu'aux extrémités de l'âge.

Simplement : que je tombe.

Aucun trophée. Aucune chimère. Aucun discours.

Vite, au plus vite, le silence.

Vite la vague puissante qui renverse le corps qui cherche à l'affronter.

Ne t'agrippe à rien.

Plonge simplement au cœur du rouleau qui se dresse.

5. Disciples de Froberger

Les deux disciples les plus savants du grand musicien du monde baroque, auxquels il réserva tous ses secrets, et les cahiers de ses œuvres, furent deux femmes.

La duchesse Sibyla von Württemberg, dans la place

forte de Héricourt puis, dix ans plus tard, à partir de mai 1677, dans son château de Stuttgart.

La signora Anna Bergeroti, dans son palais au-dessus de l'ancien forum, à Rome.

Le Seigneur en avait douze au début de l'ère, du moins onze, qui étaient tous des hommes. Le plus grand claveciniste de son temps, au moment des guerres civiles et religieuses, en eut deux, qui étaient deux femmes virtuoses.

Elles se firent des apôtres extrêmement secrètes, parfaitement loyales, absolument jalouses.

Il ne reste pas grand-chose de l'œuvre si singulière et si imprévisible de l'organiste de la Hofkapell de l'empereur Ferdinand III. Il ne reste que des vestiges qu'elles ne voulurent pas associer aux volumes que toutes deux, farouchement, indépendamment l'une de l'autre, sur l'ordre de leur maître, elles reclurent. Ces tombeaux et ces passages qui restent de Froberger sont comme ces cailloux blancs laissés sur le chemin que les oiseaux ont répugné à dévorer. Les becs n'ont désiré picorer que les miettes de pain égrenées par l'enfant – cet enfant que le père et la mère ont souhaité perdre dans la forêt. Puis sur la rive. Seuls les cailloux, quelques pierres précieuses, sont demeurés sur le chemin qui monte dans les Alpes. La princesse Sibylle n'a jamais consenti à laisser copier les œuvres que Froberger avait laissées chez elle quand il était tombé à renverse sur le carrelage de sa cuisine. Ses lettres de refus à Monsieur

Huygens, excluant purement et simplement la communication de ses œuvres, sont si déterminées – et la révolte de Monsieur Huygens, évoquant l'exemple de ce que fit l'empereur Auguste face à la recommandation de Virgile le poète, si ferme, si poignante, si insistante, couché sur son châlit dans le golfe de Naples, si compréhensible. Quoi qu'il demandât, sinon la copie, au moins la lecture, la princesse Sibylle demeura inflexible.

Et la signora Anna Bergeroti le refusa toujours, hargneusement, durement, pour toutes les partitions qu'elle possédait dans son palais de Rome.

Heureusement qu'à Dresde, en 1650, chez Matthias Weckmann, quand Froberger interprète sa *Méditation faite sur ma mort future, laquelle se joue lentement avec discrétion*, Weckmann la note et Schütz la recopie.

Wir wandeln durch des Tones Macht froh durch des Todes dürste Nacht. Nous avançons grâce à la puissance de la musique, si heureux, à travers la sombre nuit de la mort.

Des Allemandes, et des Tombeaux, et toutes les Fugues furent notés par Hatten, dispersés çà et là, comme ses propres Préludes et Sarabandes.

Seules les deux ultimes pièces sont de sa main. *Tombeau sur la très douloureuse mort du duc Leopold Friedrich de Wirtemberg prince de Montbéliard*, année 1662, et *Affligée, laquelle se joue très lentement avec discrétion faite pour Madame Sibylle Duchesse de Wirtemberg Princesse de Montbéliard*, année 1663, ont été déposés l'un et l'autre dans le trésor de la cathédrale de Stuttgart.

Sibyla avait quatre ans de moins que Jakob. Ils avaient passé leur enfance ensemble dans les salles, les escaliers, les terrasses, le long des créneaux, sur les rives. Ils avaient couru ensemble dans les bois qui surmontent la Jagst. Ils avaient joué tous les jeux de l'enfance. S'étaient cachés derrière les caisses de citronniers. Derrière les grands vases de Sèvres.

Elle connaissait tous les secrets de son ami qui était son aîné : il devint même son Mentor. Pourtant elle eut toujours à son endroit, en plus du respect, un peu de crainte. C'était le fils de Basilius. C'était le fils du Kapellmeister du prince, de son père, et ces deux hommes barbus l'effrayaient. Dès qu'il eut atteint l'âge de la première adolescence, le jeune organiste, dont le gosier était irrassasiable, se mit à ressembler à un buffet d'orgue. Plus que toute autre qualité, elle admirait qu'il n'eût jamais douté une seule seconde de sa passion pour la musique. Quand elle était petite fille, elle le suivait parfois avec ses demoiselles d'honneur quand il allait jouer dans les châteaux voisins. Ils furent toujours extrêmement réservés et polis l'un avec l'autre. La princesse était méfiante à l'égard des hommes autant que le musicien était prudent, et même rétractile, en présence des femmes. C'étaient les meilleurs amis du monde, mais aussi les plus compassés. Ils étaient pleins d'égards l'un pour l'autre comme s'ils se protégeaient l'un l'autre à jamais, mais aussi comme s'ils se protégeaient l'un de l'autre à jamais.

Sur les quais de pierre, ou de bois, Monsieur Froberger s'asseyait volontiers sur un rond de cordes, sur des cageots d'osier, sur une bitte d'amarrage, sur un timon de charrette. Il regardait les forts à demi nus, leurs muscles saillant, en train de décharger les vaisseaux. Il se guidait aux hurlements, il se confiait aux martèlements des marteaux, il se rendait le nez en l'air, au son, aux bruits, aux coups, dans les arsenaux et sur tous les différents chantiers qui y attenaient. Quand il arrivait au bord de la mer, il prenait plaisir à voir les charpentiers construire les navires. À la ville, il contemplait les maçons en train d'associer et de superposer les pierres en sorte d'édifier les murs des ruelles ou les façades des maisons. Dans les forges, quoi de plus beau que les jeunes apprentis entièrement nus sous leur grand tablier de peau, luisants de sueur ?

Monsieur Froberger était très gourmand. Il se rendait à la criée pour voir non pas ce qu'il y avait à vendre à bon prix mais s'il y avait un poisson rare à acheter. Il adorait la baudroie, l'omble chevalier, la julienne. Dès que quelque chose lui plaisait il l'achetait et le ramenait aux cuisinières avec qui il discutait de la recette. Et il mangeait avec la princesse – en dehors des heures des repas, immédiatement, toutes affaires cessantes – la merveille qu'il avait composée.

Quand il revint au vieux château de Héricourt, quand il fut près de la saison de mourir, il se souvint des siens avec une précision miraculeuse. Il les revoyait au fond de son âme. Ils s'approchaient de lui quand il était au bord de son sommeil. Où est la lumière sur la rive ? Où sont nos biens brûlés ? Où sont ces quatre grandes chambres aux volets clos enfumées par les sergents pour arrêter l'épidémie. Ma mère ! Ma mère morte tirée par les jambes ! J'ai vu ton ventre nu apparaître au moment de ta mort ! Tous les effets trouvés dans nos chambres ont été amenés eux aussi au bûcher dans la crainte de la contagion épidémique. Il n'est pas facile de se faire ingrat aux réclamations de sa famille disparue. C'est cependant nécessaire quand la fièvre et la peur nous pressent. Nous ne sommes pas issus d'elle comme elle le fait accroire après que nous sommes nés sur la berge du fleuve, et comme d'ailleurs nous le rêvons après qu'elle est partie en fumée au-dessus des forêts du Wurtemberg. Nous sortons seul de ce ventre animal et solitaire. Pourtant même les oiseaux qui volent sur la mer se souviennent, année après année, du nid qu'ils ont creusé dans la falaise pour leurs petits, que leurs aïeux, jadis, aménagèrent, qu'ils enduisirent de leur salive et de leur fiente, qu'ils maçonnèrent de leurs régurgitations. Ce n'est pas la coquille qui fait leur souvenir. Il est des liens qui ne peuvent se défaire même si on les a détestés. Le pire des liens, celui qu'on n'a vraiment pas choisi, celui qu'on n'aurait vraiment pas élu, est encore un talisman magique auquel l'âme recourt aux pires moments de sa détresse. Les cordes qui nous emprisonnent le mieux sont celles qui nous lient aux chairs, aux odeurs les plus sales, aux obscurités qui furent les plus intimes, que nous avons espérées en premier, ainsi qu'à la faim inapaisable qu'elles levaient en nous.

Au moment de sa mort il tenait dans sa main la carte à jouer de la Reine aux cordages.

VII

LA FORÊT

1. L'orée

La princesse de Württemberg n'était belle qu'à cheval parce qu'alors elle se tenait admirablement.

Et Sibyla von Württemberg ne se tenait si admirablement sur Josepha que parce que toutes deux s'aimaient.

Elles étaient heureuses.

Et comme elles étaient heureuses, elles étaient toutes deux, l'une sur l'autre, incroyablement arrogantes et belles.

Josepha quand elle se retrouvait seule, au pré, ou bien à l'écurie, ou encore dans la cour, était irascible. Un rien la révoltait. Les oreilles effacées, elle attaquait avec ardeur. Elle s'en prenait à tous les autres chevaux et aussi bien aux palefreniers qu'aux cavaliers dès qu'ils s'étaient mis dans la tête qu'ils pouvaient l'approcher sans crainte. Et c'était pire encore s'ils envisageaient de la monter sans y avoir été autorisés par Sibylle. Elle n'aimait que la princesse.

Personne d'autre. La colère interne et même l'ombre intérieure quittaient d'un coup ses yeux dès l'instant où elle la voyait.

Sibylle entrait dans la stalle.

Elles se parlaient quelques instants. Ou elles se caressaient du front. Elles s'embrassaient du bout du museau.

Puis elles sortaient dans la large cour circulaire de la place forte, qui n'était pas pavée.

Poussiéreuse l'été. Boueuse en novembre.

Une fois dans la cour, la princesse se hissait doucement sur elle, en un seul élan ; ses cuisses enserraient Josepha ; son dos se redressait ; ses épaules s'affaissaient et se déployaient ; son visage se relevait ; soudain elle sentait tout son corps, l'entièreté de son corps devenir l'autre corps ; un peu de trot ; elles étaient une ; alors elles cheminaient vers la forêt de Danne.

La jument lance des grandes gerbes d'eau brillante. Après le galop, elle s'arrête. Elle s'amuse avec l'eau du ruisseau qui court au bout de son sabot.

La princesse Sibylle ne détestait pas l'odeur de pissat, de sellerie, de foin, de cuir mouillé, de cire. Plus encore, chaque fois qu'elle se rendait aux écuries si obscures de la place forte, l'odeur de fierté sauvage, de crottin, de sabot brûlé, de pierre humide, d'auge, la rassérénait. Elle appréciait l'air si saturé et si différencié de chaque stalle. Surtout le box de Josepha. Cette vie dense, vivante, grossière, sincère, qu'elle y retrouvait la soustrayait immédiatement à la servitude protocolaire.

Même, elle l'affranchissait de la musique qu'elle aimait tant. La musique de son maître était si savante que c'était aussi un bonheur de s'en détacher.

Soudain ce n'étaient plus ni le silence, ni la musique, ni le langage, ni la cour.

C'était la forêt et son chant indistinct, frais, confus, si ancien, extraordinairement varié et informe.

Josepha n'était pas belle. Sa robe était grise. Une épaisse raie blanche lui courait sur le dos. C'est sa tête qui était sublime, pleine d'une sorte d'élan. Un poitrail magnifique. Elle était ombrageuse, susceptible, mais Sibylle adorait son regard. C'était un regard incroyable, un regard comme l'humanité n'en possède pas.

Des yeux si profonds. Et une profondeur si simple.

Elle était bouleversante quand elle levait son visage vers sa maîtresse et qu'elle l'implorait pour sortir en forêt.

Alors la princesse fondait, glissait doucement le mors, prenait les guides, l'emmenait.

De plus en plus souvent elle quittait l'allemand. Elle s'adressait à elle en français. Elle l'appelait Josèphe.

Dehors, dans la brume, étant encore dans la cour de terre battue, inspectant le dehors, la jument devenait divine. C'était le regard d'une sainte en extase.

Car la liberté est une extase.

Tout à coup Josèphe est immobile. Elle regarde à l'entour. Elle hennit doucement.

Une grande vapeur blanche enveloppe alors son immense visage rectangulaire, puis toute cette blancheur s'affaisse et s'émiette sur sa longue crinière.

Le musicien tendit sa main, l'aida à descendre de Josèphe. Les officiers se tenaient à l'écart.

L'air au-dessus du lac de Constance était magnifique de clarté.

Il prit l'huître ouverte que le marinier lui tendait. Il égoutta une larme de citron jaune sur la chair grise pour voir si l'animal se rétractait vivement. Alors le maître de musique de l'empereur tendit l'écaille ouverte à la princesse voilée de perles noires – elle venait de devenir la duchesse douairière Sibyla de Mömpelgard. C'est l'année 1662. Ils reviennent de Vienne.

— Elle vit, lui murmure-t-il.

Elle prend l'écaille entre le majeur et le pouce. Elle l'examine.

— Comme cette nacre est délicate, murmure-t-elle.

— Regardez son cœur ! murmure-t-il. Le meilleur de l'huître, dit-il encore, ce sont les petits poumons vert pâle qui respirent.

— Vous m'en avez dégoûtée, lui répond sur-le-champ la princesse Sibylle en lui restituant la petite coque froide, bosselée et grise.

Aussitôt il l'aspire, la retient au-dessus de sa langue, il la goûte puis la gobe.

— Elle est délicieuse.

Il en choisit une autre dans le lit d'algues.

— Il y a un chant de l'huître qui s'entrouvre dans l'ombre auprès de l'algue. Qui filtre l'eau qui passe. C'est un chant d'une extrême douceur qui respire, à la limite du bonheur.

2. *Le labyrinthe*

Dans le château de Montbéliard, en attendant qu'on les fît entrer dans la grand-salle où on dressait les tables pour les princes, les chanteurs, les cantatrices, les musiciens rajustaient leur perruque dans le reflet des vitres, un instant retenus dans la nouvelle galerie de peinture que le duc avait aménagée à la façon des Italiens.

Certains, le nez sur la vitre, cherchaient à deviner, au-delà de la boursouflure du verre qui les en séparait, les silhouettes des petits écureuils qui couraient sur les branches devant eux.

Il y avait aussi des merles agrippés qui les regardaient, et qui chantaient, ou qui imitaient des chants.

Un oiselier, avec son justaucorps vert, va de branche en branche. Il tient son bâton de glu.

Mais, séparés d'eux par la vitre en verre, les violonistes, les violistes, les luthistes, tenant dans leurs mains leurs instruments de musique, n'entendaient pas le chant des oiseaux.

Les oiseaux, il y a longtemps que les musiciens ne les entendent plus.

Certains, ayant posé leur housse à terre, buvaient du vin du Jura.

D'autres tiraient et recrachaient autour de leurs lèvres, de leurs visages, la fumée de leurs pipes. Les spirales de la fumée quittaient les joues, s'écartaient des perruques, s'envolaient dans les ramures des arbres, brouillaient leurs propres reflets. C'était un fil d'Ariane tout blanc dans l'air. C'était un labyrinthe, et une attente au sein d'un labyrinthe.

Jadis le jeu de l'oie était un labyrinthe. Jadis le jeu de l'oie se nommait le jeu de l'ouïe. L'âme suit le colimaçon de l'oreille et au bout d'un certain temps s'égare dans ses choix. À force de prêter son attention aux conseils qu'elle suit de façon médusée depuis l'enfance, elle se perd. Obéir, en latin, c'est entendre. Dans le jeu si particulier de l'ouïe, il s'agit d'un chemin de croix où les stations sont imprévisibles, soit bienfaisantes, soit dangereuses, soit incarcérées, soit vicieuses. On dit que la spirale du jeu de l'oie reproduit l'ancien dédale du roi Minos en Crète. Cette connaissance à vrai dire n'est utile que quand on se trouve nez à nez avec un taureau qui fonce sur vous. La case 31 est la scène du puits. C'est la première de notre histoire. On lance les dés, on avance, on recule, on s'immobilise. Pont, hôtellerie, prison, mort. Pont c'est la naissance. Hôtellerie c'est l'enfance. Prison c'est l'amour. La mort c'est la fin. La partie est finie quand le joueur se retrouve dans le jardin d'Éden car tel est le vrai séjour de chacun.

Le plaisir aussi est un labyrinthe. Le sexe de la femme est la porte d'un labyrinthe. La femme qui enlace l'homme qu'elle désire fouille ses vêtements. Elle cherche avec les doigts l'os dur de son sexe. L'homme qui a refermé ses bras sur elle soulève sa robe dans les airs. Il touche la peau intérieure de sa cuisse. Sa main si nue sous ses sous-vêtements détache des bretelles, dénoue des rubans, des broderies. Elle pénètre dans un monde exaltant qui ressemble à un souvenir plein de détours, de coudes, de chicanes tortueuses ou mystérieuses, de déroutes.

Dissimulée sous les étoffes toute nudité réelle se révèle plus troublante qu'elle ne l'est dans le rêve qu'on fait d'elle.

Encore dissimulée sous sa broussaille, l'énigme ne s'ouvre pas parce qu'on la nomme. Elle ne s'ouvre qu'au silence où elle se débusque, se désoriente et, subitement, se déverse.

En 1640 on ne disait pas jouer « à vide », on disait faire sonner une corde « à l'ouvert ».

3. Le bûcheron à la lisière de la forêt

La jument ou la princesse – car aucune des deux ne dirigeait le couple qu'elles formaient –, Josèphe et Sibylle firent demi-tour sur le coteau exposé au soleil.

Toutes les deux, à l'amble, ont quitté le sentier. Dans une démarche ample, très lente, elles suivirent le creux désherbé entre les ceps.

Respectant attentivement l'alignement de la vigne, elles firent s'envoler les grives l'une après l'autre dans le labyrinthe des raisins.

Puis elles quittèrent le champ et gravirent la colline en direction du bois. Un bûcheron d'une vingtaine d'années, maigre, sale, se trouvait là, sur l'orée, à ne rien faire, à les regarder venir. Il était beau cependant. Un long corps d'échalas et une figure de fille. Il leva la main en suppliant. Il avait deux doigts en moins à sa main droite.

— Vous avez du tabac ? demanda-t-il à la princesse Sibyla.

— Je n'en ai point.

— Donnez-moi quelque chose.

— J'ai un morceau de pain dans la poche de ma selle.

— Oui.

La vapeur, la chaleur de son torse, des côtes de son torse, sortaient de sa chemise dans le froid. Elle regarda les deux petits seins chétifs du bûcheron qui fumaient dans l'air glacé. La pauvre trace de son nombril. Derrière lui les feuilles de l'arbre qu'il cherchait à abattre étaient couvertes de grésil. Elle ouvrit la sacoche fixée à la selle, déchira le pain, lui tendit une large part. Il prit le pain. Il mangea toute la part devant elle, mastiquant lentement, heureux de manger, en fixant ses yeux. Puis il lui tourna le dos et regagna l'orée de la forêt immense, giboyeuse, merveilleuse, qui entourait les quatre grandes tours étranges de Héricourt.

L'amour de la jument en vieillissant, en s'amplifiant, en se radicalisant, devint même jaloux de tout autre amour. Certaines volte-face subites, certaines ruades furent dévastatrices. Elle eut raison de plus d'un palefrenier qui prétendit à ses risques et périls s'introduire dans sa stalle alors que personne ne lui avait suggéré de s'y rendre. Il est vrai que tous les animaux deviennent jaloux dès l'instant où ils ont connu des soins d'enfance qui ne les ont pas dépités de la compagnie des hommes. Le chaton, la grivette musicienne tachée de ses toutes petites taches marron sur le bréchet, le bébé, le corneillon, le poulain, le chiot veulent une attention particulière mais toujours impatiente et soutenue. Tous ces petits ont dans l'appel qu'ils lancent une confiance mystérieuse qui, dans l'amour, connaît tout à coup son retour. Ils veulent qu'une seule et unique main leur prépare la nourriture et remplisse le seau et nettoie leur ordure. Qu'un seul et même murmure leur murmure le cheminement de leur destin enveloppé de leur amour. Ils veulent qu'une seule main soit dédiée à leur encolure, à la base de leur tête, au long écheveau de leur fourrure, à leur chanfrein, au lissé de leur bec. La jument refusa peu à peu que personne d'autre qu'elle ne la montât. Elle attendait Sibylle. Peu importe qu'elle fût infante, épouse, veuve, douairière, duchesse, princesse, musicienne, virtuose : elle était ce léger poids de femme qui se hissait sur elle et la chevauchait si possible chaque jour en la serrant très fort. Souvent, avant qu'elle allât au temple, la princesse devenue veuve se rendait à l'écurie. Nourrissant le cheval de sa main, offrant le carreau de sucre ou la bouchée de foin, palpant l'entièreté du corps, elles parlaient pour ainsi dire en français et plus profusément entre elles. Quelle étrange providence que les mains de celle qu'elle aime soient devenues des boulets, des paturons, des fanons, des sabots. Et quelle étrange dévolution que ces seins poussés sur le poitrail, que ce chignon et cette toque noire au-dessus du front, que ces bottes au bout des jambes, que ces éperons au bout des bottes. Son altesse s'inquiétait auprès de la grande jument du temps qu'il allait faire, lui demandait conseil pour la journée, prenait soin de sa santé, soignait ses plaies, se souciait de son humeur, lui demandait de quelle humeur serait le dieu du jour.

— Je laissais les rênes flotter, disait la duchesse douairière Sibylle, et mon amour suivait la brise qui va entre les arbres. Puis, une fois arrivée sous le couvert, dans la pénombre, Josèphe se guidait quant à elle au chant de l'eau qu'elle rejoignait toujours.

Elle suivait les curieux et brusques labyrinthes que font les rivières sous les ramures des arbres.

Arrivée à la clairière Josèphe aimait voir les oiseaux sur l'étang, les rapaces fondre, les hirondelles effleurer la surface qui brille et rebondir sur leur réflexion.

Toutes deux, soudain, leurs oreilles frémissaient, elles écoutaient les râles d'eau émettre leurs trilles extraordinaires.

L'amour qu'elles avaient l'une pour l'autre était un amour réciproque. Mais seule Josèphe lui apportait, des cuisses jusqu'au cœur, une énergie que Sibylle ne connaissait que par elle. Il lui fallait la monter pour devenir vivante.

Au retour Sibylle la couvrait de caresses avant même de la dessangler. Elle posait la selle sur la paille. Elle visitait les pieds. Elle se relevait, la bouchonnait un peu. Elles palabraient entre elles sans discontinuer dès qu'elles étaient au secret de la stalle et dans l'odeur familière et l'ombre intime. Sibylle lui tendait la carotte qu'elle avait trempée dans le seau pour lui ôter la terre tout en continuant d'évoquer les curiosités du parcours qu'elles avaient fait ensemble et la congratuler des réactions miraculeuses qu'elles avaient eues. Josèphe la plupart du temps écoutait, mâchonnant, curieuse, appréciant, approuvant.

4. Le corbeau

Un matin de septembre, se trouvant seule à chevaucher, l'aube s'étant levée depuis une heure, dans le premier soleil, dans l'extrême fraîcheur, dans le bonheur, dans la forêt, comme le sabot de Josepha heurta une souche, la princesse fut désarçonnée.

Sibyla de Mömpelgard cherche à se relever parmi les feuilles pourries. Elle ne peut se remettre debout sans que son pied aussitôt ne lâche. La cheville n'est pas rompue mais la douleur qu'elle endure est immédiatement excitée et lancinante. Elle ne lui permet absolument pas de prendre appui.

La princesse n'arrive même pas à avancer à quatre pattes en s'agrippant aux brins humides de la mousse.

Faute de pouvoir se traîner elle s'assoit finalement dans les champignons et les feuilles gluantes.

Où est sa jument?

Elle appelle.

Rien.

Or, dans le silence, un corbeau vint près d'elle.

Le corbeau se pose sur le dos de sa main.

Elle le regarde, surprise.

— Non, tu te trompes, je ne suis pas bonne à manger, lui dit-elle.

Elle ose lui caresser doucement le bout du bec.

— Je ne suis pas encore une femme morte, répète-t-elle en plongeant son regard dans les yeux denses et noirs de l'oiseau.

Alors le corbeau quitte sa main, volette près de sa bouche. Il s'amuse. Puis il s'écarte. Elle le voit qui s'en va subitement, à tire-d'aile, vers les houppiers du bois de Danne.

Dans la haute futaie, Josepha, penaude, lentement, revient auprès de sa maîtresse.

Dépitée de l'avoir fait tomber, elle offre sa bouche à sa main ; Sibyla la chiffonne longtemps entre les naseaux ; la jument ronronne, puis broute à son côté.

Le corbeau lui aussi est bientôt de retour et se pose maintenant sur la tête de Sibylle. Il toque plusieurs fois son crâne.

— Je ne suis pas encore bonne à picorer, lui murmure-t-elle en glissant ses doigts sous ses deux pattes afin de dégager délicatement l'oiseau des cheveux de son chignon où ses serres se sont prises.

Elle y parvient mais l'oiseau solaire reste sur ses doigts. Il s'avance sur son poignet pour lequel il a visiblement une préférence. Il danse au-dessus du devant passementé de sa robe. Il la survole et il revient. Il joue.

— Viens avec moi si tu veux, lui cria-t-elle quand les gens arrivèrent du château pour lui porter secours.

Alors le jeune corbeau n'hésita pas à s'agripper sur le bras du brancard que les hommes soulevaient. Il examina le poignet de la main de la princesse. Il admira le bracelet qui y brillait. Il lui plut. Il chercha à le crocheter. Elle caressait son bec noir. Elle l'emmena chez elle. Elle le nourrit de grains de blé et de petits vers. Elle demandait aux valets d'aller pisser dans les douves du château pour faire sortir les lombrics de terre dans la chaleur, dans l'odeur délicieuse, un peu putréfiée, presque maritime, des fossés de la place forte jurassienne. Il vécut douze ans sur le bord de sa fenêtre. Il allait et venait. Parfois il pénétrait dans la chambre de la princesse, se posait sur le clavecin ouvert pour l'écouter jouer, faisant cliqueter ses serres sur la caisse du clavecin. Parfois il s'enserrait, il s'incrustait sur le montant de son lit, pour l'entretenir avec mille cris différents de la vie qu'il menait, qui n'était pas aussi simple et cérémonieuse que la sienne. Ou il la regardait simplement. Il admirait particulièrement les boucles d'oreilles et leurs mouvements dans l'ombre. Quand il voulait sortir de la chambre de Sibylle, il allait toquer, de l'intérieur, au carreau de la fenêtre. La princesse ouvrait la fenêtre. Il vécut un an de plus que Jakob Froberger, qui mourut au printemps 1667.

5. Le poulain

À l'automne, toujours en 1667, la naissance fut difficile et la mère malheureuse. La Josèphe gémissait, hennissait, rugissait. Car il y a bien des différences entre gémir, hennir, rugir, sans qu'il soit nécessaire d'être musicien pour les ressentir. Il fallut que la princesse masse avec vigueur, des heures durant, son dos, lisse doucement le ventre de cette jument devenue non seulement volumineuse, mais énorme, tandis qu'elle s'apprêtait à devenir mère. Elle était devenue une grande masse cauchemardesque : elle était devenue exactement ce qu'on appelle une quauquemaire au fond du bout du monde, nightmare dans les îles, cauchemar le long des côtes de l'Europe saam. Mahrt désigne la jument qui foule le torse des rêveuses et leur donne l'impression soudain d'étouffer dans leur corps, dans leur vie. La Mahrt dit alors aux femmes : il est temps de quitter les hommes, il faut devenir mère. La Mahrt c'est la Mère des mères. La princesse douairière, ne dormant plus, vêtue d'une vieille robe, s'installa dans la stalle. Il fallut parler beaucoup avec l'enfant poulain si frémissant sous la robe, si musclé qu'il fût, si robuste qu'il fût, mais encore invisible, parlementer beaucoup avec le long fœtus dont elle suivait avec la paume la forme vivante tellement sensible, tellement articulée et tellement invisible, rassurer beaucoup et l'enfant dans la mère, et la mère dans la mahrt, et la mahrt contenant le long et osseux enfant qui ignorait tout de cette étrange enveloppe grise rayée de blanc qui l'enveloppait, chuchoter on ne sait quoi, pour que l'énorme poisson émergeât tout à coup de la vulve, tombât dans la paille qui avait été répandue devant l'écurie, se dressât tout flageolant dans la cour sableuse de la place forte, dans la lumière qui tombait du ciel. Il suivit aussitôt sa mère, la langue de sa mère, les lècheries de sa mère, la queue torsadée de sa mère.

Quand il fit doux, la mère et l'enfant mais aussi la duchesse douairière gagnèrent les prés de Héricourt, la fraîcheur de l'eau, puis l'ombre de la forêt. Qu'ils étaient beaux tous les trois !

L'enfant précédait toujours la mère qui devançait le visage de Sibylle.

Elle les laissa tous deux aux champs.

Une chose est sûre : les chevaux aiment beaucoup la lune pleine.

Ils la contemplent plus longuement, tellement, la nuit durant, quand elle est toute ronde.

L'orbe parfaitement rond de la pleine lune dans le ciel noir les apaise.

Puis ils broutent l'herbe et le trèfle que l'astre éclaire entre leurs sabots.

Au matin, au début de l'hiver, le poulain fut retrouvé mort dans la cahute du champ où les bêtes s'abritaient, sans qu'on pût en déterminer la raison. La princesse – Sibyla – et la jument – Josepha – ne s'en remirent jamais. Le regard si déterminé de Josepha en fut à jamais transformé : elle perdit ses colères, ses noirceurs, ses coups de folie, mais aussi ses attendrissements, ses bontés de velours.

Josepha, la Stute, la Mahrt, comme elle broute mélancoliquement.

Elle gratte, de tristesse, la terre où elle est restée seule.

Sibylle veuve a beau enlacer la belle mâchoire proéminente, héroïque, de la mère malheureuse, elle ne lui répond plus.

Le soir, la princesse la rappelait à l'ordre, l'appelait doucement « Josèphe, Josèphe ».

Alors, péniblement, la jument se mettait debout dans son box pour dormir.

Elle la caressait, la gâtait, lui parlait. Elle la laissait vaguer, libre, dans les prés, les essarts. Elle pensait qu'elle souffrait. Elle cessa de la ferrer.

On appelle travail le grand échafaud de bois où on introduit les chevaux afin de les ferrer.

Comme il y a un travail pour les chevaux, il y a un travail pour le deuil aussi.

Le deuil n'est pas une douleur qui dans le temps s'atténue. C'est un détachement hardi, actif, à l'endroit de la mort. Il ne faut pas consentir à la mort, mais lui dire adieu. Il faut détruire le lien merveilleux qui reliait à l'être disparu.

Et comme il y a un travail pour le deuil, il y a un travail pour l'amour. L'amour n'est pas une porte qui s'ouvre où il suffit d'avancer. Dans les premiers temps de l'amour le coup de foudre ne cesse de se réciter, de se figurer, de se reconstruire, de se comparer, de se réévaluer, de se faire fête. Il faut faire bon accueil au plus bel instant du monde.

Il faut le rêver.

Il faut le chanter.

Tel est le travail de l'amour.

Dans l'écurie, quand les bêtes si belles sont au calme, quand le temps est calme lui aussi au-dehors, les chevaux rêvent beaucoup. Ils s'étendent. On les entend rêver. Ou ils se roulent sur le dos. Parfois ils chantent.

C'est une plainte sinueuse, remplie de silences et de fléchissements, le labyrinthe d'un parcours peut-être qu'ils ont suivi autrefois, quand ils étaient poulains, quand elles étaient pouliches, un chant fragile à la limite du souffle.

La nuit, quand la princesse Sibylle venait dormir auprès de Josèphe, quand elle ne trouvait plus rien à lui dire pour la consoler, ou pour se souvenir du petit qu'elles avaient aimé, elle peignait longuement les deux pans de sa crinière puis elle les tressait doucement entre eux, formant deux nattes blanches magnifiques.

Puis des ombres bleues apparurent sur sa robe.

Un éclat d'ombre sur sa robe.

Elle vieillissait. Une fois nue, déharnachée, au retour de la promenade, la jument s'accroupissait de façon compliquée dans son box, posant sa tête sur le petit tas de paille qu'elle avait relevée en le poussant avec ses vastes dents. Elle fermait les yeux un instant et pendant cet instant Sibylle la veillait, silencieuse, assise contre son flanc, en contact avec son ventre qui respirait lentement. Quand Josèphe âgée relevait ses paupières avec insistance la princesse lui parlait, disait n'importe quoi pour occuper sa tristesse.

C'était comme lire un livre avant la nuit.

6. La main noire

Dans la grande chambre de la duchesse douairière Sibyla von Mömpelgard-Württemberg, dans la place forte aux quatre tours féodales de Héricourt, une fois remise à neuf par le prince Georges, deux tableaux se font pendant.

L'un est la sainte Madeleine plongée dans son extase qui est dû à Le Sueur. L'autre, c'est l'extraordinaire Christ mort de Nicolas Tournier.

Nicolas Tournier est né le 11 juillet 1590 à Montbéliard. Il a connu, à Strasbourg, Hatten, qui est né, quant à lui, en 1598, à Bade.

Il y a un lieu, au centre de la toile, un secret, juste au milieu, que la lumière n'éclaire pas.

Il y a une tache noire sur le corps si rayonnant de Celui qui est la lumière venue dans ce monde pour en être à la fois l'Épiphanie et le Verbe.

La main que Dieu avance survole un sexe qui n'est pas visible.

C'est le secret du Dieu.

Ce qui est beau, ce qui est terrible, ou ce qui simplement émeut, c'est cette main noire, au centre du tableau.

La main de Dieu cache la différence sexuelle qui sépare l'espèce humaine en deux parts.

La main noire crée cette poche de ténèbres, qu'elle laisse auprès de la lumière, dans l'ombre.

Sibylle vieillissante joignait ses mains devant la main toute noire. Chaque jour. Chaque aube.

Une fois l'aurore apparue, après s'être levée, la princesse Sibylle, une fois devenue propre, une fois qu'elle avait été vêtue lentement, scrupuleusement, du haut jusqu'en bas, peinte, rognée, coiffée, chaussée, se mettait à genoux sur le prie-Dieu devant la toile de Nicolas Tournier.

Elle contemplait la poche de nuit dans l'aurore qui naît; les rayons du soleil franchissaient les verres de la fenêtre, venaient éclairer la petite chapelle qui attenait à sa chambre.

Le corbeau solaire que Sibylle avait surnommé Virgile, agrippé à l'appui de la fenêtre, les observait en train d'illuminer la pièce. Parfois croassait un peu en les examinant.

Le soir venu, elle déplaçait le prie-Dieu. Elle se tournait vers la Madeleine pénitente de Monsieur Le Sueur éclairée à la chandelle. Elle priait longuement, examinant le secret de son âme, dénonçant les fautes qu'elle y décelait sans pitié, qu'elle rappelait sans qu'elle les excuse, sans attendrissement, et dont elle offrait le repentir à Dieu.

La sainte Thérèse percée par la flèche de l'ange qu'a sculptée le Bernin date exactement de l'année 1652. Cette date, où mourut Blancheroche, est un sable mouvant. Thérèse d'Avila a écrit exactement : « La douleur était si vive qu'elle m'arrachait des gémissements mais la suavité qui l'accompagnait était si grande que je n'aurais pas voulu que cette souffrance me fût enlevée car cette jouissance n'était pas autre chose que Dieu lui-même. » La plupart des mystiques écrivent comme les fées. Jadis les saintes femmes appelaient Dieu leur jouissance. Comme la princesse Sibyla appelait Dieu cette tache noire d'un noir si pur qui ouvre sa caverne au centre du corps du dieu mort qu'on cherche à ensevelir dans une grotte.

Quand il découvrit la sculpture du Bernin qui montrait sainte Thérèse d'Avila les yeux perdus dans son extase, le cardinal Bérulle en fut bouleversé : il en fut même converti. Non seulement il inventa Port-Royal, ses ruses, ses granges, sa communauté solitaire, sa ferveur, mais il se fit peindre – toujours par Eustache Le Sueur – agenouillé devant l'admirable Madeleine que ce dernier avait peinte autrefois.

Le cardinal lève la tête vers la chevelure défaite, vers la tête rejetée en arrière visant de ses yeux morts au monde Dieu dans le ciel.

Le cardinal contemple le corps renversé de la

pénitente, le sein gauche si beau et si rond que l'ardeur du gémissement a soudain découvert, l'ange qui la reçoit doucement dans ses bras, évanouie au terme de la transe qui arque violemment son corps.

Monsieur Le Sueur a peint en lettres d'or au bas de la grande toile ces deux longues phrases, en latin, où la mort et l'amour se joignent. Incertum moritur vel Magdalena languet amore, langueat haud refert an moriatur, amat. (On ne sait si elle meurt ou si Madeleine languit d'amour. Peu importe qu'elle se pâme ou qu'elle se meurt. Elle aime.) La peinture qui montre Bérulle à genoux devant la Madeleine en extase de Le Sueur fut achevée par le peintre en 1656.

7. *Suicide de Josèphe*

Sa robe avait reçu du temps, du deuil, de la douleur, quelques taches bleues. L'animal tremble soudain. Sa jambe droite semble lâcher. Elle se tourne vers la princesse mais la princesse ne comprend pas. Josèphe alors la regarde, l'air décontenancé, triste. Le grand animal s'ébroue une nouvelle fois mais en vain. Elle peine à se faire comprendre. Elle regarde la princesse.

Elle hennit une dernière fois.

Son inquiétude était tellement sensible, sans que Sibylle saisît qu'elle provenait de sa chair elle-même.

Pourtant sa robe bleue ne cessait de frémir. La brusque anxiété de la bête monta dans ses cuisses, pénétra le ventre de la princesse. La princesse se dressa aussitôt sur les étriers. Elle écouta des mouvements de bêtes au loin dans l'épaisseur obscure de la forêt. Elle supposa que la menace venait du monde sauvage. Elle ne comprit pas ce qui se passait à cet instant. Elle se mit à songer à son mari mort, Leopold Friedrich, à la chasse, jadis, dans cette même forêt.

Elle laissa flotter les rênes sur le pommeau. Là, elle eut raison. Elle s'abandonna à l'immense monture qu'elle aimait et à l'air doux qui entourait leurs corps. Elle sentit curieusement une odeur de pavot de médecine se mêlant à l'odeur de mousse et de terre humide soudain. Elle ne comprit pas encore à cet instant la nature de la souffrance de celle qui la portait. Elle sauta dans les fougères. Elle laissa Josepha libre.

Son cheval préféré se jeta mystérieusement dans un ravin.

Pourquoi son cheval s'était-il jeté mystérieusement dans un ravin ? Pourquoi Josepha avait-elle fait cela ? Elle ne le comprit jamais tout à fait.

Elle regarde, tout en bas, la jument toute petite, immobile, auprès de l'eau qui passe. La princesse ne peut l'abandonner. Souffre-t-elle ? La princesse décide de descendre au bas du causse. Cette désescalade lui prit plus d'une heure. Elle caressa son flanc.

D'abord, anxieuse, émue, miséricordieuse, elle s'assure que le cœur ne bat plus ; elle ôte le mors ; elle délace la selle ; elle lui ferme les yeux. Elle pose son front contre son front. Elle ressent les derniers mouvements de la pensée qui se défait au fond de son amie. Les dernières ondes de la chaleur des rêves s'épuisent si lentement après la mort des bêtes et de nous. Elle se lève. Maintenant elle pleure à sanglots. Elle traverse la clairière glacée. Plus tard elle revient de la place forte avec des domestiques, des valets, des fermiers. Elle marche devant eux. La terre était beaucoup trop froide pour être percée même à la pointe des pioches. Elle commença par ordonner de faire un immense feu de broussaille. La tombe est creusée dans la forêt à l'aide de cet énorme feu qui a amolli la terre, en sorte de pouvoir y introduire les pioches, puis les bêches, puis les pelles. La grande jument grise à la raie blanche est veillée la nuit. Elle est mise en terre dans la matinée qui suit. Le grand amas de terre marron qui la revêt, comme il est beau sous le soleil qui vient soudain crever les nuages et rayonner sur lui.

Une douleur comparable à celle qui emporta la princesse à la mort de la jument qu'elle appelait Josèphe ? Personne n'avait connu la princesse Sibylle confrontée à un tel état apathique. Insensible. Morne. Même quand son mari était mort à la chasse en 1662. Même quand son maître de musique s'effondra sur le carreau du réfectoire en 1667. Même quand le poulain était mort l'année suivante. Mais ce nouveau deuil, elle ne se risqua pas à l'évoquer tant elle avait honte de la cruauté de sa souffrance. Elle n'osa pas confier sa peine, du moins la profondeur du vide où elle la jetait. D'ailleurs, aurait-elle souhaité le faire, à qui ? Elle n'osa expliquer à personne l'abattement qui s'était saisi d'elle. Peut-être même pas à elle-même.

Ce fut une authentique, une sincère envie de mourir qu'elle ne décrivit jamais au chirurgien français de Mömpelgard qui la soignait, qui montait chaque semaine, qui la visitait, qui surveillait son pouls, son souffle, ses selles, son urine. Nul ne comprenait l'état d'anémie, d'amincissement, de vieillissement si visible, physique, dermatologique, auquel elle fut réduite. Cette souffrance était inexprimable à sa petite cour, à toute la communauté du château, à Dieu, et surtout pas à haute voix dans l'espace de son temple. Ce fut un affaiblissement, une faiblesse qui parut aussi singulière que normale, puisque celle qui en souffrait l'accueillait sans la moindre révolte. Il faisait beau. Elle souffrait le martyre. Les oiseaux chantaient : merles, rossignols, roitelets, grives, fauvettes, verdiers, chardonnerets, mésanges, rouges-gorges... Rien ne la déridait. On ne savait pas comment la consoler. Nul ne voulait non plus la fuir. On l'abordait en reculant. Ce fut la plus compliquée des danses qu'elle eût à danser durant toute sa vie de princesse de Württemberg, de duchesse de Mömpelgard, de reine d'un monde mort. Elle maigrit dans son silence. Ses seins fondirent et, un beau matin, quittèrent son torse. Leur pli s'effaça sur ses côtes. Puis ses côtes percèrent.

Ses yeux s'agrandirent.

Le chagrin affleurait et baignait la pupille comme une eau apaisante, bleue, bleu de Prusse, pacifiante, tranquille.

Puis elle souffrit du dos. Puis elle se déprit des chevauchées en forêt. La duchesse douairière de Mömpelgard, devenue extrêmement fluette, ne participait plus aux chasses. Mais elle continuait d'aller en reconnaissance, à pied, une canne à la main dans la pénombre du sous-bois. Par à-coups, ses cuisses, l'intérieur de ses cuisses, tremblaient, ses genoux fléchissaient, il lui fallait s'asseoir. Elle s'asseyait soudain. Elle était en larmes, assise sur un tronc mort. Elle était en train de manger un bon gros morceau de pain qu'elle avait tiré de ses jupes. Elle regardait, au loin, si loin, dans le vague, la jument s'approcher du ravin, tourner vers elle son beau visage lentement, réfléchir, lui jeter un long regard, se jeter dans l'abîme.

VIII

L'ESTUAIRE

1. Les bateaux

En 1658, après que Jan Van der Meer l'eut fait si merveilleusement pour le port de Delft, Jean Baptiste Bonne Croix le fit pour la longue rive d'or du port d'Anvers sur le bord de l'Escaut.

Vue de la rade d'Anvers à partir du Vlaams Hoofd lorsqu'on regarde en face l'église Sainte Walpurge.

C'est un extraordinaire adieu.

Tous les ports poussent des cris de départ. Les cris stridents des filins et des vergues, des canots et des débarcadères chancelants, des mouettes qui tournent en rond autour des filets, des chevaux qui tirent sur le sable les grues de bois pour décharger les navires, des mariniers qui godillent ou qui rament, des goélands qui les poursuivent, des pêcheurs qui roulent leurs tonneaux, les mises à prix de leurs criées, les sirènes soudaines, les trompes de mer. Dans les ports toutes les ruelles mènent à l'appareillage. Toute l'épiphanie n'est qu'un embarquement. Le long des bassins une espèce d'empressement s'accumule vers le vent et le risque et l'immensité informe de la mer. Comme lorsque le corps s'approche du corps qu'il aime tout cumule et se hâte. L'âme court. Les jambes ne vont jamais assez vite. Le souffle se précipite mais soudain il n'est plus simultané à la respiration qui le permet. Le cœur pince. Il faut tout à coup s'interrompre. L'angoisse lève le pied, le corps s'arrête sur place, se fait effervescence immobile.

Le regard se fait contemplation.

Cette bordure jaune sur l'eau brune et profonde est comme une lèvre qui se retrousse.

Au premier plan, sur l'herbe de la rive, tout à fait sur la gauche, le peintre montre une femme en robe bleue, au devanteau carmin, entourée de trois personnes.

La femme saluée par le bourgmestre, c'est Thullyn. Elle masque Marie Aidelle, en robe blanche. Oesterer magnifiquement vêtu, au chapeau superbe, doté d'une large et longue plume, fait le beau. Derrière lui, touchant le corps de Marie Aidelle, Meaume le musicien tout en noir, plein de douleur, qui s'écarte déjà.

Devant eux le bourgmestre, son rôle à la main, évoque les funérailles d'Abraham et les difficultés qu'elles présentent, les remarques qu'elles ont soulevées.

Sur sa droite, le peintre s'est représenté lui-même, avec l'esquisse de sa toile immense, dans sa main droite, qui touche presque la terre du Vlaams Hoofd.

Thullyn et ses compagnons s'apprêtent à rejoindre le débarcadère et le bac.

À Paris, sous les ponts qui mènent à l'île où se trouvent la Cité et la cathédrale, le long du quai des Augustins, le long de la berge de la Bièvre et des moulins, le long de la grève de la place de Grève et des épis du Louvre, le long du fossé des Tuileries jusqu'à la porte de la Conférence, les bateaux étaient si nombreux qu'on peinait à percevoir l'onde qui les soutenait. Il y eut un temps où on ne voyait plus l'eau des fleuves – de la Seine, de l'Escaut, du Rhin – quand on s'approchait de leurs rives. C'étaient des trains de bois, des voiles, des vaisseaux en tous sens. On ne percevait plus les moutonnements de la mer sur les rivages du nord de l'Europe. C'étaient des flux d'hommes chassés, débandés, affamés, qui se cachaient dans les chardons, derrière les grandes marguerites, les fleurs des genêts, qui rampaient dans les dunes des plages, qui dormaient dans les fossés boueux, qui erraient, qui franchissaient comme ils pouvaient les frontières, les bras de mer, les cols des montagnes. Les routes étaient devenues si peu sûres dans la guerre religieuse perpétuelle. Quand l'épidémie cessait d'éteindre les visages dans la fièvre, ou la toux, ou la suffocation, ou les hémoptysies, ou les délires, chaque carrefour était dédié à une émeute. Afin de se soustraire à la violence des gens d'armes, en sorte d'éviter la rapine et l'agressivité des bandits, en sorte de se protéger de la rapacité et de la malice des communautés des religieux, on recourait au flot moins inassuré et plus paisible des rivières. On s'abritait dans les grottes des falaises de craie qui les surplombent. On cabotait le long des grèves et des à-pics. On suivait les chemins de halage sur les berges et on se dérobait dans les fourrés au moindre coup de mousquet, au moindre braiment d'une mule ou d'un âne, au moindre hennissement ou galop d'un cheval dans le lointain. Les golfes et les baies orientaient les maraudes et la suite des jours était celle de la peur menacée par la faim. C'étaient des caravanes de barques à la queue leu leu qui gagnaient les estuaires comme les saumons le font en traversant les océans. Qui se souvient de cette époque de caravelles, de grandes gondoles et de petits chaluts où les hommes étaient si peu nombreux et le nombre et la forme des bateaux infinis ? Des cohortes de gabarres brunes sur l'Yonne, puis des colonnes de péniches, au bas de la colline de Montereau, sur la Seine qui venait y affluer et l'y rejoindre, qui patientaient aux écluses, qui se garaient des mascarets de Villequier, qui débouchaient au Havre de Grâce, qui hissaient leur voilure au sud, vers Porto, vers Tanger, vers Mogador, en ouest, vers le bras de mer de la Tamise et de la ville de Londres, vers Margate, vers Hastings, au nord, vers Oostende, Brugge, Zeebrugge, les îles de la Frise, la mer de Norvège, la mer de Barents, la mer de Botnie.

Dans la cité de Paris toutes les rues étaient tournées vers le fleuve.

Toutes les venelles et les sentiers descendaient vers les quais où les coches attendaient, devant leur petit ponton, la cloche qui tinte et l'heure de repartir. Menées à la perche les gondoles ouvragées des seigneurs y accostaient. Monsieur de La Rochefoucauld y avait sa gondole. Les nacelles y livraient leurs cageots. Les canots et les barges leurs tonneaux. Les avenues étroites et parallèles comme des rigoles dévalaient sous le ciel gris pâle. Les eaux usées se mêlaient à cette brume, aux arbres, aux vaches vagantes. Feuillages, ombres, enfants, chevaux, chiens, rats, ragondins, même les chats appartenaient à cette fraîcheur odorante, bourdonnante, ils se mêlaient à cette nuée pâle et grise, ils suivaient cette eau sinueuse qui traversait Paris et entourait ses îles. Rives où les pêcheurs se glissaient à la nuit finissante avec leur lanterne sourde. Où les mariniers hélaient sur la boue, ou sur les rondins ficelés des grèves, les coques de leurs chaloupes. Où les lavandières gagnaient leur radeau encordé et flottant pour battre de toute leur force les jupes, les culottes, les chemises, les draps. Où les enfants jouaient le cul nu ou plus ou moins souillé en pourchassant les colverts, leurs canetons, les poussins qui crevaient leurs coquilles en caquetant déjà. Les meneurs de nourrices entassaient dans leurs barils les nouveau-nés braillant, hurlant, en direction de Nanterre, de Corbeil, de Palaiseau. Les cabarets alignaient les tables et les bancs, les colporteurs dressaient leurs étals tandis que les bouquinistes étalaient leurs estampes. Là, les amours se cherchaient;

les enfants en guettaient les premières figures ; les étreintes s'essayaient dans les fleurs des buissons ; dans les recoins les femmes tout à coup s'entrouvraient, les hommes saisissaient leurs épaules, fermaient les yeux, entraient dans l'autre monde en ahanant leur souffle, en gémissant leur joie.

2. *Les plongeons*

L'oie s'envola tandis qu'ils approchaient leurs petites mains de ses plumes et qu'ils allaient la saisir.

Alors les trois petits garçons, front contre front, chuchotèrent entre eux. Le conciliabule ne prit pas plus que trois secondes. Ils se déshabillèrent en un éclair. Ils se jetèrent à l'eau, frappant violemment du ventre contre la surface de la rivière. Que les plongeons des tout jeunes enfants sont beaux à contempler au cœur du jour. Comme l'eau fait résonner loin, très loin, les voix et les rires. Ils se lançaient du plat de la main de grandes éclaboussures que le soleil accroissait encore en les illuminant. Soudain ils lancèrent les deux bras en avant, disparurent. Puis ils revinrent à flot et nagèrent allègrement, comme des chiots, dans la même précipitation, avec la même joie contagieuse, au milieu du fleuve ; ils se dirigèrent vers la pile du pont. Ils se hissèrent avec les bras. Ils grimpèrent sur l'éperon que la pile présentait au-dessus du niveau de l'eau, sous les maisons de bois et les petites baraques des artisans qui les recouvraient. Ils agitaient les bras dans la direction des gens sur l'autre rive en hurlant. Chaque petit sexe nu et pâle saillait, brillait sous l'ombre que la voûte du pont portait sur l'eau de la rivière. Au sommet de la pile du pont, levant les bras vers le ciel bleu pâle, se mettant en position de plonger, l'un d'entre eux lança tout à coup ses deux bras.

Il s'éleva dans l'air.

Puis son corps s'inclina.

Il s'engloutit dans l'onde.

Sa tête délicieuse, radieuse, crevant l'eau noire, réapparut.

Il revint comme une petite vipère de rivière, nageant à l'indienne, sans remous, fendant l'eau sans exciter la moindre vague le long de son corps brillant. Il saisit la main qu'un pêcheur lui tendait. Il s'ébroua, se rhabilla, salua avec de grands gestes ses deux compagnons de rivière qui, pendant le temps de son retour, avaient déjà atteint les grands épis en face. De ce côté-là de la Seine, érigés dans les pierres et les lambeaux de terre couverts de mousse et de fougères, les étais des échafauds de bois formaient des sortes de piques ou de foudres. Le couchant commençait par eux. La lumière la plus douce obliquait sur eux. C'est là où Bernon le chantre était mort.

3. Dans le jardin de l'évêché

Le soleil éclaira la pelouse du petit jardin de l'évêché.

Le vieil homme n'avait plus de cheveux. Il portait des petites lunettes rondes de fer. Il avait posé sur sa tête une calotte pour protéger son crâne. Il déplia puis tira un fauteuil jusque sur le tertre, passant devant les cellules des autres frères.

Le vieil homme qui dirigeait la maîtrise des enfants fit traîner longtemps sur l'herbe son fauteuil de toile cherchant une tache de soleil où y réchauffer son âge et son visage.

Le soleil faisait briller toutes les vitres des fenêtres de la maison principale en contrebas. La violence du rayonnement qui se répercutait sur les parois de verre éblouissait au point qu'on ne pouvait plus rien voir au-dehors. On ne pouvait voir ni l'eau, ni la rive et les arbres, ni le pont, ni la cathédrale, ni le ciel. Rien. Rien. Si vive était la lumière qui tombait du ciel immense.

Il referma son livre et il ferma les yeux. Tout résonnait à l'intérieur de son âme.

4. À Verneuil

Les sabots brillaient les uns à côté des autres.

À gauche, à l'angle de la place de la Madeleine,

dans le petit village où il était né, on ne voyait qu'eux, accrochés deux par deux à une tringle en cuivre.

On les apercevait de loin, comme des lumières, au-dessus de la planche qui servait d'étal aux deux cordonniers qui se faisaient face, qui travaillaient en plein air, derrière leur demi-porte de bois refermée à hauteur des genoux, sous le regard des passants.

Au pied de la sente l'âne attaché broutait le maximum de ce qu'il pouvait atteindre, qui était un peu plus étendu que la largeur de sa langue.

Tout à coup, réfléchissant, il regardait la barrière jaune et brayait. Il regardait la Tour grise de Verneuil.

5. À Stockholm

Thullyn est assise devant la table de la modiste. C'est une belle boutique rouge écarlate sur l'îlot principal de Stockholm.

La servante de la fabrique lui montre des rubans.

Sur la gauche le passementier surveille les deux métiers déroulant les rubans sans fin dans l'ombre, comme des vagues de couleurs vives.

6. À Antwerpen

— Je veux vous exprimer ma gratitude, lui dit Marie.

— Il n'y a pas lieu, je vous assure.

— Je suis ici. Je suis une femme vivante.

— Vous êtes une femme vivante grâce à Meaume, rétorqua Abraham.

— J'aime Meaume le graveur mais maintenant je suis dans votre palais, Abraham.

— C'est une bicoque en bois.

— Le jardin est si beau. Le plan d'eau de Rhuys est si calme. Il y a ici une lumière que je connais et je vais vous dire le fond de ce que je ressens. Il y a un enfant que je sens sourdre au fond de mon cœur.

— Oh, mon Dieu ! Vous emplissez mon propre cœur de joie, répondit sur-le-champ Abraham. Car j'ai perdu autrefois un petit garçon dans un port et le fond de mon cerveau en est resté pétrifié.

— À dire vrai je ne puis en faire état. C'est simplement une impression que j'éprouve en contemplant votre jardin.

7. À Namur

Un jour, à Namur, Hatten rêva que quelqu'un dans le jardin l'appelait. C'était une voix de femme. Ce furent soudain les sabots d'un cheval. Il se leva. Il se pencha par la fenêtre qu'il avait laissée ouverte. Il vit en effet une énorme forme noire qui lui faisait signe dans l'ombre de la rue. Il descendit. Il découvrit que ce n'était pas une femme mais Jakob qui lui faisait signe pour partir sur la route de Bruxelles qui menait à Louvain. Il avança la main. Tout à coup il se fit la réflexion que Froberger était mort. C'était son fantôme et ses doigts le dissipèrent.

Dans son rêve, ils chevauchent encore, longtemps, longtemps, longtemps. C'était un rêve interminable. Köln, Siegen, Fulda, Bayreuth, Gmund, Krems, Wien.

8. À Oostende

À Oostende, aux grandes marées, c'était soudain un immense ressac qui rejaillissait sur le corps, qui s'ouvrait entre la côte et la mer, qui s'approfondissait entre l'objet et l'infini.

Et c'étaient des grandes gerbes d'écumes d'où Thullyn ressortait toute nue en riant, en criant, les seins ballants, les fesses toutes luisantes, se précipitant vers la tunique de toile blanche et la jupe qu'elle avait laissées sur le sable.

Cette femme si belle, aux jambes si longues, qui venait du fond du monde, qui venait des brumes et les brouillards du monde, femme du Schleswig-Holstein, femme de la rive du lac Tuusula, femme des ports de la Baltique, femme de la mer de Botnie, était une femme sidérée par la mer. Deux fois elle s'était abandonnée à son amour.

Deux fois elle s'était immergée dans son chant, deux fois elle s'était abattue et elle avait roulé elle-même comme une vague de la mer.

Une vague sans cesse s'ouvrant sur son propre vide, sans cesse s'enroulant à nouveau sur le rouleau de son abîme.

Une femme s'abîmant dans son abîme.

Sans cesse elle était appelée par la beauté du flot soudain, son éclaboussement, le poudroiement de l'écume, la nuée étincelante, le sanglot de ses larmes.

Un jour, alors que la tempête faisait rage, voyant, au loin, la tranquillité de ce beau corps d'homme qui marchait sur la mer, les pêcheurs et les matelots qui étaient dans leur barque, brinquebalée par les vagues, soulevée par la bourrasque, crurent que c'était un fantôme.

Ils pensèrent : « Ce grand corps que je vois et qui marche sur l'eau est un fantôme. »

Et, en effet :

— N'ayez pas peur, leur répondit le fantôme. Je suis un homme un peu plus beau qu'un homme. Un peu moins mortel que lui. Je suis un dieu. C'est moi. Tel est mon nom. C'est moi. J'avance sur la mer.

Alors un des pêcheurs saisit la main que le fantôme tendait. Le dieu saisit la main du pêcheur mais celui-ci coula parce qu'il avait peur.

Les déesses et les dieux passent leur temps à dire aux hommes :

— N'ayez pas peur. C'est moi qui étais en vous, qui affluais comme le sang en vous, qui reviens près de vous.

Mais à chaque fois les hommes, étant effrayés, s'enfuient devant celles qui ouvrent si largement leurs ailes immenses et montrent dans l'embrun où elles s'élèvent la beauté de leurs seins aussi gonflés et aussi chancelants que les vagues de la mer qui retombent au-dessous de leurs serres.

Il y a des êtres mystérieux qui nagent lentement à la brasse au-dessus des cimes des montagnes. Ils vont au plus loin de l'air respirable. Ils vont au plus près de l'étoile.

Il ne faut pas s'agripper au bat-flanc, au bordage, il ne faut pas se ficeler à son mât quand la houle se lève.

Il faut savoir sauter dans la tempête. Il faut savoir plonger dans l'air violent. Et, tout à coup, on marche tranquillement sur les vagues. Il faut savoir se glisser jusqu'au cœur si doux, si impassible, du cyclone.

9. À Constantinople

À l'autre bout du monde la mer est d'or.

À l'autre bout du monde, à minuit, le fond du ciel est noir comme de l'encre.

Il faut le répéter : le fond du ciel est noir comme de l'encre.

Quelqu'un, à nouveau, semble marcher sur l'eau. Alors on cligne les yeux. On observe cette silhouette qui trotte ou plutôt qui file ou plutôt qui se dissout sur la mer.

C'est un minuscule cyclone qui se déplace.

Ce n'est peut-être qu'une rafale.

Ou une bouffée de brume.

Grâce à la pauvre lettre que lui adresse un taillandier, qui fait tourner son tour, qui fait crisser sa lame, il apprend la mort de son petit frère.

Il se trouve sur la terrasse de bois sur pilotis au bout de l'île des Grecs, au sein des îles des Princes.

Basileus – qui était Isak Froberger – vit au cœur de cet éblouissant archipel qui est éparpillé dans la mer de Marmara. Là où Léandre mourut tandis qu'il cherchait à rejoindre son amour. Là où celui qui aimait plus que tout la prêtresse de Sestos plongea à partir des murailles d'Abydos. Et c'est là, à l'abri de l'univers, dans le défilé si resserré entre l'Occident et l'Orient de ce monde, que l'aîné des deux frères survivants, les Froberger de Stuttgart, avait trouvé refuge après qu'il eut tué le violoniste Loriot, originaire de Caen, dans la ruelle de Fribourg. Il tremblait. Il tremblait parce que son petit frère était mort. Un homme qui venait des Carpates, qui avait installé une petite échoppe de taillanderie rue des Rosiers, à Paris, lui indiquait que son frère était mort dans le château de

Héricourt, vieille forteresse située dans les terres françaises, ancienne place forte protestante appartenant au duché du Wurtemberg. Mais le vieux taillandier ajoutait qu'il avait été enterré selon le rite catholique dans le clos de l'église de Bavilliers.

De tous les siens il ne restait plus que lui.

Isak pleure Jakob.

Il regarde la mer étinceler sous ses yeux. Il pleure.

C'est ainsi qu'Isak devenu Basilius – c'est ainsi que Basilius devenu Basileus se rendait en gondole de mer, assis à côté du pope, accompagné du chantre du monastère, en sorte de tenir sa partie de violon dans les palais chrétiens ou juifs sur la rive européenne. Il ne cherchait à y gagner que ce qui lui permettait d'acheter, sur le continent, des épices, des chandelles, de l'encre, des feuilles de tabac pour sa pipe. Il expiait à ses yeux d'avoir tué, dans la fougue de la colère, un compagnon qui avait des petits et une épouse. Le toit de planches plus ou moins bien ajustées de sa pauvre maison dégouttait au moindre nuage. Le sol nu était humide et il arrivait même qu'il se prît de grésil quand arrivaient les nuées d'hiver au lendemain de Noël. Chaque jour, assis sur sa terrasse, en fin de matinée, Basileus, le dernier de la lignée des Froberger, accordait son instrument puis se mettait à jouer des airs allemands. Il ne plaçait plus son violon sous le menton, au-dessus de l'épaule. Désormais il le posait sur ses cuisses, comme une petite viole originaire, à la façon des musiciens de l'Arabie, ou plus exactement de l'Asie. Il jouait des œuvres d'autrefois pour lui-même et les oiseaux.

Il regrettait ses morts.

Parfois, en jouant des psaumes, en interprétant des airs de son père Basile, en reprenant la ligne mélodique de certains tombeaux que lui avait adressés son frère Jakob depuis la capitale de Vienne, son angoisse s'atténuait.

Les souvenirs du palais de Stuttgart, de Tübingen, de Fribourg, des lacs, des forêts, s'émiettaient dans les notions de plus en plus irréelles de pluie, de neige qui étaient devenus des toiles d'araignée, des songes filandreux et décousus, des sortes de laines tièdes qu'il ne connaissait plus.

Le soleil lançait un éclat d'or de plus en plus vif, de plus en plus éblouissant dans le ciel entièrement bleu.

IX

LA TEMPÊTE

1. La Baltique

Cela avait été deux fois si prompt. Cela avait été si énigmatique aux yeux mêmes des amants. Surgissent parfois des atmosphères parfaitement irrespirables sans qu'on sache d'où elles sont provenues. Ce qui leur était arrivé avait été totalement irréparable sans que cela eût un visage. Sans qu'ils aient décelé la moindre ébauche. Sans qu'aucun d'entre eux n'en ait même eu, sur le moment, le pressentiment. Une initiative qui était bonne, qui était même foncièrement généreuse, défit l'amour. Tout, aussitôt, sans la moindre énergie, comme par l'effet de la pesanteur qui fait que nous tombons, qui fait que la terre nous attire, glissa au désespoir. Ils se querellèrent un peu, à peine, si peu, un haussement de sourcil, une bouche qui se pince, et la lumière changea. Ils voulurent dormir une fois encore l'un avec l'autre et ils ne dormirent pas. Ils découvrirent dans l'insomnie la plus polie, la moins intime, la plus réservée, la plus préservée, que l'irréversible avait eu lieu. Alors ni l'un, ni l'autre, étant tétanisés, n'eut le courage de rompre le silence nocturne où ils acceptèrent de se laisser engloutir. L'espace entre leurs corps s'agrandit comme une mer. Les directions de leurs mains, de leurs lèvres, se perdirent dans les nuages et les brouillards. L'air subitement venu du grand vide du large refroidissait leurs épaules, se glissa même dans la fourche de leurs jambes. La lucidité de cet air, sa transparence étaient affreuses. Pour Thullyn en tout cas, ce fut si évident qu'elle regagna la mer elle-même. La mer de son enfance. La mer de Botnie. La mer où son père avait trouvé la mort. Où il était resté lui aussi englouti, introuvable, indécelable à jamais sous les vagues sans nombre. Elle se surprit à reparler, dans certains épisodes de ses rêves, la vieille langue saam – la vieille langue dont les lettrés et les antiquaires d'alors commençaient à dire qu'elle datait de l'origine du monde. C'était la langue que sa nourrice parlait quand elle devenait tendre, consolante, consolatrice, dans les temps où sa mère vivait encore auprès d'elle. Blessée, elle se précipita vers son enfance, vers les cachettes de son enfance, vers les refuges de ses souffrances de petite fille. Son père perdu au milieu du golfe revint même, très curieusement, comme une bouée de mer. Comme ce qu'on appelle un corps-mort à la surface de la mer. Comme une sorte de fantôme, de hantise bienveillante qui flottait sur la mer pour épargner désormais le naufrage. L'eau froide fait du bien à la peur.

Ainsi en fut-il pour Thullyn. Il n'en alla pas de même pour Hatten qui était toujours, depuis toujours, dépossédé du langage à l'intérieur de lui-même, sans nom, sans surnom, sans petit nom au fond de lui-même, sans la moindre puissance de retour au fond de lui-même. Il s'éveilla. Le monde se trouva descellé. Il s'habilla. Il sortit. Il marcha. Il joua. Le milieu, l'espace restèrent descellés. Tout ce qu'il approchait devint diffus et même un peu absent. Chaque objet était resté touchable mais insaisissable. Les nefs des églises, les salons où avaient lieu les concerts s'étaient simplement très légèrement déformés et affaiblis. Le cours de chaque jour était continûment informe. La faim l'avait quitté aux heures si absolument fixes où elle le harcelait jadis. Une sorte de flou dans la progression des minutes, des demi-journées, des durées, d'inconsistance, de désolation, ne le quittèrent plus. Ce demi-vertige s'immobilisa enfin, mais dans le même temps, s'immobilisant, il stagna. Une sorte de gâchis de plâtre s'afficha dans la lumière partout. De décrêpement dans les murailles à l'extérieur, d'érosion sur les murs et sur les papiers peints à l'intérieur. Même sur les peintures, sur les eaux-fortes de Meaume qu'il avait collectionnées et accrochées sur les cloisons ou les murs qui l'entouraient, c'était là encore une sorte d'affaiblissement, une faiblesse. C'était une affreuse impression de plancher instable lorsqu'il montait sur scène, de terre défaite quand il quittait le théâtre et rejoignait les pavés de la rue, de sol inassuré partout. Ce délitement vint se mêler aussi à ses nuits. Ses rêves se troublèrent, les scènes s'effilochèrent, se faisaient filandreuses, interminables, les appels au secours peinaient à retentir, s'étouffaient aussitôt dans le souvenir, les teintes se ternissaient. Il bandait encore au cœur de la nuit, mais en souffrant, devant des images décolorées et qui étaient sans similitude avec ce qu'il avait vécu. Il but excessivement chaque soir, quand le soleil se couchait, quand la nuit tombait. Chaque aube, il travaillait plus que jamais. Il s'échinait à travailler. Il amoncelait les commandes pour qu'il n'y eût aucune carence dans les instants, aucune vacance dans les semaines, aucun abîme entre les mois. Toujours il avait trompé l'angoisse par le travail. Il fallut attendre deux ans. Alors, au terme de deux années, il s'effondra en sanglots. Ce sanglot, cette pluie, cette saison des pluies, cette extraordinaire mousson dura, sans discontinuer, deux mois, au cours d'un été absolument torride. Ce fut comme une cascade continue dans un été torride. Il n'osait plus sortir tant son visage s'était raviné par la force de l'eau et la brûlure du sel. On dit aussi qu'il y a dans les larmes une sorte d'urine. Dans la plus extrême chaleur il comprit sa douleur, et l'importance de cette douleur, et l'étrange secours qu'elle offrait. Deux ans après que cette douleur se fut ouverte en lui, il put la nommer. Il découvrit l'étendue du saccage dont il était la cause certainement mais point la source puisque cette dernière remontait à n'en pas douter à sa naissance elle-même. Il ne pouvait plus manger. Même les fruits merveilleux de la fin de l'été, mûris dans la canicule, plus sucrés que jamais, les mûres, les raisins muscats, les figues crevassées et bleues, les pommes reinettes de la fin août, les myrtilles sauvages, tout avait été gâté. Tout était devenu chagrin.

Nous ne savons pas ce qui nous conduit à notre perte dans le regard de ceux que nous aimons.

Le musicien s'était égaré longtemps au nord du monde. Sur l'île de Rügen. Et soudain, sur le ponton de Baabe, étaient surgis ce visage et ce long corps merveilleux qui s'avançaient vers lui. Il les avait aussitôt reconnus. Il frémissait de les revoir. Il était si heureux de la voir revenir. Il se dirigea aussitôt vers celle qui le regardait en souriant un peu plus que toute autre femme. Un peu plus qu'une femme. Il tremblait d'amour.

Maintenant il tremblait de peur. Il s'effondrait.

Il tombait en morceaux.

Il dégringolait.

Dêkrinkoler, c'était d'ailleurs un verbe qui venait du bout du monde où cette longue femme était retournée dans les pins et les neiges. C'était un mot du pays où Thullyn était née. Un mot de la langue qu'on parlait à Lahti où elle s'était précipitée en courant, toutes affaires cessantes, aussitôt qu'ils s'étaient dit adieu sans oser se le dire.

Gringuelen, krinkelen, a fait dégringoler.

Dékrinqueler, c'était aussi cette pièce saccadée, sublime, qu'avait écrite Jakob Froberger pour pleurer la mort de Monsieur Blancheroche lorsqu'il avait dévalé l'escalier, rue des Bons Enfants, à Paris, durant l'été, sous ses yeux.

Blancheroche, Froberger, tous les deux étaient morts.

Si le compositeur fut complètement *décomposé*, elle aussi, mais d'une autre manière, abasourdie, elle *tomba des nues*. Tomber des nues : que cette expression est sublime autant qu'elle est vertigineuse et foudroyante. La cire fond. Les ailes se détachent. L'enfant du soleil tombe du haut du ciel dans la mer sans dire un mot. Mais elle, elle non plus, elle ne souffrit pas. Étranges amants qui ne souffrirent pas alors qu'ils s'étaient dessaisis tous les deux du plus beau et même de l'essentiel de l'expérience de leurs jours. Totalement étourdie, non pas dékrinquolée mais brinquebalée de carrosse en voiture, épuisée par la route infinie qui menait aux neiges, elle n'éprouva aucune des pinçures, aucun des affolements qui serrent le ventre, aucun des troubles qui annoncent une souffrance. Ni ne fut assaillie des paniques infernales, sidérantes, que l'angoisse déclenche tout à coup sans qu'on en aperçoive la cause immédiate. De cheval en cheval, de barque en barque, de vaisseau de bois en vaisseau de peau, elle rejoignit la Baltique, le lac de Tuusula, la belle maison familiale aux deux étages, couverte de galets de bois, entourée d'une belle galerie extérieure peinte en jaune poussin. Elle éprouva même du bonheur à retrouver ses amis, ce qui restait de la famille. Elle les visita un à un. Elle fut choyée par eux. Elle retrouva même avec enchantement les lieux de son enfance où elle avait été si heureuse au côté de son père, au côté des concours de chants et de musique, des jeux, des marches, des pêches à la nasse, des pêches à la mouche, des chasses, des voleries aussi auprès de son père. Quel paradis : les lilas à l'odeur si violente, les moutons sans nombre, les grandes huttes de bois, les élans, les ours blancs, les torrents à saumons. Il n'y eut pas de tristesse en elle et pourtant quelque chose resta inanimé dans le volume de son corps, sous la peau blonde, tout le long de ses muscles si longs. Elle n'aima plus un homme. La musique resta, l'ivresse de la musique resta, le rythme pressant, l'embrassement inouï des bras que la musique de viole ou de violoncelle impose autour de la caisse rouge et sombre, resta, mais point les bras d'un homme qu'on désire et qui vous presse contre son ventre. La mer immense prit toute la place dans son âme, sa vue sans cesse renouvelée devant la maison qu'elle loua par la suite pour se rapprocher de Ilsted, son bruit sans cesse roulant la nuit, la nage forcenée quand le soleil arrivait au zénith – mais point la passion pour un homme même dans la mémoire. Il faut croire que son cœur repoussait la petitesse ou même l'exiguïté de cette fin. L'immensité resta, voilà, c'est tout. Aucune trace, aucun pollen de douleur en elle. Toute la douleur appartenait à la musique et la musique avait partie liée au rugissement des vagues de la mer.

2. Les restes de l'amour

Que reste-t-il de l'amour quand l'amour, à l'évidence, n'est plus ? Tellement de choses qu'il est impossible de les énumérer. Tout un monde.

Continue le mouvement qui l'initia.

N'a pas de fin l'essentiel.

L'amour est bien plus que la prédation si animale, si attentive, si curieuse, si avide, si passionnée, si envoûtante, d'un corps que l'on ne connaît pas.

Séjourne tellement plus que le côtoiement tellement bouleversant, odoriférant, étrange, stupéfiant, que la présence physique fait naître.

Même les plantes ajoutent au pollen le nectar, au nectar le parfum, au parfum la couleur – pour retenir ce qui les aide à se ressusciter.

Alors, sublimement, subitement, les plantes, comme enivrées de leurs propres splendeurs, s'ajoutent les animaux, les papillons, les oiseaux – pour ajouter à l'érection le mouvement, à la couleur le chant, et au chant la mémoire.

Enfin à la mémoire la nostalgie, saison après

saison, dans la roue des saisons, qui n'est rien d'autre que le désir du désir qui fait le tour du temps dans la lumière céleste.

La robe s'ôte par le haut. Elle est aussi une grande fleur qui tout à coup se plisse. Il la roule sous les doigts, il l'exhausse. Soudain il la tire un peu vers lui. Le tissu chevauche alors les deux seins ronds et pleins qu'il découvre sans qu'il les touche. Il l'élève au-dessus du visage. Il l'érige à bout de bras au-dessus du chignon qu'il ne veut pas déformer.

Maintenant la robe est comme un dais au-dessus de ce corps si long, si pâle.

C'est un grand cercle de soie bleue comme celui qui entoure l'eau de la terre dans l'espace noir.

En l'air, quand toute l'immense robe était encore en l'air, tandis qu'il la tenait au bout de ses deux bras en l'air, elle formait une immense auréole sombre au-dessus du corps nu qui devenait de plus en plus lumineux.

De même que les chats dans l'aube sautent avec la plus délicieuse adresse sur la table, posent délicatement la patte sur le dos de la main pour réclamer à manger, lancent leur minuscule chanfrein, cognent violemment leur petit front si dur contre le vieux front osseux et nu – et encore plus dur – de celui qui s'attache à les nourrir avant de se nourrir,

exigeant un peu de temps, un peu de caresse douce, quelque chose comme de l'amour certainement, car l'amour est le contact et c'est tout, et c'est par excellence,

et il ne faut pas chercher plus loin que le contact silencieux par excellence qui définit l'amour pour définir l'amour,

de même que les chats insistent pour qu'on empoigne leur fourrure au-dessus de leur cou, pour qu'on les enlève alors qu'ils gigotent et trépignent, pour qu'on les ravisse au-dessus de l'eau de la rivière afin de les protéger de l'élément si étrange et si glacé et si mouvant du fleuve, juste avant de les placer sur le bois tout sec et tout chaud de la barque,

de même qu'ils haussent déjà les poils vers la paume ouverte de la main qui s'avance sur eux quand le jour se termine et qu'ils souhaitent qu'on les laisse s'acheminer vers les oreillers et la chambre à la condition qu'on la laisse obscure et aussi, si possible, silencieuse,

de même que les chevaux, plus lentement, après qu'ils ont tourné leur grande chevelure, après qu'ils ont offert leur superbe visage, tendent l'encolure vers celle qu'ils aiment,

ou bien leur toupet, ou bien leur naseau, leur belle lèvre charnue,

réclamant un mot de réconfort, une tape légère sur la joue, la ganache, une pression aussi,

un long regard, un merveilleux regard, un infini regard,

de même mon front touchait la peau lisse de ton sein, mes lèvres sèches s'y posaient doucement, rêvaient de s'y entrouvrir, de mouiller l'embout de chair grumeleuse, de tirer, de soutirer, de traire lentement la vie possible et fade, tiède, blème et extraordinaire.

3. Fragments Thullyn (1)

Hélas le malheur projette un charme sur ceux qui y ont survécu qui les rend invulnérables. Cette puissance néfaste est une horreur qui parfois se désire. Comme elle est étrange, cette invulnérabilité qui les protège tellement des congénères à dater du jour de leur détresse. La haine est une carapace, une plume sublime, une fourrure. Comme elle les rend indifférents, et même enthousiastes, à l'égard de ceux qui souffrent à leur tour. Elle les sauve de l'humanité. Mais est-ce une rédemption ?

Âgée de quatre ans, elle monte sur les genoux de son père.

— Mon grand chéri, dit-elle.

Et elle l'embrasse sur la bouche.

— Au revoir, mon petit requin, murmure son père en l'élevant dans ses bras tandis qu'elle s'égosille de rire.

Il caresse ses cheveux blonds. Il la repose par terre.

Sa mère referma la porte de la chambre. L'enfant reçut une paire de gifles qui la fit tomber et rebondir sur le plancher.

— Ne recommencez jamais. Une petite fille n'embrasse pas son père sur les lèvres.

Quand l'enfant eut entre cinq et six ans sa mère parvint enfin à faire rompre son mariage. Elle quitta la Finlande et partit pour Hamburg avec un riche marchand de Lettonie. L'enfant fut élevée avec Ilsted, dans la famille d'Ilsted.

Quand Thullyn eut onze ans son père périt en mer. Il disparut avec toute la cargaison de peaux, avec tous les marins de son équipage, sur l'un de ses chalands. On ne retrouva ni corps, ni épave.

Thullyn : J'ai suivi la lumière. Le soleil et son aire à l'extrémité du monde sont devenus mes seuls guides puisque j'ai perdu les deux hommes que j'aimais.

Car il me semble que j'ai connu deux amours qui ne se confondent qu'en partie.

Elle disait : Le bord de la mer où l'étoile boréale se lève, c'est là où je dois me rendre, non pour espérer y mourir, mais parce que j'y suis née. Mais est-il si détestable que cela de mourir au lieu où on est surgie ? Je vais retrouver les sociétés de musique de la Baltique où on joue tous les soirs, toutes les heures du soir durant la longue nuit, se promettant l'aube éternelle qui s'y sécrète.

Il s'agissait d'un homme qui se crispait dès qu'on marchait sur son ombre. Il ne se confessa jamais, de rien, comme s'il n'y avait pas d'aveu à faire. Un chagrin l'habitait, l'avait rendu à jamais apeuré et anxieux. Tout jugement, même favorable, le blessait. Il se rebiffait à la moindre louange ; elle lui paraissait toujours insuffisante. Il se repliait sur lui-même à la moindre réserve ; elle le perçait au cœur.

Il n'était qu'émotion, et émotion perpétuellement émue, spasmodique, instable, bouleversée.

Rien en lui ne se déroutait dans le langage et ne s'enlisait dans sa boue. Il ne connaissait pas ce chemin de délestage, ou de halage, ou de douaniers.

Il ne transitait pas par ce milieu. Il n'avait pas connaissance de ces octrois. Il ne versait pas ces taxes.

Être drôle ou du moins avenant ou, sinon, courtois, dans un dîner de huit personnes, c'était pour lui l'enfer. Soudain, le soir, il allait au cabaret, fumer la pipe, reposer ses yeux, jouer aux dominos. Pourquoi me quittait-il alors sans rien dire ? Sans me faire signe ? Sans le reconnaître ? Il aimait dire l'aventure au jeu de tarot et il pleurait en la disant, tant son imagination était triste. Mais il ne pouvait pas l'avouer.

Il aimait infiniment boire infiniment.

Par instants elle le haïssait. Elle se disait : J'en ai assez de cette ombre. Quand daignera-t-il sortir de ce fourreau de silence, de son étui de bois, de ce corselet de cigale, de cette écorce d'arbre qui l'enveloppe ? Cette œuvre qui existe, qu'on entend quelquefois de lui, quand il accepte de la faire surgir, parfois il me semble que l'homme qui l'écrit ne la mérite pas. Il est vague dans ses projets car l'avenir est sans attrait sur lui ; il est inconsistant comme les brumes sous le ciel ou les algues dans l'eau. Son corps évite tout. Il contourne toute circonstance favorable. Toute chance qui s'offre à lui, il ne la repousse point : il parvient à s'en écarter mystérieusement au point qu'elle n'existe plus. Et il s'éloigne. Il fait bande à part avec rien. Ce n'est pourtant pas la peur qui l'anime. Ce qu'il écrit est si hardi, si agressivement à contre-courant de tout ce qui se fait en Italie, de tout ce qui se produit en Allemagne, de tout ce qui fait verser des larmes à Londres, de tout ce qui cherche à plaire à la cour de France. Son œuvre ? C'est un étrange réflexe corporel qui a fait qu'il se garde de la proposer aux autres. Il ne veut rien imposer de ce qui le concerne.

J'aurais préféré qu'il soit comme un ours sur la banquise. Qu'il me tue.

J'aurais préféré une vague qui me submerge.

Ou que ses frères de Mulhouse le jettent dans un puits.

J'aurais même préféré un bison qui l'encorne à cet homme qui se laissait mourir.

Qui étais-tu, toi dont j'ai à peine serré le visage sur mes seins ? Dont il me semble que je n'aie fait qu'effleurer les lèvres sous les miennes ? Toi que deux fois j'ai vu partir à la vitesse de l'éclair, instantanément, dans la hâte de cesser de me voir, dans l'impatience de ne rien montrer de ta détresse à l'idée que je m'en aille ? Replié comme un avare une fois sur ton désespoir, une autre fois sur ta terreur ?

Ai-je goûté l'eau qui venait sur tes lèvres ? Et celle qui montait à tes yeux ?

4. Thullyn chez Ilsted

Thullyn revient seule de la soirée de musique. Elle est enveloppée de son grand manteau de fourrure blanche. Il fait si froid. Elle marche dans la neige qui glisse, qui crisse. Il fait nuit mais tous les astres sont là, sur la voûte noire, au-dessus d'elle, si près d'elle. Ils irradient, leur lumière meurt. Elle marche sur la banquise la viole rouge sur l'épaule dans sa grande housse elle-même rouge. Tout est calme. Comme elle est elle-même tranquille. Comme ce monde est paisible. Comme la nuit arctique est pétrifiée et silencieuse. La musicienne a les yeux fermés. Maintenant elle est nue. Elle se glisse sous son drap. Mais pourquoi se met-elle à quatre pattes sous le drap, sous la couverture, sous l'édredon ? Elle croit qu'elle s'allonge sur lui. Le poids de la jeune femme excite le corps qu'elle recouvre délicatement, de tout son long, et qui est à dormir. Ses cheveux glissent sur son sexe. Ses seins se cognent à son ventre. Peu après elle l'introduit doucement en elle et il gémit. C'est un petit brame. Même pas : c'est un ronronnement sourd. Comme ils sont heureux. Toute son âme est désordonnée quand elle s'apprête à se fondre au sommeil mais sa chair est restée si jeune, si avide. Elle s'écoule subitement. Ce sont des rêves qu'elle fait quand dix ans sont passés.

Le golfe de Botnie, les îles d'Aland.

Bergen. Norge. Rossija. Tous ces noms magnifiques, c'étaient les lieux de son enfance. La fin de son enfance avait été si heureuse. Elle courait avec Ilsted. Elle nageait avec elle. Elles faisaient de la musique ensemble. Elles chantaient ensemble, à la tierce, en canon, à la quinte, à la saam. C'est à l'éveil du printemps, dans sa quatorzième année, que le malheur l'avait agressée. L'enfance avait été un paradis continu pour peu qu'elle exceptât sa mère et son départ. Son père vivait. Il l'aimait. Elle l'aimait. Elle l'accompagnait au fond des fjords, des mers d'Europe. Les fourrures voyageaient sur la mer Blanche, sur la mer de Barents.

Quand Thullyn rejoignit son monde, la première qu'elle rechercha, qu'elle retrouva, ce fut Ilsted (Ilda von Essenbeck) ; Ilsted qui, elle, était restée intacte, avertie, introvertie, rouée, cachottière, timide, réservée, invisible ; ce fut comme si les deux compagnes ne s'étaient jamais quittées. Ilsted l'aimait. Même, à la fin de leurs vies, elles vécurent deux années ensemble avant de s'éloigner au tout dernier moment, pour mourir plus commodément, dans une intimité plus discrète, s'épargnant une sensualité devenue inutile.

Thullyn était si belle, déjà enfant, et au sortir de l'enfance, et si flexible. Après que son père était disparu, son long corps malheureux s'était allongé plus encore et musclé dans les vagues où elle cherchait tellement à le rejoindre. Son visage avait la forme d'un triangle. Toujours aussi altière dans l'espace, toujours aussi concentrée dans sa démarche, Thullyn, à n'importe quel âge, avançait comme un cygne, le torse parfaitement immobile. Des grands yeux calmes qui regardaient partout, qui ne fixaient rien, qui ne marquaient aucun embarras, hardis, incisifs, grands ouverts, qui absorbaient le visible auquel elle ne s'affrontait pas : toujours elle appartenait à ce qu'elle voyait. Avec les jeunes filles qu'elle instruisait, dans le plus grand calme, elle n'expliquait plus : elle montrait à ses élèves les éléments de la viole, de la réalisation de la basse continue, des différentes sortes de compositions. Elle signifiait sans cesse par des exemples et de moins en moins par des recommandations. Elle avait trop parlé une fois, jadis : on ne l'y reprendrait plus. Elle avait rêvé en parlant tout haut : il fallait en rester aux images qui indiquent sans qu'elles disent. Qui promettent sans qu'elles pressent et exhortent. Elle rêverait plus que jamais mais elle ne traduirait plus ses rêves, au sortir du sommeil, en quelque langue que ce soit. Quelqu'un mourait-il, elle ne proposait plus des condoléances ; elle arrivait avec sa grande housse en peau retournée qui contenait sa viole ; elle arrivait dans son grand manteau blanc d'hermine, tous les poils dehors, et elle ouvrait son pliant ; elle jouait une pièce triste qui faisait pleurer tout le monde. Elle ne remerciait pas ; elle offrait en silence un cadeau acheté sur la côte – une scène gravée sur un galet, une scène incisée sur une omoplate ou le long d'un ivoire – et refermait simplement ses mains sur les mains qui l'avaient saisi. Ne regardez que quand vous serez seule, murmurait-elle. Elle était comme la mer : elle ne se distinguait pas vraiment de la grève où son mouvement éparpille ses merveilles. Elle avait aimé dans l'enfance l'audace seulement vivante, calme, résolue, sauvage.

5. Thullyn l'adolescence

Un jour Thullyn, à Lahti, avant la guerre suédoise, à l'âge de onze ans, tenta, dans la poche de son cousin, une prise inconvenante. En découvrant la joie qu'elle provoquait, elle recommença. Les garçons présentaient la chance, à ses yeux, de posséder sur le ventre une sorte d'oisillon externe, vivant, autonome, susceptible, farouche, incroyablement sensible, qu'on pouvait aisément asservir et qui se révélait si facilement voletant, et même fiévreux dans la paume, et même enthousiaste. Les fois où un jeune homme souhaita le lui montrer, elle fut dépitée ; sa vision ne la convainquit pas ; ce n'était plus un animal ; ce n'était plus un oiseau dont le cœur palpite à toute allure ; c'était plutôt un végétal pâle, reposant sur ses bulbes, enraciné dans sa forêt, qui se balançait lourdement. Longtemps elle préféra faire ses approches à l'aide de ses saisies mystérieuses, presque entièrement invisibles, sous le couvert du tissu. Ou dissimulées sous un foulard de soie qu'elle gardait enroulé au fond de son sac. Ou masquées par un mouchoir. Ou dans le noir. Face à la vision du sexe nu, luisant, vibrant, puis dressé, puis jaillissant, elle préférait l'observation de la tache sombre qui s'étendait aux fibres de l'étoffe qu'elle caressait avec le doigt tandis que le jeune mâle les yeux fermés chantait son petit chant spécifique. Jusqu'au jour où, ayant repoussé le rideau de la fenêtre pour accroître l'obscurité, elle découvrit le sexe de Hatten. Elle cessa d'être embarrassée ou perplexe.

Elle aima le sexe de Hatten.

Ce fut comme quand elle sortait de l'enfance au bout du monde, à Lahti.

Ce fut au début de l'après-midi.

Elle glissa sa main sous l'étoffe alors qu'ils étaient à Brussel et le sentit qui s'épaississait à l'intérieur de sa main. Il était ému. Mais elle ôta sa main doucement.

— Je vais vous demander quelque chose, lui dit-elle.

— Quoi ?

— Je ne l'ai jamais demandé à quelque homme que ce soit.

— Quoi ?

Mais Thullyn se tut. Ils étaient mal à l'aise. Leur pensée se transmettait de l'un à l'autre sans qu'ils aient la témérité de la préciser. Ils n'osaient pas se regarder.

— Je voudrais que vous vous... montriez, murmura-t-elle tout bas.

— Comment ?

— Là, devant moi, telle que ma main vous a senti, tout de suite. Je veux que vous me l'offriez.

— Je crois que je ne suis pas capable de faire ce que vous me demandez. Je n'ai plus l'âge pour ces jeux.

— Il n'y a pas d'âge.

— Je crois que je vais avoir honte de me montrer comme vous le demandez, murmura le musicien.

C'était dans sa chambre, dans le grand hôtel de Brussel. Ils ne s'étaient dit leur amour que depuis deux jours.

— Oui. Je comprends que cela vous gêne, lui dit Thullyn. C'est pourtant ce que je veux. Mais ne croyez pas que je sois plus fière que vous l'êtes en vous le demandant.

Elle alla à la fenêtre de la chambre. Elle tira le rideau pour ne plus laisser passer qu'un peu de la lumière du jour. Elle prit sa main.

— Venez dans ce peu de lumière que laisse passer le rideau.

Ils se tinrent tous les deux debout devant le rideau entrouvert. Alors elle lâcha sa main, elle leva les yeux, elle le regarda dans les yeux. Mais Hatten resta immobile. Il était embarrassé.

— Je ne vous aiderai pas plus avant, dit-elle.

Il n'osait pas.

— Je veux aussi qu'on se dise tu, dit-elle.

Il restait silencieux. Il ne bougeait pas.

— Montrez-moi !

Il se dénuda en silence.

— Alors vous aussi..., murmura-t-elle.

Elle soupesa les bourses. Le pénis se dressa davantage. Puis il se mit à trembler.

— Je...

— Tais-toi.

Elle se coucha sur le dos, sous la fenêtre, sur le coffre. Elle retroussa ses jupes.

— Regarde toi aussi, dit-elle.

Elle écarta les jambes et, du bout des doigts, avec les deux mains, elle déplia, elle entrouvrit son lieu secret, il le vit dans le rayon de soleil qui tombait de la fenêtre.

— Viens au plus profond de moi. Glisse-le, murmura-t-elle.

Il s'avança entre ses longues cuisses nues. Elle était

en eau. Il introduisit son sexe au fond de cette eau. Ce n'était pas un lieu. C'était autre chose qu'un lieu. C'était si ancien et confus dans l'espace. C'était tellement plus vivant qu'un souvenir. C'était plus beau qu'une grande fleur épanouie. C'était ailleurs, aussi, dans le temps, ou l'heure, ou la saison, ou l'époque de l'Histoire. Ils frémissaient. Ils tressaillaient et frissonnaient. Ils gémissaient. Ils sursautaient à l'intérieur du temps comme s'ils se retrouvaient à leur propre origine.

Quand sa vulve expulsa son sexe décomposé, elle se mit à pleurer.

— Vous avez perdu quelque chose ? demanda-t-il.

— Oui. Je pense que c'est parce que tu ne me tutoies pas.

Après l'étreinte, il lui arrivait de trembler entièrement et de pleurer. Alors elle tira plus complètement le rideau pour masquer la fenêtre afin qu'on ne vît pas ses larmes. Elle lova son visage dans l'épaule de son amour. Elle pleura.

6. L'église Sint Anthonis dans la Breestraat

Abraham entrevit la longue jeune femme dans l'église Sint Anthonis dans la Breestraat et en eut le souffle coupé. Il se dit : « C'est la femme qui vivait avec Hatten quand il jouait à Gand. » Absurdement, dans un premier temps, il se cacha derrière le pilier, comme s'il ne l'eût pas aperçue. Nos premiers mouvements sont si inconséquents qu'il faut parfois se reprendre, et les reprendre. Aussi Abraham se reprit-il – il quitta la colonne derrière laquelle il s'était éclipsé. Il alla la trouver. Elle avait l'air si malheureuse, quand il avait aperçu son profil, qu'il l'avait fuie. Il s'avança vers son chignon, son dos toujours si droit. Si droit dans la pénombre de l'église Sint Anthonis. Cette femme si grande se tenait si fièrement, toute longue et pâle, le pur visage offert à la lumière qui surplombait l'autel. Elle avait l'air si tranquille. On voyait qu'elle ne priait pas. On voyait qu'elle était dans un autre monde qui n'était pas heureux. Quand il vint vers elle, quand il lui apparut, quand il l'embrassa sur les joues, quand il lui dit « Bonjour, Thullyn », elle saisit fiévreusement, très fort, les vieilles mains ridées d'Abraham. Elle porta ses vieilles mains à ses yeux et les posa sur la fine peau de ses paupières.

— J'ai eu tort. J'ai certainement des torts, dit-elle à Abraham, mais je ne parviens ni à les déterminer, ni à les dénombrer.

— Rien n'est sûr.

— Je suis trop fière.

— Non, je ne pense pas. Monsieur Froberger pensait que son ami Hatten, qu'il connaissait si bien, était un musicien très compliqué. Un créateur qui n'écoutait personne. Il disait que c'était une sorte de coucou qui chante inopinément dans la nuit. Un oiseau farouche et sans nid.

— Monsieur, je suis très émue de vous revoir tout à coup, après tant de temps.

— Ne me dites pas tout cela.

— Monsieur, je vous demande pardon de me confier de la sorte mais j'en ai besoin.

— Venez au refuge, lui dit-il.

— Je pense que c'était une erreur que de vouloir régler ses jours, que de le prendre au dépourvu.

— Oui.

— Il y a des hommes que les surprises affolent car elles leur rappellent de terribles effractions.

— Des hommes et des femmes.

— C'est vrai, murmura-t-elle.

— Mais il n'y a pas que cette maladresse, Thullyn. Hatten est un musicien qui a peur de sa propre création. C'est du moins ce que disait Jakob. Venez au refuge. Vous serez bien accueillie par nous tous.

— Mais comment peut-on aimer à ce point ce qu'on fait et aussi peu ?

— Quand on n'a jamais été aimé.

— Je ne l'ai pas compris mais il est si difficile à comprendre. Se comprend-il lui-même ?

— Sans doute pas. Mais qui se comprend ? Qui peut dire : dans ma pensée il y a un penseur ?

— Il a peur de tout.

— Oui. Je pense qu'il s'est senti contraint. Il a eu peur.

Abraham lui fit découvrir le Refuge d'Anvers. Salon après salon. Escalier après escalier. Chambre après chambre.

Il est debout dans le grand salon, le dos tourné au canal.

Il vient s'asseoir auprès de Thullyn sur le divan. Il dit lentement :

— Je pense que Hatten, comme tous les artistes, adore que le vide se creuse. Adore en ressentir le manque.

Il saisit la main de la jeune femme qui se tait.

— Ils aiment retrouver ce qu'ils ont éprouvé de pire. C'est leur sève affreuse.

— Cette pensée est tellement insupportable, dit-elle. Il a eu peur de moi. De moi qui l'aime tellement.

Abraham lâche la main de Thullyn.

Meaume l'eau-fortier disait de la jeune Finlandaise qu'Abraham avait recueillie, quand il venait retrouver Marie au refuge, tandis qu'il travaillait comme cartier chez Plantin à Anvers :

— Je regardais Thullyn avec appréhension parce que son cœur était devenu du bois calciné.

En vérité la longue jeune femme n'était pas un bois noir abandonné dans les bûches. C'était un bois rongé par l'eau.

Et elle n'était en aucun cas une braise éteinte – celle qui sert au graveur à faire ses esquisses – mais une écume, une coquille couverte de calcaire, une craie qui blanchissait de saison en saison.

Un bout de mât, de branche rongée et usée ramenée sur la plage par les mouvements désordonnés du naufrage, de la tempête.

Ses cheveux étaient devenus entièrement blancs.

Quand elle parvint à plus de soixante ans, c'était ce blanc de poudre, ce blanc de bout du monde. Blanc de harfang des neiges. C'était un blanc pur de neige velouté.

Le visage de Thullyn se révéla alors encore plus singulier, s'allongea. Son corps gagna en beauté, s'il était possible de dire. Plus elle vieillissait, plus elle était belle. Mais son visage se fit anguleux comme le signe du carreau. Un carreau blanc sur un épieu blanc très long et totalement dépourvu de rides.

Elle marchait tellement dans le froid, sur la glace, sur les versants des collines, dans la neige. Aussi son corps était-il extraordinairement musclé et il s'était lissé. Son corps était blanc comme ses cheveux l'étaient devenus dans le regret de Hatten, ou dans la paix de l'âge, ou dans l'amour d'Ilsted. C'était une blancheur de craie mate et non pas celle d'une plume de cygne, ni celle d'un ivoire. Quand elle se dévêtait, elle se dévêtait comme une petite fille, elle posait, la veille pour le lendemain, les vêtements de l'aube suivante sur la balustrade blanche de l'escalier face à la porte de la grande chambre qu'elle partageait avec Ilsted. Tous les murs étaient blancs. Elle n'avait conservé que deux peintures sur les deux étages de sa maison. Une peinture dans sa chambre, à la place du crucifix. C'était l'intérieur d'une église silencieuse et vide. Elle était due à Jean Baptiste Bonne Croye qui la lui avait vendue pour presque rien, sans qu'elle lui demandât la moindre remise, alors qu'elle se trouvait au refuge, chez Abraham, sur le canal. Dans le salon, au-dessus de sa collection de violes, une petite peinture qui était signée Lubin Baugin et qui représentait un vieux verre de vin, quelques gaufrettes à demi rongées. C'était un cadeau que lui avait fait son ancien maître de musique.

Elle avait donné, lorsqu'elles résidaient toutes les deux à Tuusula, à son amoureuse, à Ilsted, la peinture qui représentait Marsyas et la musique, parce qu'Ilsted adorait cette image où on ne voyait, de loin, à vrai dire, que d'admirables touffes de roseaux et une roche bleue.

Toutes les après-midi, Ilsted et elle ne furent plus que musique, du moins dans l'espace de la maison.

Thullyn s'habillait après le déjeuner.

Toute la musique était rassemblée au rez-de-chaussée, à l'intérieur du long salon en bois de Finlande.

Toute la musique, les lutrins, les instruments, le clavier, se blottissait autour du grand poêle de faïence acheté à Hamburg, installé ou plutôt incrusté dans la cloison entre la salle à manger et la bibliothèque, à la chaleur si constante et si douce.

7. From the window

Elle est seule appuyée contre l'huisserie de la fenêtre. Elle se tourne vers lui mais il n'est plus là. Elle regarde longtemps dans le vide.

Alors l'ombre ou le nuage de Hatten dit à Thullyn, tout bas, extrêmement bas :

— Es-tu malheureuse ?

Thullyn se dit que le fantôme lui demandait si elle était malheureuse parce que c'était ce qu'il souhaitait. Alors elle lui répondit :

— Je suis heureuse au bord de l'eau. J'aime être au bord de la mer.

Elle pousse la porte humide de la maison qui donne sur la route du lac Tuusula. Tuusulanjarvi. Où elle se rend avec Ilsted dès que c'est l'été.

Cela sent si bon l'algue, les rouleaux des vagues s'avancent sans se hausser, à deux mètres de la galerie de bois blanc.

Pourquoi fallait-il que la musique qu'elle aimait plus que toutes les autres musiques qu'elle avait entendues jusque-là, qu'elle avait eu tant de mal à découvrir, qu'elle avait mis tant de temps à apprécier, fût écoutée et fût applaudie ? Pourquoi avait-elle été si désireuse que ses œuvres fussent diffusées et même publiées ? Pourquoi était-il important que l'homme qu'elle admirait, qui la faisait pleurer, dont elle aimait la peau soyeuse et les petits cris de moineau, ou les subits râles de cygne, fût renommé comme compositeur ? Pourquoi, alors que, elle, elle avait renoncé de chanter en public, aurait-il dû, lui, se produire devant tous sans crainte, en recueillir les louanges, devenir célèbre ? Pourquoi lui avait-elle donc demandé cela même dont elle s'était révélée incapable ? Pourquoi était-il capital que celui qu'elle aimait montrât ce courage qu'elle n'avait pas eu ? Pourquoi un homme aurait-il dû accomplir sa propre vengeance ? Pourquoi aurait-il dû sauter la haie de ce regret qu'elle avait pour ainsi dire nourri contre elle-même ? Affronter le milieu qu'elle avait fui ? Être acclamé de ceux dont elle avait eu si peur ?

Deux femmes sortirent de la ferme quand la petite cloche de la chapelle de Tuusula sonna les douze coups qui indiquent midi.

Elles traversèrent le champ dans la hâte.

Ce sont deux femmes ? Ce sont deux petites filles ?

C'est Thullyn. C'est Ilsted. Elles courent.

Elles soulevèrent le drap blanc au-dessus du buis où elles l'avaient étendu à l'aurore.

Elles avançaient les mains et étiraient le drap puis, revenant lentement l'une vers l'autre, le repliaient en silence, l'une contre l'autre.

Le drap au parement, au nom brodé du père.

Puis ce fut l'autre drap, le drap du dessous, et elles le tendirent encore, se rejoignirent encore, se détachèrent encore, revinrent, le repliaient de nouveau patiemment en évitant qu'aucun pli ne se forme à sa surface au-dessus de la neige.

8. L'œuvre de Hatten

Dans l'œuvre qui resta de Hatten (que Thullyn collectionna avec l'aide d'Ilda von Essenbeck quand elles s'unirent dans les îles de la Frise), quand Thullyn acceptait de transposer ces pièces vertigineuses sur sa viole, autant qu'il était possible à l'instrument, elle cherchait plus que tout à rendre le rythme étrange dont il avait été le maître. Même Blow qui avait déjà tout, qui était le musicien que Lambert Hatten préférait (auprès duquel il s'était rendu quand il était allé à Westminster), ne l'avait pas. Purcell l'avait parfois. Hatten toujours. Cette progression obstinée avec ses syncopes étranges était comme l'essence du chant du flot de la mer que Thullyn vieillie, blanchie, épurée, raréfiée, silencieuse, aimait de plus en plus, écoutait avec de plus en plus d'émotion. Et la mélodie la plus libre, la plus complexe, la plus désordonnée qu'elle autorisait faisait alors songer à la méditation si intériorisée et si mouvante qui avait fait le propre de Froberger. Froberger avait été le disciple, puis l'ami, puis le protecteur de Hatten. Sur le fond de ce flot si puissant Hatten laissait aux voix de dessus le soin de l'appel, de la douleur, de la discordance. La septième antique, puis sensible, puis altérée, cette note que la tonique n'apaise jamais, cette note qui tremble comme une flamme au-dessus de la mer comme au-dessus de l'amour, comme la flamme de Hérô au-dessus du phare du détroit, voilà la faiblesse tragique. Hatten y ajouta la cantilation comme un sanglot qui se retient, comme une gravité prudente et particulière, extraordinairement ornée, luthée, instable, comme une douceur qui n'est qu'à la douleur quand elle s'est résolue à demeurer secrète. Quand elle ne veut plus s'expliquer. La continuité déchirante qui est le propre de cette voix qui s'avance, qui trébuche, qui soudain rebondit sur la rive, qui pleure brusquement sur les pierres, alors elle fait écho à elle-même, soudain elle fonce sans égard dans la beauté. Elle fuse. Elle fuse et elle rejaillit. Elle éclate de roche en roche. De corail en corail. Le dauphin jaillit au-dessus des eaux. C'est une flèche dont la pointe est empennée de deux courtes nageoires. C'est un oiseau noir qui s'envole dans l'air.

Seule sa propre précipitation oriente l'œuvre, non le but que l'artiste lui fixe.

J'avais retenu cela des improvisations où Hatten excellait.

Et cela me bouleversait à chaque fois.

J'étais seule à l'entendre composer, ou plutôt je l'aimais tant que j'étais seule à sentir cette densité soudaine dans l'air autour de lui quand son âme composait.

Je l'entendais tout à coup chercher un air dans l'air.

Toute ma chair, de mes doigts de pied jusqu'à la racine de mes cheveux, était remuée par cette quête, au fond de lui, de préciser un air.

Les oiseaux font ainsi.

On les entend chercher, à la fin de la nuit, « leur » air.

Chercher leur air. Varier leur air. Préciser leur air. Affirmer l'aire entière de leur air.

Puis j'entendais sa plume qui allait boire dans l'encrier sans qu'il s'en rendît compte.

Sa plume d'oie qui grattait la rame de papier couverte de portées bleues qu'il avait lui-même alignées à l'aide de sa belle règle en ébène.

Son canif nacré.

Ses lunettes rondes cerclées de fer.

Sa collection de plumes qu'il taillait avec tant de soin avec le bout de la lame qu'il laissait dépliée au bout de son canif.

L'encre brune comme la terre.

Les notes si nombreuses comme des petites pattes d'oiseau sur la page épaisse et blanchâtre, avec des mouvements de vagues.

Ou le silence, ou la musique, ou l'ombre, ou l'amour réinstaurent le continu.

Ou la mer. Ou le rêve. Ou la nuit. Ou la mort.

Alors, au milieu de la nuit, sans qu'elle allume la lumière, elle repousse le pourpoint aux brandebourgs bleu foncé, dans l'odeur duquel elle dort de nouveau, maintenant qu'elle vit seule.

Elle se penche dans l'obscurité, elle prend le bol qui est posé sur la table de chevet. Elle l'approche de ses lèvres mais tout à coup elle change d'avis. Ce thé est trop froid. Il est glacé. Elle le repose. On entend un bruit au loin. C'est une porte qui se referme, voilà ce que j'entends. C'est un chien qui jappe en regardant la lune. C'est un ours qui passe. C'est un renne qui fuit. Elle ferme les yeux.

X

LES PAINS DE GLACE

1. Fragments Hatten (1)

Je n'ai pas aimé naître. C'est peu de dire que, quand je suis né dans la cité de Bade, je n'ai pas été montré. Je n'ai pas été aimé par celle qui m'a fait et qui n'a pas songé à me garder plus d'une heure contre son flanc. Je n'ai pas été nourri au bout du sein gonflé de lait de ma mère. Je ne sais pas à qui est allé ce lait que son corps irrésistiblement composait. Elle ne voulait pas de moi. Ou elle ne voulait pas que je fusse né d'elle. J'ai aussitôt été donné à un luthier qui vendait des instruments de musique dans tout le canton de Mulhouse jusqu'à Mulheim, jusqu'à Murbach, jusqu'à Bâle, jusqu'à Bern. Je crois que je peinerai toujours à sortir de mon trou de souris. Je peine à apparaître. Ou plutôt je déteste apparaître. Je n'aime pas que la porte du salon s'ouvre tandis que le silence se fait. J'ai peur d'avancer en direction des visages qui se tournent favorablement, ou sévèrement, vers mon corps qui déplie ses genoux et qui avance ses souliers. Il est des petits enfants qui privilégient toute leur vie le monde ancien où ils se sont renfermés. Ils sont faits pour la concentration solitaire. Ils sont faits pour l'angle du mur qu'ils suivent avec le doigt, la tranquillité, le silence, le recoin du monde. Devant les regards attentifs des femmes qui se sont ornées et qui se sont coiffées, devant les grands airs impatients et pleins de morgue de leurs époux, devant les soupirs des indifférents, aussitôt mes mains ne sont plus sûres quand il s'agit de jouer ce que j'ai écrit. J'ai hâte d'en finir avec ce qui sans moi ne serait pas. Même quand on me complimente, cela m'angoisse. C'est comme si un devoir était né auquel il va falloir désormais obéir et qui va confisquer le lendemain et peser sur tout l'avenir. M'imposer à l'attention d'autrui me fait reculer. Comme cela m'épuise ! Faut-il vraiment parler de tout cela ?

2. *L'ultime rupture*

À la nuit tombée, avant qu'ils dînent, elle lui montra les cartons et les autorisations de passage. Il lut tout. Il se retira. Il ne dit rien. Il ne la rejoignit pas dans la chambre. Le lendemain matin il entra dans la chambre où elle était à recoudre le corselet qui ceignait sa robe. Elle était assise près de la fenêtre. Il la regarda longuement : elle était longue et belle mais elle s'était éteinte.

Elle ne leva pas la tête. Elle ne voulut pas parler la première.

Il s'assit et il la regarda en train de coudre. Elle gardait le front baissé.

Elle était toute penchée sur son ouvrage.

Sa peau était lisse, jeune, blanche, mais elle n'irradiait plus.

Il regarda le bas de sa robe, le bout de son soulier de toile huilée et grise. Il regarda le sol de la chambre, le plancher couvert d'une fine poussière.

Posée sur le tapis de table la broderie représentait un Hercule gris aux pieds d'Omphale. Le héros était ridicule. Il ressemblait étrangement à Jakob Froberger quand il était tout jeune, le jour ancien où la princesse Sibyla von Württemberg le lui avait présenté comme son plus vieil ami dans la grand-salle de bal du palais de Stuttgart.

Il songea à la quitter sur-le-champ comme elle avait fait un jour, jadis. Il se retint.

Le soir du même jour, quand elle se dévêtit au bord du lit, quand il la prit dans ses bras, elle le trouva emprunté, il la trouva distante.

Ses seins étaient toujours aussi beaux sur son torse, pâles, longs, doux, mais elle, elle ne le désirait pas non plus. Il le vit. Elle le ressentit. Il en caressa un instant la douceur mais ses épaules virèrent. Son sein échappa à ses doigts. Elle s'était retournée dans le lit.

Durant la nuit, il crut l'entendre sangloter à son côté. Aussitôt, il s'éveilla. Cette impression était fausse. Mais il sentit le dos de celle qu'il aimait frémir véritablement. Il resta éveillé contre son flanc. Il aimait tant son odeur. Il laissa passer, au cœur de la nuit, le chant tragique du rossignol dans les buissons. Il se leva sans bruit au premier chant qu'émit le rouge-gorge qui se mêla aux roulements des vagues qui revenaient dans le lointain, avant qu'il fît jour, sur la plage de Blankenberge. Il sentait qu'elle était tout éveillée et qu'elle fermait volontairement les yeux. Il s'habilla. Il prit sa tuorbe et ramassa en hâte, dans son bagage, toutes les partitions qu'il avait apportées.

3. John Blow

Hatten rencontre Blow dans la petite maison qu'il occupe dans le village de Westminster. Blow apprécie le tabac qu'il lui a apporté. Le musicien anglais le remercie. Il en saisit les brins blonds, hollandais, miellés. Il les renifle avec délice.

Maintenant il les tasse dans le fourneau d'une petite bouffarde étrange ; elle est en porcelaine ; elle est emboîtée à un long tuyau de cuivre qui est presque blanc. Il se penche ; il approche de nouveau son nez du foyer ; il respire longuement les brins de tabac qu'il y a resserrés avant qu'il les embrase.

Maintenant il s'est agenouillé près du feu : il a encore entre les doigts de sa main la bûchette enflammée ; il souffle la première fumée de sa pipe avec un air extasié.

John Blow sur la musique :

— Sept notes suffisent au piège.

C'est tout ce qu'il dira à son principal disciple. Plus tard, après avoir fumé sa pipe et l'avoir reposée sur la table, Blow se mettra au clavier, Hatten saisira son théorbe et ils joueront ensemble, chacun modulant à son tour sur l'air de la Clwyd.

Au regard de l'histoire de la musique ce fut Froberger qui organisa, à partir de la manière brisée des luths disparus, les « Suites des danses » qui s'élevèrent à la fin du monde baroque, lorsque se dissipèrent les épidémies, les bûchers des renégats, les émeutes des affamés, des révoltés, les barricades des parlementaires, les fumées des guerres religieuses. C'est un Allemand qui est l'inventeur de la suite française, qui est une errance encore imprégnée de la panique d'un monde où on se tuait pour un dieu qui n'avait jamais rien voulu d'autre que mourir. Voici l'ordre qu'il préconisait dans les suites : Allemande, Courante, Sarabande, Gigue. Tristesse, égarement, douleur, tournoiement. Un siècle plus tard Bach reconnaissait encore Froberger pour son maître. L'empereur Ferdinand III mourut le 2 avril 1657 à Wien. Hatten, Froberger, Kapsberger, Huygens, Kircher, en ressentirent une peine infinie. Puis tout tourna à la stupeur. Son successeur

Léopold Ier réprouvait la musique. Par piété. La musique savante, particulièrement, l'impatientait. Les lettres de licenciement sont datées du 30 juin. C'est alors la duchesse Sibylle de Wurtemberg (Magdalena Sibyla von Württemberg-Mömpelgard) qui offre à Iohann Iakob Froberger de la rejoindre, de se retirer dans son château de Héricourt, entre Montbéliard et Belfort, dans le bois de Dannin. Elle ne nomme que lui et c'est là qu'il meurt, sur le carreau de la cuisine, alors qu'il était en train de jouer aux cartes, le 6 mai 1667. Sibyla, qui a été aussitôt prévenue par les valets, descend les escaliers, accourt. Il est enterré selon le rite catholique dans l'église de Bavilliers. L'église de Bavilliers a disparu. Le château de Héricourt n'existe plus.

4. Les flots qui bornent les Enfers

Les flots qui bornent les Enfers, aussitôt que les atteignent ceux qu'on pleure, alors que nous nous tenons encore au chevet de leur boîte funèbre, agenouillés entre les cierges, aussitôt que s'efface le sillage de la tristesse de la musique, le souffle des derniers chants, le pauvre halètement des sanglots, l'onde qui s'éteint dans la masse obscure de l'abysse, tandis que les ombres des hommes sont devenues des âmes et que les âmes sont devenues des souvenirs, des lettres sur des pierres gravées, de pauvres fumées qui se dispersent, anéantissent très rapidement la mémoire de tout.

Les corps ne sont pas seulement engloutis, les noms se noient rapidement dans l'absence de corps.

Tous les linéaments qui persistent se mêlent longuement entre eux comme des algues à la merci des courants qui les éploient, qui les coiffent soudain, puis qui les redésordonnent. Ils s'y perdent.

Comme les rayonnements dans les mouvements de l'air sur la surface des grèves.

On oublie les noms si vite.

On oublie les noms de Hatten et de Blow.

De Sainte Colombe, de Froberger.

De Georges de La Tour et de Jean Baptiste Bonne Croye.

De Baugin, de Meaume.

On oublie les prénoms de ceux que l'on aimait avant même qu'on oublie les maisons et le mobilier et les verres de cristal et les damiers de dames et de petits chevaux, d'échecs, de jeux de l'oie, le trictrac, le nain jaune, les mikados qu'ils nous ont laissés.

— Dis-moi, tu te souviens, toi, du petit nom de notre aïeul ? Du prénom de notre petite nièce qui était si délicieuse ?

5. Les feuilles rouges

Hatten : Ce qui est pour la langue le nom, pour la mémoire le souvenir, pour la musique le retentissement.

Et aussitôt ce fut le jour des feuilles rouges.

Et là, vraiment, nous sortîmes les râteaux. Nous, c'étaient Rhuys et moi bien sûr, Marie et Meaume. Toute la vigne vierge était tombée d'un coup sur la pelouse.

Comme la foudre tombe sur un chêne, le rouge sur le lieu.

Tout autour de nous – qui nous avancions dans l'automne – était devenu rouge et palpitait sous les sautes du vent.

Tout était devenu cramoisi et devint comme une sorte de sang sec qui s'était répandu sous le cuir des souliers. J'étais enchantée. Les feuilles craquaient sous les talons des grandes bottes noires évasées de Meaume.

Elles crépitaient sous les sabots de Rhuys.

6. Les pains de glace

— Il faisait si chaud cette nuit-là, racontait jadis Hatten le copiste. Si chaud. C'était à Paris. Je peinais à trouver le sommeil. Au cœur de la nuit, tout en bas, dehors, j'entendis les fers d'un cheval cliqueter sur les pavés, très lentement. Et c'était comme un glas. Ce pas fut si lourd, si sonore, si pesant, que cela me dissocia du sommeil sans m'éveiller complètement. Je me levai dans la chaleur, je me penchai par la fenêtre ouverte. C'était le marchand de pains de glace qui vient du village de Saint Denis, qui traverse Paris avec sa charrette et livre un peu de la fraîcheur du monde quand le temps est aride. Ce lent et beau transport de blocs de neige tassée au fond des carrières de gypse dans la nuit caniculaire. Je me recouchais. Je fermais les yeux. Les yeux fermés j'anticipais le bruit des roues cerclées de la charrette qui cahotaient sur les pavés, qui étaient à crisser discontinûment quand elles s'arrêtaient devant une porte, face à un coup brusque dans le vantail de bois, face à un cri aussitôt étouffé, face à un prénom à peine exhalé, afin de livrer les cuisines, afin de rafraîchir les coffres de légumes et les viandes suspendues. C'était le bruit d'une porte qui grince ou qui roule pour s'ouvrir. C'était un mouvement progressif, plus lent encore que ne peut l'être une marche funèbre. C'était une procession qui ne parviendrait pas à s'acheminer jusqu'à la mort ou qui la dépasserait de beaucoup. Enfin cette étrange progression si arythmique s'éteignit dans la nuit. Je m'endormis. Puis je me réveillai soudain. Ce voyage nocturne s'était composé et chiffré dans mon âme. J'allumai la chandelle et n'eus plus qu'à le noter. Je m'attelai à poser à toute allure mes petits points noirs sur la partition jusqu'à ce que l'aube parût.

XI

LA CRIQUE

1. La barque

Se servant de la godille, formant une espèce d'esse dans l'eau noire et le silence, Marie Aidelle approche la barque de la coque du navire anglais. Le capitaine est sur la proue, près du beaupré, il la voit, il lui fait un signe. Elle lève le bras pour lui répondre. Le capitaine du vaisseau ne fait même pas jeter l'ancre au fond de la mer. Le musicien âgé fait d'abord descendre le coffre à l'aide d'une corde. Puis la viole dans sa housse. Puis il s'agit de lui-même ; le capitaine fait asseoir le vieil homme dans une nacelle faite de cordes tressées que les marins, sur le pont, lentement déhalent.

Le vieux musicien parvient à se mettre debout, dans le canot, sans le faire verser.

La nacelle remonte.

Marie Aidelle s'éloigne aussitôt, à la rame, de la petite caravelle.

Monsieur de Sainte Colombe, si âgé qu'il soit, saisit

autoritairement les deux rames des mains de la jeune femme qui, haussant les épaules, les lui abandonne.

Il rame. Il rame.

Il rame en silence dans la marée au jusant, il rame sur le flot qui bat merveilleusement le flanc de la barque et qui lui-même revient vers la côte. C'est comme un chant si faible où l'eau ne se soulève pas, ne s'égoutte même pas au bout du bois des rames, où les vagues douces, et minuscules, et si faibles, s'allongent seulement.

Tous deux traversent la petite baie avant que la houle du matin ne se lève à la suite du soleil, en raison de la chaleur qui de nouveau l'anime.

Un croissant de lune descendante brille nettement au-dessus d'eux dans le ciel.

Face au vieux musicien qui ferme à demi les yeux, qui tire vers son torse ses rames silencieuses, Marie Aidelle à la poupe observe, plisse les paupières; elle examine au loin, à l'est, la tour, les chaînes de la douane de mer.

Puis elle fouille, elle guette devant elle les falaises, les criques.

Entre le corps de la jeune femme vêtue d'un beau manteau vert – vert presque turquoise comme ses yeux – et celui, tout marron et noir, du vieux musicien puritain, la viole est couchée au centre de la barque, à l'intérieur de sa housse obscure, et masque le trésor.

La longue forme noire, d'un noir de soie, ressemble à un linceul, et même au cercueil d'un mort.

Marie tient son ventre des deux mains.

Soudain Marie montre à Sainte Colombe, sans mot dire, avec la main droite qui quitte doucement son ventre, la crique située au nord : un pêcheur semble y préparer ses premières lignes.

— C'est Abraham, dit-elle.

Un marinier peine à pousser vers l'eau sa longue barque jaune très pâle sur la grève.

— C'est Oesterer, souffle-t-elle.

Une charrette de goémon s'approche du marinier. Meaume l'eau-fortier se reconnaît à sa calotte de peintre. Il tire les deux brancards. Le sable de la berge est brun pâle. La lumière est elle-même toute pâle, plus nacrée.

— C'est mon amour qui vient, murmure-t-elle.

Le croissant de lune fut insensiblement absorbé dans la pâleur du ciel.

Le ciel, qui devenait blanc, se reflétait sur l'eau.

La grève était rose.

— C'est si beau, murmura Monsieur de Sainte Colombe lâchant soudain ses rames, laissant filer ses rames dans la mer. Ce monde est si beau.

Ils roulent maintenant à vive allure. Marie Aidelle est enceinte, elle est assise auprès de Monsieur de Sainte Colombe à l'intérieur du carrosse. Elle tient toujours son ventre entre ses deux mains parce qu'elle sent l'enfant qui lance ses jambes dans sa nuit intérieure.

La longue façade donnait sur le canal de pierres qui va de l'Escaut à la Meuse.

Ce n'est pas Abraham, ce sont ses hôtes qui l'appelèrent entre eux, spontanément, le Refuge.

Derrière la demeure, un escalier descendait dans un parc qui se perdait dans les champs, les maraîchers, les tourbières, les petits bois poussés sur les îlots.

Le canal rejoignait à trois lieues de là les deux canaux principaux, puis les vlieten du port d'Anvers sur l'Escaut.

Quand ils furent arrivés au Refuge, Abraham montra à Monsieur de Sainte Colombe la vaste chambre qu'il lui avait fait préparer dans la bibliothèque.

Elle était située à l'angle est de la demeure.

Une fenêtre donnait sur le parc, l'autre sur le canal.

Monsieur de Sainte Colombe saisit l'épaule de son vieil ami.

— Nathan, accorde-moi encore un peu de temps avant de m'en aller. Je veux que personne ne sache quand je partirai.

— On fera comme tu veux. Ici nul ne t'embarrassera. Personne n'en saura rien. Agis à ta guise.

— Je ne sais pourquoi je désire tant ne plus être vu avant même que je ne sois plus visible.

— Je ne puis t'aider à comprendre ce souhait, mon ami. Qu'ai-je compris moi-même de ce monde ?

— Je ne sais pas pourquoi je me suis fait une certaine idée de ce que doit être ma mort.

Abraham ne répondit rien. Monsieur de Sainte Colombe ajouta soudain :

— Seuls les chats peuvent saisir comment je vais m'y prendre.

Ils se séparent. Monsieur de Sainte Colombe referme la porte de la grande pièce que Abraham lui a attribuée.

Le musicien laisse la salle dans la nuit qui n'en finit pas de finir. Il laisse se reposer ses yeux.

Il reste debout.

En vérité, si le musicien ferme les yeux, c'est qu'il teste le silence de l'espace où il compte achever ses jours.

Puis il va à la fenêtre qui donne sur l'est quand l'aube commence de l'éclairer. Il aperçoit les tialques et les canots des potagers, couverts de paniers d'osier, qui sont amarrés au ponton.

Il soulève la guillotine de la fenêtre. L'air maritime soudain entre.

Il s'assoit sur le lit : il s'agit d'une longue banquette de côtes de velours orange et noir.

Il reste là, sous la fenêtre ouverte, à respirer dans l'air glacé du matin, en silence, les yeux ouverts, un long moment.

Puis il se glisse derrière le paravent portugais. Il verse l'eau du broc dans la vasque de faïence. Il se lave. Il lave sa vieille peau fripée et lâche.

Il change de chemise.

La chambre obscure s'éclaircit tout à coup. L'aube laisse la place à l'aurore. Le soleil pénètre dans la chambre. Les tout premiers rayons commencent à faire revivre les étoffes et la tapisserie sur le mur.

Apparurent sous ses yeux les couleurs sublimes des cinq vases antiques rangés sur l'étagère.

Puis il distingua les silhouettes des figurines sculptées dans une sorte d'ambre, ou de jade, venues de l'autre bout du monde, alignées tout en haut de la bibliothèque.

Le ciel blanc qui se reflétait dans les vitres de la fenêtre ouverte se renforça d'or.

La housse de la grande viole posée contre la bibliothèque présentait la forme d'une femme d'une grande beauté, à la taille très étroite.

Le rouge qui monta des chaises était encore une espèce de rose, de marron rose.

Il ferma une nouvelle fois les yeux.

Il songea à son épouse, il y a si longtemps.

Alors le vieux musicien vêtu de son habit noir se rendit auprès de sa viole. Il la dévêtit.

Puis il sortit tous les feuillets de ses œuvres qui étaient rangés dans la poche intérieure de la housse qui abritait sa viole.

Il désira les relire à la lumière du jour.

Dans le recoin de la fenêtre qui donnait sur le parc et les prés, il s'assit, il se cala sur le rebord de pierre, il les relut note après note, silence après silence.

Les larmes silencieuses coulent le long de ses vieilles joues, alors qu'il pleure en chantonnant, à la muette, au fond de son âme, ce qu'il lit.

En vérité, ce sont des souvenirs qu'il voit. Ce sont les émotions qu'il a connues qui le réenvahissent.

Patiemment il les roula à nouveau.

Il renoua les galons de couleurs.

Tous ces rouleaux de partitions, il les glissa sous son bras et se rendit au jardin.

Il brûla ses œuvres.

Ce mouvement de la fumée piquait ses yeux.

Le vieux Rhuys, les mains sur son râteau, regardait son vieil ami qui purifiait ses jours.

Abraham à sa fenêtre regardait ses deux plus vieux amis qui s'entre-regardaient dans la fumée qui s'élevait autour d'eux, dans les tulipes toutes raides, entre les hampes des iris qui ne l'étaient pas moins.

Cette agitation du vent qui couchait et relevait les couleurs des fleurs sur leurs tiges trop longues, ces sautes du vent qui effilochaient les rubans et les petits tourbillons de la fumée qui montait de la musique brûlée, ces secousses de l'air, ne connaissaient pas de repos, gagnaient le pouls de son sang, faisaient battre son cœur.

Il avait la nostalgie de ses castors, de ses saules, de la glycine bleue, de ses deux mortes. Il revit sa fille aînée pendue à la poutre. Il avait la nostalgie du chant de la Bièvre au bout de son jardin.

2. *Les silences des chants*

Il se trouve que Monsieur de Sainte Colombe ne voulut pas être publié. On n'en sait point la raison. Nul n'en a rendu compte. Mais c'est pourquoi aussi on l'oublia.

Il se trouve que Monsieur Hatten ne souhaita pas être publié tant était vive sa répulsion devant les regards des autres. Tant était vif son dépit devant la réputation de difficulté qui entourait ses préludes. Tant il était fier. Peut-être craignait-il les jugements qui seraient portés sur ses improvisations qu'il avait augmentées mais aussi immobilisées. Peut-être redoutait-il comme une sorte de mort le désespoir qu'il en aurait ressenti.

Quel est l'homme follement amoureux qui formerait le vœu que soit amenée devant tous la femme qu'il aime ? Qu'elle soit dépouillée de ses vêtements ? Qu'elle soit mise nue ? Que soit évalué le corps qu'il chérit plus que tout au monde ?

Jodelle fut le premier écrivain en France à refuser de publier ce qu'il avait écrit, et à mépriser toute gloire.

Il se trouve que Monsieur Jakob Froberger n'entendit pas être publié. Ce qui est intéressant, dans le cas de Froberger, c'est qu'on en connaît de façon très documentée et très précise la raison mais qu'elle demeure néanmoins mystérieuse. Elle se trouve dans une lettre que la princesse Sibyla de Württemberg écrivit à Monsieur Constantin Huygens au lendemain de la mort du musicien dans le réfectoire de son château.

3. L'accouchement de Marie

Un bruit de trot au fond du parc l'éveilla. Hatten le musicien était à attendre dans le froid et le froid l'avait endormi. Il se tenait adossé contre la caisse du buis, sur la terrasse, au-dessus du jardin potager du Refuge, face aux marais, aux champs, à la tourbe, à la lande. Un domestique était allé chercher dans la campagne le chirurgien, un cheval libre à la main, afin qu'il pût assister Marie Aidelle dans son accouchement. Un mince croissant de lune montante, largement ouverte de gauche à droite sur le fond noir du ciel, éclairait les pavés de la cour et le puits dans la nuit.

Le chirurgien descendit de cheval.

Hatten descendit les marches et s'approcha. Le domestique conduisit les chevaux à l'écurie et aux mangeoires. Hatten passa devant le chirurgien qui ôtait son chapeau de feutre. Saisissant le flambeau, il le mena à la grand-salle des joutes de musique, à l'escalier qui menait à l'étage, enfin à la chambre.

Dans la demeure un total silence – étrange et total silence pour une nuit d'accouchement.

Dans la chambre surchauffée, la jeune femme, dénudée sous le drap blanc, attend dans ce silence.

Le chirurgien s'assoit sur un tabouret devant elle.

— Levez-vous.

Sa voix éclate dans le silence excessif.

Aussitôt le chirurgien baisse sa voix, il demande à Marie d'aller s'asseoir sur la pierre d'âtre, il lui demande d'ouvrir ses deux genoux devant le feu. Elle fit comme il lui demandait de faire. Le feu ouvrit peu à peu son sexe, en écarquilla les lèvres, l'enfant glissa comme une anguille dans ses mains. Le chirurgien tire le fœtus, le pose sur son ventre.

— Souffletez-le.

Elle le saisit, elle le gifle à tour de bras. Alors la minuscule nourrissonne se met à crier. C'est une fille. C'est une petite fille délicieuse qui vit et qui lance ses bras en tous sens. L'église sonne onze heures. On l'appellera Walpurge – puisque le clocher l'a nommée. Le chirurgien ligature le conduit de chair, il lave les tout petits membres avec du vin chaud. Il la roule dans un drap neuf et il la met à reposer auprès des bûches. Puis le chirurgien se tourne vers Marie et lui demande de s'étendre de nouveau. En tirant l'ombilic il va chercher à la main l'arrière-faix. Il l'extirpe et demande à Meaume de l'aller mettre dans l'écuelle du chien dehors. Mais Marie le réclame pour le manger. Abraham dit qu'il y a des cèpes aux cuisines.

Meaume ne bougea pas de son mur.

Ce fut Hatten qui descendit en tenant la poche informe du délivre jusqu'aux cuisines où il confectionna un plat.

Meaume dit que l'enfant n'était pas de lui. Abraham lui recommanda de se taire.

Marie s'endormit après qu'elle eut saucé son assiette et que les lèvres et les gencives de la petite bête délicieuse eussent tété son sein pour la première fois. Abraham ouvrit toutes grandes les deux fenêtres, laissa ouvertes les deux portes de la chambre et de l'antichambre et, malgré le grand froid qu'il faisait, le vieil homme lava lui-même avec l'aide des servantes tout le sol de la chambre à grande eau, tirant l'eau du canal par la fenêtre ouverte. Puis il referma tout.

L'eau-fortier, le musicien et le chirurgien s'étaient rendus aux cuisines où ils étaient à boire.

Abraham et Monsieur de Sainte Colombe vinrent les rejoindre et tous les cinq ils burent. Ils burent encore à la santé de la petite nouveau-née. Enfin ils burent pour boire. Plus tard ils se retrouvèrent tous, les uns titubant sur la terrasse, les autres vacillant devant l'écurie, la brume de leur haleine sur les lèvres, dans le froid.

Le chirurgien repartit en compagnie du valet au bout du parc, par les bocages, le long des rigoles et des champs, dans la nuit.

Abraham renouvela entièrement les bûches au creux de l'âtre, le feu ronflait.

Il tira doucement le fauteuil devant l'âtre. Il était seul à chuchoter dans le silence. Ses premiers enfants avaient été emportés par l'épidémie. Puis il avait perdu un petit garçon jadis dans le port de Porto. L'hôte contemplait cette scène sauvage et délicieuse. La toute petite fille dormait parmi les flammes rouges. On voyait leurs reflets colorer par à-coups le petit visage de la petite Walpurge si petite, si minuscule. La mère était couchée à côté d'elle, enveloppée d'un tapis, devant le feu, le bol qui contenait l'arrière-faix et les cèpes entièrement vidé posé à ses côtés.

4. Les derniers mots de Monsieur de Sainte Colombe

Meaume se rendait tous les midis à la maison de Plantin où ses cartes et ses eaux-fortes étaient gravées. C'est là qu'il déjeunait chaque jour. Il y couchait parfois quand la nuit le surprenait au cours d'un tirage. La chambre des typographes, au premier étage, donnait sur l'estuaire.

Monsieur Hatten prit son courage à deux mains. Il eut le front de dire, un soir, à Monsieur de Sainte Colombe :

— Monsieur, j'admire votre musique.

— C'est réciproque, Monsieur.

— Je vous ai vu, le jour de votre arrivée, la plume à la main, assis sur le banc de votre fenêtre.

— Vous avez bien vu. Je pense que je suis fait comme les chats. J'aime les rebords. Et j'aime la lumière.

— J'aime l'ombre.

— Non, Monsieur. Vous n'aimez pas l'ombre. Vous aimez fermer les yeux.

— C'est vrai.

Monsieur Hatten se reprit et demanda :

— Vous composez un chant ?

— Oui, dit-il. On peut dire cela. Je pense que c'est un chant que je compose.

Monsieur de Sainte Colombe posa sur la table sa cuillère de bois. Il repoussa son assiette de soupe. Il se tourna vers Monsieur Hatten.

— Un chant peut se tenir dans notre souffle pour peu qu'il s'y perde.

Monsieur Hatten ne répondit rien.

— Ce sont les livres.

Monsieur de Sainte Colombe reprit :

— On peine à voir l'oiseau au sein de la ramure brune quand il chante.

— C'est vrai, dit Monsieur Hatten.

— Mieux il chante, plus il est invisible.

— C'est vrai, dit Monsieur Hatten.

— Il y a sans doute quelque chose en vous qui veut finir oiseau.

— Oui.

— Il y a quelque chose en moi qui se perdra dans le bonheur et un peu de lumière.

— Oui.

— Es-tu sûr du mot bonheur ? demanda Abraham à son vieil ami.

— Oui, Nathan, répondit Sainte Colombe.

— Alors perds-toi. C'est l'heure.

— Je te remercie, mon ami.

Marie Aidelle était avec son enfant. Elle balançait d'avant en arrière sa petite dans un étrange cuveau d'osier que le vieux Rhuys avait tressé pour y loger l'enfant. Meaume les avait rejoints pour la cérémonie du coucher, qui n'était qu'un chantonnement à deux voix jusqu'à ce que les paupières de la petite fille se ferment.

5. L'Arcadie

L'écorce sombre du pin est un sentiment quand on passe près de lui.

Il dégage une soudaine odeur.

Il y a quatre états. Veiller, dormir, rêver et le sentir de la nature qui précède le langage du monde.

Quand on quitte le chemin de montagne et qu'on s'approche de l'ombre du pin tournesol, son odeur fermentée produit une sorte de peur qui appartient au lieu.

La nature sent comme les bêtes sentent.

Il y a trois signes de la mort.

Le souffle sur les lèvres, au moment où il les quitte, quand il rejoint tout entier le vent qui passe.

Le pouls qui s'interrompt, le mouvement du cœur qui cesse de battre, au bout du bras.

Les mouvements du dernier rêve, qui agitent le cerveau, derrière les yeux, qui dressent le sexe pour la dernière fois, sans que l'âme le décide, qui pressentent le noir dans le noir.

Il est possible que quelque chose vienne à notre rencontre – un quatrième signe – quand nous approchons de la mort. Une présence que nous avons connue avant de naître, peut-être. Une sorte de milieu sans doute. Une sorte d'ombre nous enveloppe où nos yeux ajoutent leur impuissance.

Deux fois, sans raison, l'Arcadie fut détruite. Deux fois elle fut emportée par une mystérieuse bourrasque.

D'abord le tombeau se déboîta.

Puis la dalle se creva à la suite de la rafale.

Un jour, en 1640, à Rome, Monsieur Nicolas Poussin peignit une campagne fabuleuse. Car il s'était mis dans la tête de peindre cet instant éternel.

Un berger déchiffre avec sa main des lettres dont il ignore le sens qui ont été gravées sur une tombe.

Et in Arcadia ego. Voici quelles sont les quatorze lettres mystérieuses que le berger touche avec son doigt. Moi aussi, la mort, je suis en Arcadie. Moi aussi, la mort, j'appartiens au jardin qui paraît éternel. Le bonheur se tient sur le bord de cet abîme et c'est ainsi que la joie augmente. L'étrange ensoleillement du monde est dû à ce vertige.

À ses pieds on voit l'ombre d'une faux : telle est l'ombre que porte un homme vivant parce qu'il est sexué.

À droite ce qui fut jadis et qui le fit arrive. C'est une femme.

Chacun seul. Moitié d'un tout perdu. À mi-corps dans l'eau de la mort.

Hatten : Jusqu'au bout elle demeura pour moi un mystère.

Une femme m'avait enchanté.

À deux reprises j'ai suivi son corps. J'ai suivi son corps comme l'unique lumière qui était venue illuminer ma vie. C'est le seul corps que j'ai désiré, tout entier, inépuisablement. Sa main désira guider mes pas. Elle poursuivait des desseins pour une vie qu'elle espérait mais les souhaits qu'elle nourrissait, les perfections qu'elle recherchait ne correspondaient pas aux buts que je visais. Je pense que le vrai amour est sans dessein. Je pense qu'il ne s'agit pas de domestiquer l'autre aux rêves que l'on a faits, parce qu'ils ne sont que les fantômes de ce que nous avons personnellement vécu, et qu'ils ne concernent que nous-mêmes.

Thullyn était une virtuose. Une extraordinaire, impérieuse, puissante virtuose.

Nous aimions les mêmes musiques, en plus de nous aimer.

Je pense aussi, maintenant, tellement je souffre, que je me suis trompé peut-être.

J'aurais dû fabriquer un gâteau de miel et me boucher les oreilles.

Je n'aurais jamais dû écouter sa voix.

Je n'aurais dû prêter l'oreille qu'aux sept cordes de sa viole de gambe rouge.

Nous aurions dû poursuivre nos tournées concentrées et taciturnes sur les grèves au nord de l'Europe.

J'aurais dû laisser se dissiper sans les entendre les mots qui montaient spontanément à ses lèvres.

6. Rede van Antwerpen

En 1658 Monsieur Bonnecroye peignit le port d'Anvers. Cette peinture sublime, *Vue de la rade d'Anvers depuis le Vlaams Hoofd*, fait deux mètres de haut sur quatre mètres de long. Chaque port, tourné vers le large, est comme agrippé à l'infini. Cette toile immense est une pure splendeur toute jaune. C'est midi. C'est du blé, plus encore que du cuivre ou de l'or. C'est du soleil. Elle rayonne.

Les feuilles de l'érable tombent sur la pelouse, au pied de la terrasse qui donne sur le parc.

Rhuys les regarde voleter, poussées par le vent. Il les regarde danser balayées par le vent.

Maintenant toutes les feuilles des érables sont tombées sur la pelouse où elles s'abandonnent à la lumière. Où elles la reflètent. Où elles l'augmentent.

La petite Walpurge, à quatre pattes, fonçait dans les feuilles bruyantes et frémissantes.

Cette fois, nous ne sortîmes pas les râteaux. Tout était jaune comme des écus d'or sur le chemin qui descendait dans le parc et qui menait au bord du canal et du ponton.

Alors Monsieur de Sainte Colombe fut retrouvé mort sur la plage d'Oostende.

Il était né en Normandie. Il avait l'accent de l'Eure et il employait souvent le mot reching. Il disait aubarpin pour aubépine.

Il aimait jouer à l'écart de sa maison, dans un ancien mûrier qui était immense, qui datait des premiers temps du règne du roi Henri IV; du temps où le monarque souhaitait que le pays fût à la source de la soie que revêtaient les princes de sa cour.

C'est une chose si étrange que ce grand virtuose, alors que, tout jeune musicien, il avait refusé de se rendre à Versailles et d'interpréter ses airs à la cour du roi, alors qu'il avait même refusé de résider dans la cité de Paris où logeaient la plupart de ceux qui cherchaient à devenir ses élèves, alors qu'il revenait du seul voyage qu'il eût fait de sa vie, après qu'il avait consulté les musiciens de l'abbaye de Westminster, après qu'il avait séjourné six jours dans le château de Lord Chandos où il avait souhaité étudier les partitions anciennes dans l'extraordinaire bibliothèque de musique que les différentes générations de la famille avaient constituée au fil des années, ait été rejeté mort dans les rouleaux des écumes de la mer du Nord. Monsieur Jean Baptiste Bonne Croix l'avait vu quelques semaines plus tôt sur la rade d'Anvers, montant sur le bac du Vlaams Hoofd, en compagnie d'Abraham, d'Oesterer, de Thullyn, de Marie Aidelle et de Meaume le graveur. Il les a peints. Le dernier concert qu'il ait donné fut pour la petite Walpurge, dans la grande église d'Anvers, à l'occasion de son baptême. Un unique voyage fut l'occasion de sa mort. A-t-il péri en mer ? L'a-t-il voulu ? S'est-il jeté dans l'océan ? Pourquoi Marie Aidelle allant le chercher dans sa barque, à son retour d'Angleterre, dans la si faible lumière qui précède l'aube sur les falaises de Picardie ? Pourquoi revoir Abraham ? Et pourquoi son ami Rhuys, le jardinier, dans le jardin du refuge d'Anvers ? À Thullyn qui était venue le saluer, l'été précédent, dans sa maison, quand elle s'était rendue à Versailles, où elle avait appris la mort si soudaine de Monsieur Hanovre le lyriste au lendemain de sa nomination, il avait donné à boire le mauvais vin qu'il tirait de sa vigne et qui lui paraissait âpre et délicieux. Puis il lui avait tendu une vieille peinture vernie qui représentait des oublies jaunes auprès d'un carafon de vin rouge couvert de paille. Que valait-elle ? Pouvait-on envisager de la faire restaurer ? Les gaufrettes s'effritaient. Le vin s'était violacé et aigri.

— C'est votre goût qui se gâte, lui dit-elle. Cette toile est magnifique. Elle n'a pas à être restaurée.

— Et à votre regard à vous, Thullyn, présente-t-elle un peu de lumière ?

— Une étonnante lumière qui irradie dans le noir sans qu'elle ait de source. Cette lumière est sublime comme cette toile est sublime.

— Alors je vous la donne puisque vous la voyez.

7. *Le vieux jeu de cartes de Berchem*

Meaume le graveur avait offert un ancien et magnifique jeu de cartes à Monsieur de Sainte Colombe quand il joua dans la nef de Sainte Walpurge d'Anvers en l'honneur de la naissance de sa fille. Meaume avait appelé Walpurge sa fille parce qu'une sonnerie de cloches s'était produite dans l'instant où elle était surgie du ventre de sa mère. Le vieux jeu datait des années 1430. Il l'avait acheté à un marchand de curiosités et d'antiquités dans le faubourg de Berchem. Les couleurs des cartes à jouer en ce temps-là étaient le jaune, le vert, le rouge et le noir. Ces quatre couleurs distribuaient simplement les animaux en couples de prédation au sein de la nature.

Le faucon noir saisit le canard vert dans ses serres.

On admire un chien tout jaune qui s'écaille. Il poursuit le cerf rouge en haletant, en aboyant. On n'entend point l'aboi. Au moins a-t-il la bouche grande ouverte. Car c'est tout ce qu'on peut dire des images immobiles, si vivantes qu'elles paraissent. Si fascinantes qu'elles soient. Elles ne désignent que ce qu'elles montrent sans qu'elles parlent. Comme le font toutes les scènes de la nature quand on les voit de loin quoique rien ne s'y meuve.

Seul le silence les anime alors. Et notre peur.

Et quel silence sur la grande table à manger noire du Refuge où les figures teintes des animaux se déchiquettent un peu, se décollent, se détachent d'elles-mêmes, se séparent d'elles-mêmes dans l'épaisseur superposée et friable des feuilles encollées et du carton.

8. Le vieux Rhuys

Celui qu'on appelait le vieux Rhuys était le plus ancien ami d'Abraham. Plus ancien et plus fidèle ami que Sainte Colombe lui-même. Rhuys était son vrai nom mais il ne peignait plus. Peut-on employer le verbe peindre quand il s'agit de pasteller ? Et celui qui tient une mine de plomb, celui qui tient un charbon de bois, celui qui tient un bâton de sang, quel nom leur procurer ? D'abord le vieux pastelliste oublia le pastel. Puis il oublia peu à peu les noms d'une langue que plus personne ne parlait auprès de lui. Même le nom de Gaillac, situé le long du Tarn, même le nom de Cordes, élevé sur le Ciel, n'évoquaient même plus des souvenirs au fond de lui. Ce n'étaient plus que des syllabes sur ses lèvres. Quelle âme est autre chose qu'un panier percé ? Les champs d'indigotiers avaient perdu toute la beauté sombre de leur pâte. Il ne plaçait plus aucun patronyme sur les visages qu'il rencontrait. Il rendait leur salut, avec embarras, et aussi un peu de culpabilité, à tous ceux qui le saluaient et qu'il était loin d'identifier. Peu à peu il ne saisit plus le sens des mots qu'il entendait se répéter autour de lui. Un jour, il vit son ancien apprenti, du temps héroïque de l'Albigeois, qui était assis dans le parc, dans un rayon de soleil, dans le délicat et premier soleil du printemps. Il posa son arrosoir, il s'approcha de son apprenti de jadis, de son petit apprenti originaire de Bruges, qui était venu sur les marches des Pyrénées, qui s'appelait Meaume, lui-même devenu vieux, lui-même blanchi, qui était assis sur le banc de pierre devant la pièce d'eau.

Doucement, lentement, précautionneusement, le vieux Rhuys vint s'asseoir à ses côtés. Il lui posa timidement ses questions.

— Bonheur, bonté, honneur, lui dit-il.

— Oui.

— Amour, résurrection, éternité.

— Oui.

— Qu'est-ce que cela veut dire, mon jeune ami ?

— Pas grand-chose, vous savez, mon maître, répondit Geoffroy.

— Rien ?

— Oui, peut-être rien.

— Savez-vous que je perds les mots avec l'âge, mon garçon ?

— Je m'en suis parfois rendu compte. Peut-être redevenez-vous enfant.

— Est-ce une maladie que de redevenir enfant, mon enfant ?

— Ce n'est pas une maladie mais dans ce cas il faut vous souvenir que lorsque nous étions de vrais enfants nous vivions sans mots. Nous ne reconnaissions même pas le nom que les autres nous faisaient porter et ces prénoms, ces patronymes, ces sobriquets ne consistaient pas toujours, d'ailleurs, en de pures gloires. Nous vivions sans phrases...

— Et alors, mon ami ?

— Et alors nous étions heureux, mon maître. Tout le langage que nous apprenons au terme de notre enfance est si artificiel. Aussi demeure-t-il emprunté quelque âge que nous ayons. Donc, si vous voyez où je veux en venir, mon maître, en oubliant le sens des mots, vous ne faites pas une si mauvaise opération que cela. C'est un ensemble de choses parfaitement inutiles et ornementales que vous gommez avec un peu de mie de pain.

— Voulez-vous dire que c'est une chose normale qu'oublier, lorsqu'on arrive au terme de ses jours ?

— Du moins c'est normal que les mots se décomposent puisqu'ils sont composés à l'origine d'images qui elles-mêmes s'y sont effacées. Par exemple quand nous aimons follement quelqu'un, il vaut mieux oublier les phrases puisque le visage est là. Ceci est une suggestion. Mais, d'autre part, c'est une chose non seulement normale mais régulière que tout ce qu'on a construit s'émiette dans ses propres éléments.

— Voilà, de nouveau je ne saisis pas ce vous voulez dire. Mon petit, parlez-moi en sorte que je comprenne.

— Petits enfants, tout petits enfants, quand nous avions l'âge de la petite Walpurge par exemple, quand nous jouions dans la cour de la ferme, ou sur le pré, ou dans les cailloux de la grève, ou devant ce beau bassin sous nos yeux, nous vivions dans les petits piaillements, dans les cris, dans les interjections, dans les chantonnements. Tout sonnait comme les oiseaux sonnent. Nous sautions, nous plongions, nous riions, nous courions dans le parc, sur la terrasse, dans la nature et il n'y avait que de la joie à ne pas posséder ni les mots ni les noms. Même, il me semble aujourd'hui que tout avait un but alors parce que rien n'avait un sens.

— Mais maintenant, vous qui venez d'avoir une petite fille que, même au fond du jardin où je vis, dans ma cabane, j'entends crier sa faim, que j'entends hurler quand la traversent des cauchemars qui la réveillent tout à coup au beau milieu de la nuit, que j'entends chanter à tue-tête sa défécation brûlante dans l'aube quand vous la mettez sur son pot, si je vous dis amour, bonheur, jouissance, bonté, éternité ? Notre éternité ? Vous pourriez m'en donner la signification ?

— Je ne pense pas.

— Et amour ? Votre propre amour ?

— Je ne pense pas. J'aime Marie, je chéris Walpurge, mais je ne pense pas pouvoir décrire ces mouvements vers elles, qui sont d'ailleurs distincts.

— Pas plus maintenant que jadis ?

— Moins maintenant que jadis ! répondit Meaume avec assurance.

— Mais cette petite Walpurge, que j'ai vue hier sur la terrasse, sous l'érable tout déplumé, qui tétait encore, à plus d'un an passé, si violemment, si ardemment, le très beau sein de sa mère aux yeux bleus, aux yeux aussi bleus que le seraient deux petites pierres de Turquie, n'est-elle pas heureuse alors qu'elle la dévore ?

— Je le pense.

— N'est-ce pas cela le bonheur ?

— Je le souhaite.

— Geoffroy, faites-moi plaisir, essayez au moins de me décrire ce que peut être le bonheur plutôt que de m'envoyer sans cesse au diable Vauvert. C'est un mot dont j'ai perdu la signification mais dont la sonorité continue de me plaire.

— Ce mot accole deux mots, Monsieur. Ce mot conjoint deux syllabes différentes comme une femme et un homme qui s'accouplent. Ce mot additionne bon et heur. Ce sont deux petits mots qui sont pleins de joie. Bon heur ! Bon heur ! C'est une interjection, si vous voulez. Cela veut dire qu'on forme le vœu d'une joie qui emplisse de satisfaction dans la circonstance prochaine où elle sera ressentie.

— Cela veut dire quoi votre charabia, Monsieur mon élève ?

— Cela veut dire qu'il faut juste que ce qui est souhaitable arrive au bon moment. En fait, le bonheur est un présage qu'on lance.

— Pourquoi est-ce un futur et non pas un présent ? Et puis que veut dire un présage si vous dites qu'il doive être ressenti dans sa circonstance même ?

— Une joie qui annonce de la joie. Vous voyez ?

— Non, je ne vois pas vraiment.

— Une douceur à l'état continu.

— Mais qu'est-ce qu'une douceur continue ? Ai-je jamais connu au cours des longues et nombreuses années que j'ai vécues une douceur qui aurait été sans cesse continuée ?

— Tout à coup toute la tension du corps s'apaise. Une paix complète s'installe dans votre âme. Cela vous dit-il quelque chose ?

— Mais c'est effrayant, ce que vous dites. Une paix complète. Un calme intégral, c'est la mort. La corde quitte l'arc. Il n'y a plus qu'un morceau de bois dans la main, qu'un bout de ficelle qui se détend. Vous parlez de la mort. Oh non, mon petit Geoffroy. Je ne veux pas de bonheur. Je veux quelque chose de plus vivant que le bonheur.

9. Le trésor d'Abraham

C'était une magnifique journée de mars. Le vieil Abraham est torse nu, au soleil. Il pèse de toutes ses forces sur le bois de sa bêche. Il fait extrêmement chaud. Les petits osselets de l'échine du vieil homme ruissellent de sueur.

Sa barbe blanche, comme elle s'était un peu dégarnie avec le temps, était devenue comme un linge jaune et humide qui venait pendre sous sa lèvre.

De grands cernes bleus entouraient ses yeux.

Marie Aidelle saisit la bêche de ses mains.

— Qu'avez-vous à vous épuiser de la sorte ? Vous n'avez plus l'âge de percer une terre qui est encore si dure. Elle est encore glacée sous l'avoine toute menue et toute chaude. C'est encore l'hiver. Il est beaucoup trop tôt pour planter.

— Je cherche ce coin de terre où j'avais dissimulé autrefois un trésor.

— Nous vous l'avons...

Mais Abraham était tombé par terre devant Marie. C'était très curieux. Le vieux corps, tandis qu'il tombait, s'était effondré très lentement, verticalement, comme une chiffe molle. Les jambes l'avaient tout doucement lâché. Le vieil homme était maintenant assis par terre et il levait les yeux vers elle. Il regardait Marie avec effarement. Il avait beau appuyer sur ses mains, pousser le sol de la terre, le vieux corps si parcheminé restait assis dans la poussière brûlante. Alors ils surent qu'Abraham avait soudain perdu l'usage de ses jambes.

— Je ne sais pas, lui dit-il. Mes jambes ne marchent plus.

Elle tirait, elle tirait sur son bras en vain. Elle ne parvint pas à le remettre debout. Elle alla chercher son époux qui était graveur, qui était en train de travailler ses cuivres sur l'immense table de la salle à manger du refuge. Meaume se précipita, le prit dans ses bras, le transporta comme un enfant, alla l'asseoir agréablement sur son lit, dans ses oreillers. Puis, comme il vit que le vieil homme était triste, il alla chercher Oesterer de l'autre côté de l'estuaire, au Vlaams Hoofd, où il était en train de jouer, afin qu'il veillât sur lui, dormît avec lui, se mît nu, lui procurât un peu de sa beauté dans son regard, un peu de sa chaleur dans son sommeil, qu'il lui communiquât un peu de sa germination et de sa force contre son flanc.

Alors, au milieu de la nuit, quand il entendit le souffle qui sifflait, quand il entendit que le souffle du vieil homme peinait à revenir, Oesterer saisit sa main osseuse. Abraham gémit, trembla et son gémissement s'arrêta tout à coup. Ce fut ainsi qu'il mourut.

XII

LE SILENCE

1. Les pâques

On n'entendait plus les cornes sur la mer. On n'entendait même plus la mer. Quelque chose se défaisait. Durant la semaine sainte les cloches cessaient d'être sonnées. Les carrosses étaient interdits dans les rues. Proscrites, les socques de bois. On marchait pieds nus dans le silence pour imiter la douleur de Dieu quand il n'eut plus, devant ses yeux, que la pente de la ruelle douloureuse, que cette pauvre ascension pénible qui le menait à l'énigme – qui est le mystère de la mort. Car la mort est le mystère. C'est le seul mystère auquel chaque être qui vit est exposé de façon absolue et, aussi, de manière solitaire. Et parce que la mort est le seul mystère auquel toutes les vivantes, tous les vivants, tous les tout petits vivants sont confrontés, seul le silence à l'état vivant lui correspond.

Seul le silence, seul le lourd silence, l'accablant silence de mort l'entoure car seul il le reçoit soudain, en quoi il s'éteint.

C'étaient les jours d'agonie.

Dans leur échoppe on voyait les barbiers qui rasaient, dans le plus complet silence, les joues toutes couvertes d'écume moutonneuse et blanche des bourgeois vêtus de violet ou de noir. Les uns et les autres se taisaient.

Les pêcheurs n'avaient plus droit de vendre à la criée leurs poissons sous la halle de bois. Sous leur casquette de marin ils ne desserraient plus les dents. Ils n'avaient même plus le droit de fumer leur pipe d'écume.

Les laboureurs faisaient d'étranges pantomimes pour montrer leur étal et leurs cageots sur les pavés parce qu'ils n'avaient pas l'autorisation de héler le chaland.

On était confiné dans le silence.

On bouchait la bouche des tout petits nourrissons en tortillant des mouchoirs d'eau sucrée afin qu'ils ne braillent pas plus fort que les fauves des savanes – comme ils le font à leur ordinaire.

Quel silence. Quel tendre silence entoure cette longue et mince et vieille femme blanche.

Assise dans le fauteuil, près de la fenêtre qui donne sur la mer en partie prise par la glace, sur les blocs rompus de la banquise, elle coud.

Ou plutôt non : c'est un point de croix qu'elle fait.

Maintenant elle pose l'aiguille.

Thullyn se penche sur son ouvrage et l'examine.

Elle a envie de pleurer dans cette sorte de mouchoir que ses doigts fabriquent. Elle se garde de le faire. Elle se tourne vers la vitre et la mer immobile à sa gauche. Elle a rassemblé sa natte toute blanche en forme de couronne. Que son visage est long et pâle.

Comme elle est belle.

Elle brode des scènes mythologiques où elle mêle des souvenirs.

Elle essuie ou elle retient ses larmes avec ces scènes qu'elle brode minutieusement, point par point.

La fenêtre jette sa grande lumière sur son visage.

Elle se lève.

Elle sort.

Elle ne verrouille jamais la porte derrière elle.

Elle longe les roches de l'île de Botnie où elle se trouve désormais – elle marche dans le sable bruyant, crissant, recouvert d'une pellicule de glace.

Elle ouvre les yeux lentement, oui, lentement, oui, simplement, vers rien, vers la mer qui ne bouge plus, vers la mort. N'avait-il pas raison ? Oui, il avait raison. Ni la gloire, ni l'or, ni l'admiration, ni le monde, ni la musique, ni l'art, ni Dieu, ne valent. Et même la mort n'est pas digne d'un regard. Il n'y a que l'étreinte où les corps se jettent dans l'amour qui touche au cœur, qui perce au cœur les bêtes vivantes puisqu'il en est la source directe pour peu qu'on la ressente comme telle, dans la profondeur qu'elle indique. Pourquoi avons-nous fui le bonheur ? Les faons, les biches, les cerfs le vénèrent : ils ne fuient à toutes jambes que ceux qui les menacent. Même les roses le vénèrent, ne le fuient pas, ne détalent pas, le gardent dans leurs pistils, dans leurs étamines, à l'ombre des pétales. Elles en entrouvrent seulement, quand le soleil est là, un peu la corolle. Elles sentent bon, de plus en plus bon, soudain.

Le courage n'est pas l'absence de la peur. Il reste une part d'effroi dans l'extase. Mais, à l'intérieur de la peur panique, qu'est-ce qu'il y a de si précieux? L'intrépidité de l'élan. Ce mouvement sans objet ignore jusqu'à la mort. Voilà pourquoi chaque jour, du moins quand la glace n'avait pas saisi l'océan, même sous la neige, même dans la tempête de neige, elle se dévêtait, sur la roche, devant sa maison, juste après la cabane en rondins du sauna où elle avait transpiré toute l'eau et le lait de l'aube, elle plongeait.

Elle attendait que le soleil arrivât au zénith – pour peu qu'il y ait un zénith, pour peu qu'il y ait un nadir quand on vit au nord du monde. Dès que la cloche de la chapelle tintait, elle sortait de la cabane, tout effilée, musclée, nue, brûlante, enveloppée de vapeur, courait, plongeait, nageait.

Elle aimait tous ces états de l'eau, leurs formes particulières et merveilleuses : vapeur, nuée, glace, neige, pluie, lac, source.

Elle aimait l'eau vivante. Elle aimait l'eau brûlante qui fuse entre les pierres.

Et même quand elle jaillissait, bouillonnante, du fond de la terre, elle la chérissait.

Et même l'embrun chaud qui la survole et qui

couvre le front, le nez, les yeux, aussitôt qu'on se penche vers sa résurgence.

Chaque matinée se terminait dans la cabane des bouleaux à demi enterrée dans la terre, couverte de feuillages, emplie de bois frais et d'écorces qui pètent, couverte de bourrelets de neige.

Chaque matinée se terminait avec ce corps de femme nue, brûlante, ardente, qui montait sur la roche.

Alors, face à la banquise si pure, si blanche, au loin, lançant ses bras, elle plongeait dans la mer.

2. *Sur les folies*

En 1673 Monsieur d'Artagnan fut tué devant Maastricht.

À qui le confier tant c'est fou ? La princesse Sibyla von Württemberg a fait naturaliser l'oiseau le matin où il fut retrouvé sans vie dans le fossé de la place forte de Héricourt : il était tombé à cause du frimas, au-dessous de sa fenêtre fermée, cherchant à pénétrer dans sa chambre. Elle a placé le corbeau bourré de paille à côté du crucifix sur l'autel de la belle chapelle qui est attenante à sa chambre. Sous la grande Madeleine pénitente de Monsieur Le Sueur, maintenant, c'est un oiseau mort qui intercède et qui conjure. Mais dans l'aube, devant le soleil qui se lève, c'est encore un être dont il faut bien avouer qu'il hennit, et non pas qu'il croasse, au fond d'elle, si l'on veut dire toute la vérité. Dieu est à ce point indiscernable de sa création que plus rien n'est incompréhensible si l'on parvient à n'y voir qu'un chaos sublime qui s'étire. Ce sont de singuliers disciples que ceux qui accompagnent Sibylle alors qu'elle se retrouve seule pour affronter les dernières heures de sa vie. La princesse Sibyla rêvait si souvent d'un long taureau sans aucun cou, à la tête énorme et extraordinairement noire, aux longues cornes relevées vers le ciel et dangereuses. Quelque chose se tient entre ses cornes. Il l'épouvantait. Un disque d'or. Il y a dans l'élévation du soleil comme une tête qui se redresse, comme un poitrail qui s'avance, comme une crinière que les brises de l'aurore soulèvent, que le galop et les ondes de l'air glacé, frais, tiède, enfin irradiant, déploient et entraînent. Elle a perdu une part de la beauté potentielle des choses de ce monde avec les longues mains de Monsieur Froberger tombé la tête la première sur le dallage du réfectoire. J'ai perdu ces ongles ras, ces doigts véloces, ces carpes longs et blancs, et lents, et souples, et agiles, et magiques qui évoluaient avec tant de vélocité et d'aisance dans les ondes du chant de la tristesse. Avec Josèphe c'est la superbe chevelure du monde qui parcourt le ciel que j'ai perdue. Avec le bec de Virgile qui s'est reclos sur lui-même dans le givre, c'est son cri tellement dénué d'espoir que j'ai perdu.

Où sont les rayons qui persistaient dans mes jours ?

— Cachez le tapis vert et les râteaux d'ivoire. Hissez-les sous la poutre. Feignons de prier comme ils le feignent tous.

3. Fragments Hatten (2)

Ô petit oiseau si menu, si modeste, tout brun, brun comme l'amande d'une faine, brun comme l'argile des mousses, perdu dans le noir, aux paupières ourlées de blanc, aux yeux tout noirs, invisible, au ras du sol, dans les brindilles.

Vingt-quatre grammes.

Au chant si puissant, si pur, qui transperce la nuit.

La musique, ce sanglot de mort.

Il y a un plaisir fou à demeurer à genoux auprès de celle qu'on aime. Il y a presque de la joie à pleurer dans l'étoffe de sa jupe, à se blottir au plus près de son odeur. C'est un reste d'enfance.

Rien n'a dit au revoir. Et subitement j'ai été seul.

4. Le départ

Thullyn est tout en bleu. Marie Aidelle arrive en hâte sur le ponton de bois. Elles parlent entre elles, vivement, leurs mains se lèvent, leurs doigts s'écartent et la lumière les ajoure, leurs bagues brillent.

Ils ont tout vidé.

Cinq jours après la mort d'Abraham.

Tous les cinq – Thullyn vieillie et blanche, Oesterer devenu soudain un homme, Marie aux yeux sublimes de Berbérie, de Kabylie, Walpurge minuscule, Meaume à la veste épaisse de taffetas – sont d'une extraordinaire beauté. Dans la bruine grise ils semblent filiformes. Au loin ils sont si petits. Ce sont des gouttes d'eau qui s'écoulent, qui tombent. Tous les cinq sont vêtus dans des étoffes ou soyeuses, ou brodées. Elles sont toutes foncées.

Foncées comme les pétales des anémones.

Foncées comme les cinq pétales des pensées.

Thullyn est tellement plus grande qu'eux tous. Elle porte sa robe longue bleu foncé bordée d'un galon clair, le camée pâle attaché à son cou. Elle est devenue si extraordinairement longue et belle. Ses cheveux, relevés en chignon, sont poudrés en plus d'être blancs. Même Meaume, sur son visage détruit, a des cheveux entièrement blancs.

Quatre jours pénibles sont passés. Soudain, c'est comme un coup de vent. Soudain, dans la demeure qui donne sur le canal, tous, tous ensemble, ils sortent avec la plus grande précipitation.

C'est une hâte mystérieuse car elle semble presque immobile.

Les adieux prennent souvent la forme des bourrasques. Mais la tristesse les laisse aussi à l'état de stupeur dans le mouvement même qu'ils font.

Marie Aidelle, la première, tenait ses coiffes rouges dans ses mains.

Sa fille en courant après elle, dans sa petite jupe rose indien vibrant, cherchait à la devancer.

Oesterer saisissait la selle de son cheval.

Meaume nettoyait ses doigts encore couverts d'encre noire dans le seau.

— On y va, hurla Marie déjà à cheval les joues couvertes de larmes car elle ne parvenait plus à fermer sa bouche tant elle peinait à respirer, tant le désespoir et l'angoisse étaient montés en elle.

Elle détestait la mort.

Elle passa devant eux, en hurlant de tristesse, de détresse, elle franchit la porte, se précipitant dans sa propre douleur, sa fille de sept ans, le visage rayonnant, délicieux d'enfance, agrippant sa taille et serrant avec ses cuisses minuscules le cuir de la selle.

« On y va » retentissait sur l'eau du canal.

Thullyn est seule sur la terrasse. Elle salue Rhuys, qui reste seul.

Le vieux jardinier qui ne sait plus son nom, le vieux saint Fiacre hébété, la regarde partir.

Thullyn dos tourné, dans la cloche de sa robe longue entièrement bleue gravit l'escalier de pierre.

Toute droite, elle marche sur le quai.

Elle gagne le pont qui fait un arc au-dessus du canal.

Un luth à deux manches est comme un pont de douleur.

Thullyn descend du bateau qui a réussi à tracer son chemin entre les morceaux de glace dans le port. Désormais elle vit seule.

5. Fragments Thullyn (2)

La nuit, soudain, de façon inopinée, elle entendait son souffle. Elle sentait la chaleur de son corps auprès d'elle. Elle ne s'approchait pas de peur de l'éveiller. Elle caressait le bout de satin noir, le brandebourg de velours, le bouton de corne. Elle ne se serait en aucun cas risquée à allumer la lumière de peur que le volume sensible de son corps disparaisse dès que la flamme de la chandelle aurait produit sa lueur. Elle ressentait sa présence et cette présence, les yeux fermés, l'éblouissait à l'intérieur de ses propres paupières.

— Je ne sais plus, Ilsted. Je n'ai jamais compris ce qui s'est passé réellement. Peut-être aimait-il ailleurs et il a pris le prétexte ridicule d'un billet pour une péniche de mer qui menait à Hastings. Peut-être a-t-il eu vraiment l'impression que je m'étais saisie du gouvernail de la barque où s'entassent les ombres et que je le menais aux enfers.

Elle disait que c'était un homme à rester auprès de la souche à guetter le lièvre pendant des nuits quitte à mourir de faim ou de froid. Il est vrai qu'elle s'était faite plus impatiente avec le temps; mais plus elle le suppliait de parler, moins il parlait. Il ne parlait pas et il se rendait soudain, plusieurs soirs de suite, à la taverne, seul, sans dire un mot, sans se justifier auprès d'elle et sans même songer à le faire. Cela la blessait. Il connaissait de curieux moments d'engourdissement ou de relâche qui lui étaient à lui aussi douloureux et inexplicables.

Même dans le plus grand amour il y a un regard qui nous reproche une insuffisance. Sans doute inventons-nous ce regard. Cette moue furtive ne se satisfait pas de ce que nous donnons.

Elle qui ne parlait jamais, une fois elle s'exprima. Pour toujours elle perdit. Elle ne s'épancha plus. Plus jamais elle ne dit, à personne, même à Ilsted qu'elle entourait de précautions et de tendresse, ce qu'elle avait au fond de son âme. Ce ne fut que beaucoup plus tard, des années plus tard, longtemps après son départ de la belle maison familiale de Tuusulanjarvi au-dessus de la falaise, après qu'elle l'eut revendue, parce qu'elle y avait trop pleuré, quand elle se fut réfugiée sur l'île, qu'elle se mit à s'adresser à lui dans son cœur.

— J'avais oublié de vous souhaiter bonne nuit.

— Bonne nuit.

— Bonne nuit.

Elle lui signalait des mélodies qu'elle avait découvertes chez des voisins ou, le plus souvent, chez Ilsted – chez qui elle s'installait à demeure, chaque année, durant les mois de la longue nuit. Elle notait très précisément, plus encore que les mélodies, les rythmes si particuliers qu'elle avait su entendre autour d'elle dans la nature. Elle était certaine qu'il aurait aimé les imiter selon sa manière. Elle déchiffrait à vue dans la soirée tout ce qui paraissait de neuf mais elle se gardait bien de donner, dorénavant, son sentiment. Dans le même temps, au cours de ses insomnies, ou dans ses longues marches de l'aube, elle eut ces accès de dialogues à vide, dénués de sens strict, un peu fous. C'étaient comme des thrènes. Elle dormait toutes les nuits avec le pourpoint en satin noir, aux brandebourgs torsadés bleus, aux boutons de corne, qu'il avait oublié de prendre sur le dossier du fauteuil quand il était parti avant l'aurore si précipitamment, si définitivement. Elle ne le lava jamais. Elle le glissait à l'intérieur du lit, auprès de son visage, ou plutôt de son nez. Elle prétendait, plus de dix années après, sentir encore l'odeur de son torse, de ses aisselles, de ses bras, de ses doigts, de son cou, quand elle en caressait ou en chiffonnait le satin. Parfois le remords l'abattait. Elle se donnait tort quant aux suggestions qu'elle lui avait faites afin que son art rencontrât plus de reconnaissance. Pourquoi s'était-elle lancée dans cette flopée d'avis et de recommandations alors qu'il était si mal disposé à l'égard de la vie mondaine et qu'il lui préférait tellement la vie si intermittente d'un interprète, si volontiers oisive, si extasiée, si furetante, si indécise, si nonchalante ? Elle ne comprenait pas ce qui l'avait prise. Elle ne comprenait pas davantage ce qui lui avait pris. Il n'était sans doute pas habitué à être aimé autant. Mais peut-on aimer trop ? Elle s'adressait des blâmes que rien ne fondait. Elle avait trop celé peut-être son amour, trop tenu secret son amour au fond d'elle-même. Elle n'avait pas assez témoigné son désir pour son corps tout entier. Il n'avait peut-être pas imaginé combien c'était lui qu'elle aimait, et non son œuvre, combien son corps, son beau corps particulier, son odeur, la douceur de sa peau, lui étaient précieux. Alors ce corps lui réapparaissait et elle recommençait son murmure autour de ce fantôme – et ses gestes étaient à la fois encore plus timides qu'ils n'avaient été et beaucoup plus hardis qu'ils ne le seraient jamais. Elle lui parlait étrangement, de façon chuchotante, en bougeant, à peine, ses lèvres de plus en plus fines, en faisant les questions et les réponses.

— N'as-tu pas froid ?

— Ça va.

C'étaient le plus souvent de tout petits dialogues.

— Voici l'eau que tu m'as demandée.

— Merci beaucoup.

6. La lettre enroulée sur elle-même

Elle retend le bas de laine qui monte jusqu'à son genou. Elle laisse retomber l'étoffe de sa robe. Elle s'apprête à refermer le tiroir. Mais soudain elle fouille parmi les chaussettes et les bas, elle retrouve une petite lettre enroulée sur elle-même. Elle la déroule entre ses doigts. Elle la regarde sans qu'elle ait besoin de la regarder. Elle la réenroule machinalement. Elle la touche en vérité pour entrer en contact avec ce temps d'alors. Elle parle tout bas. Elle murmure :

— C'est dur de penser à toi continûment alors que tu n'es plus là. Que c'est difficile à comprendre.

C'est elle, la première fois où elle partit, qui avait laissé sur la table ce mot roulé sur lui-même, enroulé comme une très fine crêpe dentelle, comme une oublie : « Je ne reviendrai pas. Je t'aime. Attends-moi. »

Elle avait barré « Attends-moi ».

Alors elle avait repris la plume.

Elle n'avait recopié, soigneusement, que les deux premières phrases.

Elle avait posé ce petit billet sur le luth qui était resté dans son fourreau, à côté de la clé de la chambre dont elle n'aurait plus l'usage.

« Je ne reviendrai pas. Je t'aime. »

Que cette phrase avait dû être désespérante pour lui.

Et ils se revirent. Et ils se reperdirent. Et elle est revenue, et revenue encore, mais invisible. Elle est revenue sous forme de douleur, cette brève séquence silencieuse. Et il est revenu, mais insaisissable, et pour repartir encore, ce corps qu'elle désirait. Certains mots qu'on entend, même tout seuls, même le mot amour, sont capables d'assécher les blessures. Mais ces six mots écrits, qu'on peut relire, peuvent crever la peau. Ils sont comme une lance qui perce le flanc. Je ne veux plus te voir. Non. Je ne veux plus te voir. Jamais. Jamais.

Et puis : Pourquoi es-tu parti la seconde fois alors que moi j'avais eu le courage de revenir ?

Pourquoi ai-je envie subitement de pleurer ? Pourquoi mon cou se serre-t-il sans que rien dans le temps qui précède y prépare ou le justifie ? Pour quelle raison ma poitrine est-elle oppressée alors que je cours, que je marche, que je cuis dans les braises dans la cabane de bouleaux, que je sors en courant, que je plonge dans la mer de Barents, que je nage? Pourquoi dois-je m'asseoir tout à coup? Quelque chose s'est arrêté en moi. Je ne sais pas ce qui s'est arrêté au juste mais, en revanche, je crois que je sais quand. Il me semble que je me souviens que cela se passe sur la longue plage d'Oostende ou celle de Blankenberge qui en est la voisine. Qu'ai-je fait? Que s'est-il passé alors?

Quel tour nous ont joué nos démons?

Ce ne sont pas des anges gardiens, ni des fées, qui dominent nos naissances.

Ce sont des démons qui sont en nous et qui nous guettent.

Pourquoi avons-nous voulu périr sans avoir accompli les vœux les plus obscurs de la vie?

Comme j'aimais chanceler dans tes bras.

7. Fragments Hatten (3)

Chacun attrapait son souffle dans la bouche de l'autre.

Et c'est ainsi qu'ils parvenaient à survivre.

Bärengraben. C'était la caverne des ours.

L'odeur de fauves extraordinaires, leurs cris si puissants en contrebas du rempart.

Il suivait l'Aare à Bern.

Tous les jours il allait au rempart.

Tous les jours il contemplait les ours.

Une nuit, à Bern, quelque chose l'éveilla. Il quitta son petit lit. Il se rendit à la fenêtre. La lune était pleine. À l'orée de la forêt, il vit Thullyn. Elle avait mis une robe très belle, qui paraissait au loin argentée, le surcot vert clair, le corps de la robe elle-même vert foncé, avec deux pans bleus. Elle était assise sur le tronc d'un arbre. Ce n'était qu'un songe.

Je n'ai pas reconnu le dieu quand il m'est apparu.

8. La pluie

Elle crevait l'eau bleue.

Elle plongeait en hurlant de joie, et même en hurlant de rire elle plongeait, la tête la première, dans le cœur de la vague à l'instant où elle se haussait devant elle.

Elle aimait que la plus drue des averses soudain trempe ses vêtements. Le long manteau de pluie ruisselait. L'écharpe de laine était une serpillière quand elle rentrait chez elle et qu'elle cherchait à la dénouer de son cou.

Sans cesse le vent enroulait les jupes dans ses longues jambes. Alors elle les repoussait violemment avec ses genoux. Il claquait. Elle fonçait. Elle se précipitait.

Les bourrasques entonnaient d'incroyables clameurs qui arrachaient l'âme à toute pensée possible.

Le vent empêchait les souvenirs de venir entêter l'âme.

Seule la puissance invraisemblable du vent, seuls la force surhumaine de la vague, l'effort des bras dans la brasse, la fougue et la fermeté de ses cuisses dans la marche lui redonnaient ardeur, satisfaction, enjouement pour une heure ou deux. Courage et vaillance pour le jour.

Thullyn rêve. L'homme est de dos et nu. Il dit à Thullyn qu'il lui faut partir et rejoindre sans tarder Hedeby sans quoi elle mourra.

Il faut faire très vite.

Peut-être est-ce son père ?

Stupéfaite, elle prend son dos dans ses bras. Elle l'enserre longuement. Elle le tient serré contre elle. Elle sent ses fesses contre son ventre. Non, c'est lui. Elle murmure :

— Hatten. C'est toi, Hatten ? Regarde-moi. Regarde-moi droit dans les yeux.

Mais il reste de dos.

Aussitôt après, ils se regardent dans les yeux longuement. Ils pleurent en se regardant. Oui, ce sont eux. Oui, elle lui a pris la main. Longtemps, longtemps, elle caresse, avec le doigt, le dos de la main si douce du musicien et elle lui dit qu'elle le poignardera.

Il ne répond rien. Il baisse la tête.

— Hatten, regarde-nous. Nous nous quittons. C'est à mourir. Il faut que je te tue.

Elle s'arrêta.

Sur la lande tout à coup les tabliers des femmes et les tuniques des hommes se gonflèrent sous la saute du vent.

Cette vision effraya la vieille femme si maigre à la longue natte blanche.

Elle recula. Ce fut plus fort qu'elle. Elle recula.

Puis elle prit conscience que tous ces devanteaux et tous ces hauts-de-chausse étaient accrochés à une corde tendue entre les bouleaux.

Ces formes vides se plaignaient. Elle croyait reconnaître les êtres qui les portaient, qui les avaient portés. Le malaise où cette vision la mit persista en elle tout le long de la journée.

9. Fragments Thullyn (3)

— Je fais de nouveau un rêve que je faisais si souvent quand j'étais une petite fille – confia-t-elle à Ilsted dans les dernières années de sa vie, durant la longue nuit, deux ans avant qu'elle meure –, quand je me retrouvais dans la ferme de mes grands-parents, dans les glaces, devant la mer de Botnie. À vrai dire j'étais bien trop petite pour comprendre ce dont il pouvait être question. Un homme sortait en dégoulinant de la mer. C'était un homme que je ne connaissais pas, un homme qui n'avait pas les traits de mon père, un homme qui était barbu, qui était tout nu, mais dont les formes, très hérissées, colorées, très particulières, n'évoquaient pas de souvenirs en moi. Il était gros et gras et nu comme un ours mort que le chasseur saam a déjà dépouillé de sa fourrure. J'ai toujours cru que cet homme dont la virilité était pour moi toute neuve et choquante, qui tendait les mains vers moi, qui m'éveillait en plein sommeil, voulait à tout prix, non pas me posséder, mais me dire quelque chose. Il s'agissait d'une chose très importante mais il n'osait pas la formuler. Il s'approchait tout près, mais il ne s'y résolvait pas. Il paraissait aussi empêtré que son sexe pouvait être congestionné. Ce sexe était d'un bleu très pur. Ce sexe était une jacinthe. Les particularités de ce rêve me reviennent encore alors que je l'évoque ce soir auprès de toi, dans la longue nuit. Même le bulbe de cette jacinthe était bleu, encore plus bleu, bleu turquoise. J'ai connu une jeune femme à Anvers, une jeune mère de famille qui avait des yeux aussi bleus que ce bleu. Ils étaient bleu-vert comme la mer peut le devenir l'été. Ce songe est revenu me hanter alors que je vivais avec Hatten le copiste, lui qui était si mince et si peu arrogant. Si insuffisamment arrogant. Lui qui était si doux. Lui qui était si prévenant et si attentif quand il était à mes côtés. Si concentré et même extatique quand il évoluait à l'intérieur de ce monde un peu singulier et dense qu'il étendait autour de lui.

Un jour, depuis le temps que je rêve ce rêve, ce que le dieu de la mer souhaite me demander sortira de ses lèvres. J'en suis sûre. Je ne connais pas le son de sa voix mais ce qu'il entend me confier surgira comme une banderole blanche qui se déroulera sur ses lèvres. Il avance sa barbe d'écume. Son corps, qui a la forme d'une barrique, est si vibrant. Il est si impressionnant. Un jour c'est peut-être moi qui le nommerai par son nom. Je saisirai son bras.

— Vous croyez ? lui demande Ilda (Ilsted) von Essenbeck.

— J'en suis sûre. Quand je dis que j'en suis sûre je veux dire que dans mon rêve j'en suis sûre. Mon corps se dilate. Tout en moi l'attend. Mes hanches. Mon ventre l'attend. Mes seins deviennent énormes. À la fois ils se tendent et ils pèsent lourdement. Je sais bien que c'est faux mais il me semble qu'ils touchent la terre.

Alors Thullyn et Ilsted chantent doucement la ritournelle de leur enfance :

Il y a trois montagnes sous l'arche du ciel.

Halla, les trombes du Hame.

Katrakovski en Carélie.

Vuo le Pic dans l'Imatra.

10. Les étranges estrans

Les branches trop jeunes qu'on introduit dans le feu, lorsqu'elles brûlent par le bout qui a été tranché, gémissent.

Par l'autre bout, elles chuchotent en faisant un bruit de succion qui n'en finit pas et qui est si intrigant dans son commencement. Ce susurrement se mêle à une sorte de salive qui bouge sur leurs lèvres de branches blanches et vertes et y bourdonne. Ce sont deux sons distincts, mais qui s'accompagnent de façon incroyablement harmonieuse. Laissées dans leur feuillage, elles pleurent, elles coulent, elles tremblent.

Il est des grosses bûches plus sombres pleines de souvenirs et d'âmes de chiens qui aboient, qui s'apprêtent à courre le cerf, qui cherchent l'hallali.

C'est un silence si particulier que celui du grand mouvement de la marée de la musique qui s'en va.

Tout à coup elle s'arrête.

Le musicien a ôté les mains du clavier.

On regarde le clavier de noyer, les touches de buis, celles d'ébène. Cet étal nu qui luit en silence, c'est un estran.

Les mains du musicien restent levées tandis que la marée se retire.

Et le silence que l'on voit dans ces mains suspendues au-dessus du clavier entre peu à peu dans l'âme.

Sur la Baltique, la rive se désagrégeait au printemps dans la neige.

Le son de décomposition se détruisait dans le bruit des vagues. Il s'entendait si peu.

Le corps de l'autre qu'on désire et qu'on aime est un estran alors qu'on le dévêt.

La mer abandonne le monde.

La chair, la peau abandonnent derrière elles la barrette, la boucle d'oreille, le bracelet, la ceinture.

Le bandeau qui enserre la gorge et la soutient.

Les lacets des souliers.

Thullyn parle :

J'aimais tes pieds.

L'ultime phalange couverte de petits poils blonds.

J'ai aimé caresser tes pieds avec mes cheveux.

Même Dieu a dit – à Marthe qui marmonnait et grondait dans son coin de fourneau – que les cheveux dénoués étaient le signe de l'amour, et sa meilleure part.

Un jour la vie se dévêt.

Aux derniers jours, aux derniers âges, la vie qui a été vécue se découvre à la façon des détritus sur une plage quand l'océan s'en va.

On marche dans des trésors dépareillés mais où tout étincelle.

Plus la marée est grande, plus la mort est proche, plus l'estran est sublime.

Plus la merveille est discontinue et vaste.

Plus le monde est profond, la nuit immense.

Le ciel infini.

Les nuages, les vents, les cimes, les rapaces, les abîmes, les à-pics, les silences, la neige, les rayons de soleil indémêlables, confus, tout à coup, tout enchante.

Et plus le vertige (le vertige de la mort au bord de la vie qui s'associe à celui de l'espace qui entoure la terre au-dessus de l'écharpe bleue de l'atmosphère) se fait effrayant et sensible.

De plus en plus de bonheurs s'ajustent à cette altitude, à cette élation, à cette aperception panoramique qui ne peut même pas être comparée à la curiosité violente de l'enfance, à la contemplation de l'âge mûr, à ce temps qui n'a plus de dimension, à cette proximité du vide au-dessus du trou imaginaire de la mort.

XIII

LE CHEMIN DE MONTAGNE

1. *Les azulèjes*

Hatten ayant reçu une lettre que ses frères lui avaient adressée se rendit à Mulhouse pour l'enterrement de son père adoptif. Ses demi-frères le reçurent à peu près bien, avec politesse. Il retrouva la chambre de son adolescence indemne, intacte, intouchée. Le long magasin des instruments de musique de Mulhouse, dont les deux frères avaient la charge, était florissant. Dans la demeure familiale il fit dépendre deux faïences portugaises qui avaient été scellées autrefois sur les murs de sa chambre. L'une venait de Lisboa et représentait la tour de Belém au-dessus de l'estuaire. Une jeune femme en tunique blanche, en haut de la tour, s'élançait dans les airs à la façon d'une grande mouette de mer. Les deux ailes blanches largement ouvertes elle tournoyait dans le ciel sublimement bleu de l'azulèje. Au-dessous d'elle, sur la grève, il y avait un homme couché sur le dos qui mourait dans les vagues. L'autre faïence venait du port de Porto, sur le Douro, et représentait un beau jardin et un arbre où un serpent s'était entortillé. Sous les fruits de l'arbre une femme toute nue portait sa main sur l'épaule d'un homme qui se tenait à ses genoux et qui la regardait ; l'homme entièrement dépouillé de ses vêtements tournait son long visage extasié vers elle. Leurs nudités suffisaient à leurs regards. Nul ne voulait du fruit qui était apparu entre eux, suspendu à une branche.

Une fois dissociés les uns des autres, Hatten enveloppa chaque carreau de faïence, et il les empila soigneusement dans deux caisses distinctes. Il prit les quelques pièces d'or et toutes les partitions qu'il avait notées dans son enfance et qu'il avait cachées sous le balustre, à la jointure de l'escalier, sous une latte du plancher. Il descendit l'escalier et alla trouver ses frères et ils se dirent adieu. Le charretier plaça dans la charrette les deux lourdes caisses des carreaux de faïence, les coffres remplis de livres, les sacs, les rouleaux de musique. Hatten monta à ses côtés. Ils suivirent le chemin de montagne jusqu'à la vieille cité de Bern.

C'est ainsi que Monsieur Hatten finit ses jours à Bern, l'ancienne ville située sur la boucle de l'Aare, l'ancienne cité protégée par les ours, ceinte de si profondes fosses, contenue dans leurs cris. La princesse Sibyla de Mömpelgard lui avait écrit une lettre compassée et noble. C'est elle qui lui avait annoncé la nouvelle de la mort de Monsieur Froberger sur le dallage de son château. Je composais pour cette oreille, écrivit-il plus tard à Monsieur Huygens, à La Haye, quand il accepta la commande de la *Lamentation sur la mort de Froberger chevalier d'Empire.* Je composais uniquement pour cette oreille qui elle, au moins, ne recherchait aucune gloire, aucun éclat, aucune reconnaissance, aucun profit. Les vrais artistes ne cherchent aucun avenir à leur propre passion. Sa densité suffit à occuper leurs heures. Mais l'amitié aussi est une passion, si distincte qu'elle soit de la création, et nous serions demeurés toujours ensemble si l'empereur nouvel élu ne nous avait pas congédiés. Il me semble que je poursuivais un ami de mes chants comme un poisson suit passionnément l'eau qui le porte et qui lui ressemble de façon nécessaire puisqu'elle l'a suscité pour se mouvoir et pour s'aimer elle-même. Je composais mes chants sans même que j'eusse besoin de les faire sonner. Quelle sombre époque fut celle où nous avons vécu. Quelle férocité nous avons découverte au cours de nos voyages. Combien de haines, d'aversions irréconciliables, de cruautés entre les générations et toutes les provinces de l'empire ? Que de fumées, de hantises, d'épidémies, de mouvements de foule haineuse, de craintes affreuses, de religions, de ruines dans les cités, de ruines dans les villages, de ruines dans les ports. Qu'il fut difficile de se dégager, de s'éloigner de cette malveillance insensée. Comme on était mal vu dès l'instant où on méprisait cette pestilence où tous s'empressaient de tomber comme des mouches. Quelle invention il avait montrée. Quel courage et quelle merveille que son jeu et ses œuvres qu'il improvisait à chaque difficulté de sa vie.

2. La Société de musique du canton de Bern

La Présidente de la Société de musique du canton de Bern vint le trouver à Mulhouse alors qu'il résidait chez ses frères pour participer aux cérémonies funèbres. Ce sont les fils du marchand qui l'avaient avertie du décès de leur père selon les clauses du testament que ce dernier leur avait laissé. Elle dit à Monsieur Hatten que sa renommée était allée depuis longtemps jusqu'à la cité de Bern mais qu'elle n'avait jamais eu le bonheur d'entendre des pièces de son cru. Il accepta de lui montrer quelques morceaux de luth quand elle l'en pria. Du moins il n'osa pas le lui refuser, ce qui n'était pourtant pas de sa manière. Elle admira les pièces difficiles qu'il voulut bien jouer devant elle. On servit du thé chinois. Elle trouva le moyen de lui faire raconter sa vie. Pour boire elle ôta son voile. Elle était très âgée. Son visage resta impassible mais on voyait à ses mains combien elle pouvait être émue de se trouver là. Elle revint le lendemain. Elle conserva son voile alors et offrit, de sa voix sèche et lente, en allemand, à Hatten de le loger près de Bern dans la demeure qu'elle possédait au-delà des remparts. Sa mère était décédée depuis deux années.

Il y jouirait d'un appartement isolé où il pourrait travailler avec la plus grande commodité et dans le plus complet silence. Il ne serait même pas contraint de souper avec elle s'il n'en avait point le désir. On monterait sa soupe et son croûton s'il préférait qu'on fît ainsi. Il vivrait alors à la façon d'un moine dans la cellule de sa chartreuse qui n'a d'autre souci que sa prière, qui n'est rien d'autre que sa solitude, qu'il approfondit en la méditant ou que, simplement, il éprouve. Un beau parc entourait la demeure qu'elle avait eu plaisir à entretenir toute sa vie. Il pourrait en profiter s'il désirait sortir. Elle vivait dans ce lieu depuis toujours. Sa mère y était revenue mourir, ayant renoncé à vieillir seule dans la petite ville de Staufen im Breisgau dont elle était native. Un jour d'autrefois, sa mère n'ayant pu se déplacer, les congères avaient ralenti la voiture qui la menait aux eaux de Bade. Elle était arrivée seule, à la nuit noire, dans l'établissement. Elle se fit présenter deux appartements pour le séjour de cure qu'elle comptait y faire pendant un mois. Elle fit monter sa malle dans la chambre qu'elle avait choisie parce qu'elle était la plus spacieuse. Alors qu'elle cherchait un vêtement de nuit dans sa malle, sa chandelle s'éteignit. Elle leva la tête dans le noir. La fenêtre se découpait sur un ciel où on ne voyait rien. Une ombre passa devant elle et la renversa avec violence dans le noir de sa malle ouverte. Elle n'eut même pas l'à-propos de crier. Ce viol nocturne, sans visage reconnaissable, qu'elle n'osa raconter à personne, dont elle ne pourrait jamais tirer vengeance, l'emplit peu à peu de désespoir. Son sang ne lui revint pas. Elle se retira dans la montagne au-dessus de Bade. Elle ne sortit plus jusqu'à ce qu'elle accouchât d'un garçon auquel elle donna le prénom de Hans et qu'elle confia à un homme de Mulhouse qui vendait des instruments de musique, de l'autre côté du Rhin, et qui louait une belle maison de campagne dans les champs qui sont entre Mulhouse et Bâle. Cette maison, elle la lui offrit. Cet homme était à l'origine un facteur d'orgues avant qu'il devînt un négociant en instruments de musique. Cet homme – qui s'appelait Hatten – donna son nom à l'enfant et le baptisa Lambert comme il s'appelait lui-même. Il se trouvait que cette femme ne pouvait plus voir les hommes sans se hérisser de colère. Même les pasteurs, elle les fuyait. Même les vieillards. Elle nota ses regrets. Puis ce furent ses rêves qui se transformèrent peu à peu en plaintes complexes, pleines de nostalgies austères, sans doute douloureuses, mais extraordinaires. Ce sont des poèmes d'une grande beauté, à la façon de Paulus Fleming, remplis d'énigmes, composés en langue allemande, qu'elle publia à Bern sous un nom d'homme. Elle choisit comme nom de plume le nom de Neidhart. Elle devint célèbre sous ce nom.

Cette histoire, elle ne la lui dit pas. Elle ne lui raconta rien.

Peut-être la découvrirent-ils à leurs visages. Ils la surprirent dans leurs yeux et ils l'y lurent. Ils ne la suggérèrent jamais.

C'était une belle maison à flanc de colline, prise dans les vignes vierges, le lierre épais, une montagne de lierre. Ce lierre si épais dont l'étreinte est absolue – dont l'étreinte est aussi impérieuse sur les troncs, sur les murailles, sur les toits, que l'amour peut l'être dans les désirs et les rêves et les imaginations de l'âme.

Un porche étrange, des prunelliers. Puis une allée de buis.

Une espèce de rideau de brouillard, de pluie, de voile, la cernait perpétuellement. Voile ou buée qui s'ajoutaient à l'ombre que portait la montagne et l'immense pineraie qui la surmontait. À l'intérieur tout était excessivement meublé, surmeublé, embarrassé et sombre. Sur le plancher on avançait lentement pour ne pas heurter un fauteuil hostile, ou une commode ennemie, un bouddha de porcelaine qui s'effondrerait. Elle ne dit jamais à son fils qu'il était son fils. Nul ne savait non plus dans son entourage qu'elle était l'auteur de ces recueils de poèmes qui avaient attiré l'attention de ceux qui aimaient les livres. Elle posséda la première lampe à pétrole.

3. Le Ballet de la nuit

Une grande peinture figure dans l'antichambre qu'il découvrit en premier quand il pénétra dans la demeure. Elle est située avant le grand salon de la

Société de musique. On peut l'y voir toujours – et même on ne peut manquer de la voir car elle est à hauteur de visage. La Société de musique de Berne existe toujours. Elle fonctionne toujours, à l'écart de l'enceinte de la ville, de mai à septembre. La grande toile est si démesurée qu'elle touche l'angle de pierre de la vaste cheminée en marbre gris. Le vernis dont elle est recouverte brille. La toile est presque entièrement noire. Elle est plus haute que large. Elle est extraordinaire en ceci que plus on s'en approche, moins on la comprend. Elle est d'une vieille facture. Où est ce lieu ? Quand surgit ce temps ? Quand était-ce ? Était-ce en 1610, quand le roi est mort assassiné dans son carrosse avec un couteau de Nontron ? En 1640, au plus fort des émeutes ? En 1652 ou en 1653 lors de la nuit du *Ballet de la nuit* ? En 1660 ? En 1662 ? Plus on entre dans la scène qu'elle montre – une partie de cartes sur un tapis bleu –, plus il semble qu'ils ne jouent pas vraiment. Voilà, c'est la nuit, bien sûr, mais dans la nuit ils ne voient rien. Ils donnent l'impression de jouer aux cartes, à l'évidence, mais, dans une telle obscurité, le moyen qu'ils jouent vraiment et qu'ils voient les figures ? Ce sont donc des hommes qui font semblant de jouer autour d'une table recouverte d'un tapis qui ressemble à une mer obscure. Derrière ces quatre joueurs problématiques une jeune femme se tient sur le seuil de la porte ouverte, elle semble se retirer ; c'est sans doute elle qu'on perçoit le mieux mais ses yeux se serrent de fatigue ; tandis qu'elle cherche à se retirer dans la nuit, elle nous regarde furtivement; elle a l'air si triste; elle est incroyablement belle. Sa robe est somptueuse; le surcot est vert clair, comme les collerettes des noisettes, le corps de la robe est vert foncé avec deux longs pans bleus aux revers. Bleu profond. Bleu indigo. Bleu comme une nuit si pure qui se défait. C'est Pâques. C'est la semaine d'angoisse. Sa taille est fine. Ses seins sont beaux, volumineux, doucement éclairés. On ne les perçoit si bien que grâce au relief resserré de l'étoffe qui les recouvre, mais qui aussi fait saillie. Elle n'a pas de ventre mais son regard est finalement terrible car ses yeux obscurs, qui nous fixent, sont tellement intenses, sont tellement pris de douleur. Ils ne nous interpellent même pas. Ils nous regardent pour tuer autre chose dans l'espace ou pour mourir eux-mêmes. De toute façon elle regarde tout ce qu'elle voit comme avant de mourir. Mais est-ce une vraie femme? N'est-ce pas plutôt une mère? Il y a si peu de désir au fond de son regard. Il y a tant de déception dans les plis de son visage. Tout est immobile dans la nuit qu'elle étend autour d'elle à cause de l'épouvante qu'elle porte. À leur table si carrée, toute bleue, si les quatre jeunes hommes paraissent si attentifs aux petits cartons peints qu'ils fixent, c'est qu'en vérité ils font semblant de ne pas regarder la femme qui part. Ils ne veulent pas lever les yeux sur la femme qui veut à tout prix s'en aller. Est-ce la Vierge Marie qui s'en va en direction du port d'Éphèse? Est-ce cette étrange mère qui abandonne son fils à la mort, qui se désintéresse du jardin, qui ne se soucie en rien de la pierre du tombeau ? Est-ce cette femme si énigmatique que la résurrection de son fils laisse parfaitement incrédule et peut-être même indifférente ? Ou bien est-ce la si jeune reine Médée qui contemple ses enfants si beaux, si délicats, qui jouent aux astragales dans le recoin obscur du temple de Corinthe ? Eux non plus n'ont pas du tout l'air passionnés par la partie qu'ils feignent de jouer. Ils ont l'air de penser à tout autre chose qu'aux osselets qu'ils lancent dans l'air avant de les recevoir sur le dos de leur main. Merméros et Phérès pensent sans doute à la violence toute proche qu'ils ressentent à défaut de la prévoir. Ils se penchent – tous les deux au-dessus des osselets, tous les trois au-dessus des dés, tous les quatre au-dessus des cartes – ils se penchent tous comme au-dessus d'un abîme. Ils sont pris par autre chose que le jeu qui se tient sous le jeu. Ils ne sont pas présents à ce qu'ils font. Ils sont peut-être vivants mais ils ne sont pas là. Ou du moins ils affrontent autre chose qu'une partie de pharaon, ou d'écarté. Ils sont confrontés à une chimère. Ils pressentent leur mort mais ils font face à quelque chose de plus terrible que leur mort.

Hatten à Huygens. Le logement que la Société de musique de la ville me céda m'emplit de joie. J'y travaillais merveilleusement bien. Il était composé d'une salle ronde suivie d'une belle chambre à terrasse qui donnait sur la colline et sur la petite rivière qui se déversait dans les douves. Une longue garde-robe sans fenêtres avait été creusée dans le prolongement de la muraille ; une servante la rendait propre et y portait de l'eau chaque soir aux heures où je me promenais. Cette commodité rendait les deux pièces où je vivais incroyablement nettes, concentrées, pures, vides, sonores, dépourvues de toute étoffe. La première consistait en une salle circulaire prise dans le corps de la tour où on se réunissait, où on pouvait faire de la musique, où ceux qui venaient vérifier une partition pouvaient en entendre le chant, en comprendre le mouvement. Pour les concerts il fallait se rendre dans le grand salon de la Société de musique qui était au rez-de-chaussée : longue galerie vitrée qui donnait de façon magnifique sur le parc, et qui pouvait contenir plus de cent personnes. L'autre pièce était échancrée par une étroite et haute fenêtre devant laquelle je copiais et face à laquelle je dormais. Je vivais continûment à l'intérieur de cette chambre depuis le premier rayon de l'aube jusqu'à la promenade de l'après-midi. La salle communiquait avec l'escalier de la tour. J'allais travailler sur la terrasse quand le soleil était chaud et après que les pierres s'étaient imprégnées un peu du soleil. Je disposais mon fauteuil de toile dans un angle de pierre, à l'abri du vent, blotti dans l'épaisseur du mur du rempart, caché par les caisses des arbres fruitiers. Dans la salle, il y avait un beau clavecin de deux mètres quarante que nous avait prêté l'officier de l'empereur quand il nous avait fait l'honneur, à la Présidente comme à moi, de venir jusqu'ici. Le nouvel empereur, extrêmement pieux, dans le dessein de faire oublier l'ancien règne, avait dispersé les instruments de musique que son prédécesseur avait collectionnés. Dans mon appartement je fis couvrir deux murs de rayonnages afin de pouvoir recueillir toutes les œuvres qui m'étaient commandées, toutes les copies que je faisais d'elles avant de restituer les originaux. Elles m'offraient l'opportunité de pouvoir les montrer aux autres musiciens qui me rendaient visite. J'obtins du charpentier l'usage d'un meuble de bibliothèque si vaste et si commode, encore que je n'eusse pas assez de rouleaux de musique et de livres de partitions imprimées pour l'emplir tant les niches qu'il y avait conçues étaient nombreuses. J'y rangeais tous les archiluths que j'avais acquis au cours de mes voyages, et aussi la lyre de Hanovre dont j'avais hérité, après que Thullyn en eut décliné généreusement l'offre quand elle s'était rendue à Versailles et qu'elle y avait rencontré Mesdames Hanovre, Blancheroche et Couperin, toutes trois devenues veuves. La paroi de pierre était magnifique ou du moins je l'aimais ; elle était énorme et ancienne ; les rayonnages absorbaient les sons en sorte qu'ils ne trouvaient plus à se réverbérer de façon merveilleuse que sur l'angle de la porte ; à gauche j'avais fait resceller les azulèjes portugais que j'avais ramenés de la chambre de mon enfance à Mulhouse. Là où les étagères restaient vides je disposais des patrons de maîtres tapissiers, des esquisses de maîtres verriers, les merveilleuses eaux-fortes de Meaume, pour apaiser la résonance des cordes basses de ma tuorbe et celles du clavecin. Geoffroy Meaume avait eu la générosité de m'offrir un des premiers tirages anversois de ses plus belles œuvres quand nous nous étions retrouvés au Refuge, chez Abraham, après que sa petite était née. Je lui avais exprimé l'admiration que je lui portais et qui datait du jour où j'avais eu entre les mains le *Second Livre de gravures* que j'avais acquis chez un libraire dès que je l'avais découvert, dès que j'en avais ouvert les pages sur la table, en Hollande. Je lui avais expliqué les raisons personnelles qui m'avaient attaché à son art. Brugge était sa patrie. Peut-être moi aussi, plus qu'un compositeur, plus qu'un interprète, étais-je, comme lui, un graveur ? Ce que les musiciens appellent les graves était tout simplement mon monde. Un graveur de graves. Un graveur de Sarabandes. Un créateur de contrastes, d'incisions de douleur, de fûts de lumière. Les manières noires de Meaume, leurs reliefs, leurs audaces, leurs secrets, les prolongements qu'elles font de l'ombre au sein de l'ombre, leurs impudeurs, leurs tristesses sont inégalables.

4. La montagne

Hatten marche dans la montagne.

Il a quitté le parc par la porte forestière qui perce la muraille. Il est d'abord entré dans la sapinière. Il commence par errer dans l'ombre blonde entre les fûts. Ah ! songe-t-il, ce que j'aurai connu avant tout de l'amour, c'est une nostalgie que je ressens sans cesse. C'est un regret que je ne puis effacer. C'est ma propre fuite dont je me fais le reproche. Je crois que c'est cela mon signe : la fuite. La fuite au fond de moi, autour de moi, partout, à toute allure. La fuite comme vertigineuse, comme poussée vertigineuse qui m'emporte quoi que je fasse ou que je pense. Elle, son signe, c'était la mer. Ses joies, c'étaient les vagues de la mer. Moi, j'étais comme un bouquetin qui saute de roche en roche. Comme un chevreuil qu'un chien poursuit. Un isard sur l'abrupt. Disparaître au fond du sol comme une eau qui se perd, voilà ce que j'ai voulu. Ce mouvement fut irrésistible dès le premier jour et dès la première heure. Il n'a pas été volontaire mais je ne puis étouffer la tristesse qu'il a fait naître en moi. C'est comme un noyau d'anthracite au cœur de moi, ce rejet devenu réflexe sous mes côtes. Ce chagrin me fait tout à coup un mal affreux tant c'est brûlé et noir. Je ne peux dissoudre ce tas de braises noircies qui soudain lance de nouveau sa flamme malgré toutes les couches de cendre qui se sont superposées, toutes ces saisons qui sont passées, toutes ces années qui se sont écoulées. Je ne puis en deviner l'instant d'embrasement subit. J'aimais cette femme que je n'ai pas été capable d'aimer. Ce n'est pas seulement le regret de son grand corps long et blanc, de ces seins si attirants, longs et blancs qui tombaient doucement, le long de son torse blanc, au-dessus de sa taille si fine, c'est le regret d'elle, elle-même, le fond de l'élan de son âme. Elle, qui m'a échappé de bout en bout. Elle, si insaisissable, si intangible, attirée partout par le bruit de la mer, fusant dans l'eau comme un requin. Cette nostalgie de ce que j'ai manqué à vivre est mon abîme. Non pas de façon frontale. Non pas, à mes pieds, l'abîme – mais plutôt cette foule de rêves qui la font revivre, qui la mettent devant mes yeux, est mon abîme. Cet abîme est la fuite que la suite de ma vie creuse, ne cesse de raviner, qu'elle recreuse, qu'elle perpétue. Elle est ce vide où une première fois son éclipse incompréhensible, où une seconde fois mon départ affolé et incompréhensible m'ont abandonné. Comme le coffre vide d'un luth, d'une tuorbe, d'une viole, d'une caisse de clavecin. Ce vide, il s'ouvre de façon de plus en plus inconsolable en moi ; cet espace du « sans retour », du « sans retour à jamais », il s'agrandit au fond de moi sans répit. Il fait le cœur ouvert, sans anecdote, sans espoir, où va tout ce que je compose et y résonne. C'est le vide de l'air. C'est le vide qui renoue au chant de détresse qui hurle, c'est ce gosier qui hurle à vide, qui hurle décisivement dès la première seconde chez les tout petits naissants au moment où ils sont expulsés du sexe de leur mère, à partir de toute la violence de leur mère, et projetés dans l'air suffocant, la pesanteur terrestre, la lumière éblouissante. Cette boîte vide, ce coffre vide, cette chambre vide, mon cœur vide, mon lit sans personne, ma main qui ne se referme sur rien d'autre que moi. Cet appel qui dès la première heure n'arrive jamais à devenir un chant. Comme chez les oiseaux où le chant est toujours à la limite du cri. Cet appel qui continue tout le temps, tout le temps, de monter et de s'élargir dans mon ventre, de s'ouvrir dans mes poumons, qui fore le bas de ma gorge comme un point d'angoisse, qui me sape, qui me vide. Cette faiblesse éperdue que je sens tout à coup en moi, qui cède sans cesse à la moindre saute de vent, qui s'affaiblit encore plus alors que je m'affaiblis, c'était elle que j'ai laissée sur le bord de la mer, dont j'ai perdu la vision dans le mouvement des vagues les plus lointaines, sur la ligne imaginaire et toujours infiniment perdue de l'horizon. C'est un adieu qui sans cesse me laisse inoccupé et accroît sa distance. C'est un adieu qui anéantit tout. C'est un « non au revoir » qui s'enfouit partout dans l'immensité informe et si subjuguante des choses de la terre. C'est cette lave qui erre sous la peau des montagnes et sous l'herbe des champs, sous l'écorce des arbres, sous les arêtes des roches, sous les épines des taillis. Qui dégorge sous le chignon des femmes. Qui engorge le cerveau des hommes. C'est un morceau d'enfer qui brûle dans l'absence de tout parce que seules les frustrations du corps et les images obsédantes du rêve l'alimentent. J'aurais tellement voulu composer cet air qui aurait tant voulu lui-même s'échapper des lèvres de cette femme tellement aimée qui s'entrouvrent, aux dents plus blanches que la fleur de troène, où la salive monte et perle comme la seule source de ce qui peut être dit, de ce qui peut être bu, de ce qui peut être aimé. S'échapper de la bouche si profonde et vivante d'une femme plutôt que d'une coque de bois ouvragée. Pauvre, dérisoire vaisseau menuisé, creux, laqué, doux et vain et parfait qu'est l'instrument dont le musicien fait sa vie. Qu'il choisit pour sa vie. Ce long couloir triste. Ce corridor rose sombre, acajou, perpendiculaire et lisse qui s'avance au-dessus d'une porte interdite tendue de quelques fils. Sept filins. Dix-huit boyaux. Cette chambre d'écho soudain vide. Cet escalier de pierre en colimaçon qui ne monte nulle part.

5. *Les chevaliers d'empire*

Stuttgart, Rome, Florence, Mantoue, Bruxelles, Louvain, Lübeck, Kobenhavn, Strasbourg, Paris, Londres, Vienne, Munich, Berne.

Tels sont les lieux où on trouve des copies des œuvres de L. B. Hatten.

Friedrich Wilhelm Zachow tenait l'orgue de la Liebenfrauenkirche. Ce fut un collectionneur de musique insatiable. Aussi généreux qu'insatiable. Haendel copia pour Zachow presque autant que Hatten le fit.

Il faut distinguer les copies de Haendel signées GFH, de celles de Hatten signées LBH.

Les plus accomplies sont celles de Hatten de Mulhouse.

Pourquoi Hatten ne fut-il pas fait chevalier d'empire comme Froberger ? Comme Kapsberger ?

Celui qui n'a été en aucun cas désiré est-il voué à ne jamais chercher à l'être ? Et celui qui a été indésirable est-il destiné à devenir imprévisible ? L'averse ? La rixe ? Le typhon ? Le naufrage ? Être aussi inattendu et aussi subit qu'un coup de bourrasque ou que l'irruption de la mort. Car telle est la ruse qui gîte au fond de la panique mélancolique.

Être celui qu'on ne peut prévoir.

Passer au travers des saisons, des jours, des congénères, des familles.

Prendre à contre-pied, c'est l'art de la fugue.

Sauter de côté, c'est la danse.

C'est la pratique du hourvari chez les chevreuils, dans la forêt, quand les chiens les poursuivent et le huent.

Quel est le rêve d'un chevreuil au fond de sa peur ?

Un champ de bruyère sauvage, rose pâle, au beau milieu de la forêt, où plier ses pattes avant.

Le silence où fermer doucement ses paupières.

Dès que l'on est ému, expliquait Hatten à la présidente de la Société de musique de Bern, le langage qui vient aux lèvres n'est pas le langage. Les mots qui se pressent et que l'émotion précipite savent que le sens qui les porte n'est pas la signification. On le surnommait l'impie. C'est avec les mots que les religions révélées se révélèrent, aussi est-ce avec eux se retirant qu'elles devaient se retirer de ce monde. Un autre destin pousse et émerge de la substance de la voix, du moins chez les musiciens. Voilà exactement ce que les musiciens appellent la musique. Les musiciens commencent par se taire et ils remarquent, au fond d'eux-mêmes, que leur pomme d'Adam tremble comme une cheville, que leur gorge s'ouvre puis se creuse et s'excave comme un coffre, que le vide si terrible de leur corps rempli d'air se bouleverse et s'excite. Quelque chose y piaffe comme une sorte de faim ou de boyau qui tremble. Leur corps est déjà une émotion. Les oiseaux ont un gosier qui est le même que cette gorge silencieuse qui s'affame d'une sorte de cri : leur jabot est une minuscule grotte audible, enivrée d'air, qui soudain ne supporte plus le silence. Les femmes émues, les hommes effarés replongent d'abord dans la nappe muette tellement plus immédiate, tellement plus sensible, totalement immergée dans le milieu, infiniment animale et ancienne jusqu'à ce qu'un vieux langage beaucoup plus âgé que la naissance des premières cités ou que l'édification des premiers cercles de pierres vienne sourdre et brusquement resurgir. La porte de ce chant est ce vieux mutisme inquiet, qui procède chez tous les animaux du silence de mort, ou du pressentiment de leur mort dans le silence qui se fait entendre autour du volume de leurs corps, dans la menace perpétuelle qui les entoure dans les arbres, les carrières de roches éboulées, les hautes roselières, les fougères. C'est le silence propre à la prédation. C'est le silence devant le corps qui est menacé de périr. C'est le « silence de mort ». Cet effroyable silence fait le fond de la musique. Les animaux lèvent leur visage de façon incomparable. Les musiciens quand ils ferment leurs paupières décomptent intérieurement ce silence où ils sont à mourir.

Soudain ils les rouvrent en même temps. Ils se regardent. Ils attaquent. Et ils attaquent ce silence au cœur de ce silence devenu intolérable.

Comme ils attaquent au cœur tous ceux qui, immobiles, lui prêtent toute leur attention.

Monsieur Hatten disait : Au rossignol aucun auditoire n'est nécessaire. Le cœur de la nuit suffit.

6. La musique baroque

— Quand je rejoignis Froberger dans le palais de la princesse du Wurtemberg dans la ville de Stuttgart, dit Hatten à la Présidente, c'étaient les guerres religieuses, c'était la guerre de Trente Ans. Plus tard je rejoignis ce jeune et extraordinaire musicien à Antwerpen, ou Antwerpia, lors d'un défi de maîtrise. Voyez-vous, Madame, je pense que ce que vous appelez le *Barockbuch*, que vous avez mis au centre de votre Société de musique, ce fut tout simplement la guerre au cœur de la guerre. Et je pense que le duo dériva directement du duel quand le roi l'interdit. En 1640 le mouvement qu'on appelait le largo se fit appeler l'allemande. Qu'est-ce que le monde baroque ? Un prélude sauvage. Ce qui fut décisif, dans l'histoire de notre art, ce fut ce prélude vierge, contrastant, déchirant, intense, de plus en plus asocial, pour ainsi dire privé, jamais vu. C'est le prélude en ut mineur que Monsieur Froberger a su écrire avant nous tous, à la fin du mois d'août 1652, quand Monsieur Blancheroche se rompit le cou sous les yeux de ses amis dans l'escalier de sa maison, rue des Bons Enfants, à Paris. C'est une dégringolade à laquelle j'ai assisté et qui était, à cet instant, plus grotesque que douloureuse. Qu'est-ce que le bouleversant largo ou le mouvement grave des baroques ? Le sang versé par hasard, ce sang qui jaillissait partout, ce sang affreusement répandu sur le prétexte de prier, de feindre de prier, entraînant les conflits de plus en plus pieux, les plus cruels, les plus gratuits de notre histoire. Cinq cent mille hommes moururent sur la terre allemande. Ce furent tous ces duels où toute la noblesse française, où toute la noblesse italienne, où toute la noblesse anglaise – et jusqu'aux samurai du Japon – trouva à s'entretuer avant de disparaître.

La demeure était située dans les faubourgs de Bern sur le flanc de la montagne et, plus précisément, elle était placée perpétuellement dans son ombre. Curieusement Monsieur Hatten se mit à bénir cette ombre perpétuelle que la montagne faisait, sinon sur les terrasses, dans le parc, dès l'aube.

L'après-midi, dans cette ombre qui s'accroissait encore, il quittait le parc frais et merveilleux par la porte de la forêt. Le chien de la maison le suivait. L'un trottait çà et là, l'autre marchait lentement sur le chemin de montagne.

D'abord il partait avec le chien dans les sentiers. Puis il les quittait tout à coup : Monsieur Hatten se *perdait.* C'était là sa joie.

Il se perdait délibérément dans les taillis, dans les fourrés, dans les buissons, dans les combes, dans les cluses, dans les arbres – il se perdait d'autant plus volontiers qu'il savait que, quoi qu'il fît, le chien saurait assurer le retour. Il se disait à part soi, marchant dans les forêts des Alpes, gravissant les versants dans la neige, se perdant dans les troupeaux, se reposant dans les chalets : Je crois que nous n'avons pas cru à ce qui nous arrivait. Malheur à nous ! Nous avons soudain creusé un espace à l'intérieur duquel, sans nous éloigner pourtant, nous tenant si fort par la main, nous nous sommes perdus.

XIV

LA JETÉE

1. Les cartes et les règnes

À la fin d'un règne interminable, lorsque le roi fut devenu très vieux, lorsque son corps fut devenu impotent, infiniment vulnérable, les muscles douloureux, transporté dans sa petite voiture à trois roues dans les chemins tracés de son château, le père Menestrier distribua les couleurs des cartes à jouer selon les quatre ordres que comptait la société qui avait commencé à s'anéantir spontanément.

Aux aristocrates fut dévolue la lance qui perça le cœur de Dieu. C'était une sorte de longue pique noire dressée contre le ciel.

Aux évêques et aux cardinaux le cœur – qu'ils envisageaient surtout comme le chœur du sanctuaire, au-delà du jubé derrière lequel avait lieu l'office sacré que ses sculptures enchevêtrées, labyrinthiques, dérobaient au regard de l'assemblée des fidèles.

Aux marchands et aux artisans le carreau du

Temple – où ils disposaient leurs étals sur des tréteaux de bois, offraient à la vente les denrées, changeaient la monnaie sur un tapis de velours à l'aide d'une petite balance de cuivre, en disposant sur le plateau de droite des poids menus, ravissants, délicieux.

Enfin aux paysans, aux valets de ferme, à tous les malheureux, le trèfle qu'on fauche – et l'avoine qu'on donne aux vaches, la laîche, la mâche, l'ivraie, le séneçon, l'ortie. Le père Menestrier précisait : Mais Dieu ne fait aucune différence entre les conditions originaires de chacun et l'indigence universelle des créatures. Le trèfle dont je parle est un trèfle qui ne compte que trois feuilles : un homme, une femme, un enfant. C'est ce que découvre chaque fœtus lorsqu'il voit le jour et qu'il se transforme en nourrisson dans les bras de sa mère qui l'a expulsé en poussant, en s'essoufflant, en criant, en hurlant. Tous les sexes des hommes, tous les ventres des femmes, toutes les bouches des petits, les gueules des fauves, les becs des oiseaux, les crocs des serpents, les corolles des fleurs, restent des éléments vivants, à certains égards identiques, affreusement exigeants, affamés, indociles. L'enrichissement subit est une ascèse qui est octroyée à l'âme à l'exemple d'un désastre sur la mer. Il semble que l'avidité de ceux qui se croient fortunés est comme le feu dans les forêts que rien ne peut plus arrêter. Il est sûr que l'appauvrissement en temps de crise et la nécessité qu'elle induit provoquent d'irrémissibles colères. La détresse s'élance dans la nuit.

2. *La nuit*

Dehors la nuit était profonde et étrangement calme.

La dernière assemblée de musique aurait lieu à sept heures.

Thullyn vint vers six heures. Dans l'ombre de la montagne il faisait déjà nuit. Elle franchit le porche et les prunelliers. Elle traversa les buis. Elle le fit prévenir. Elle suivit la servante. Elle gravit les marches dans l'escalier tournant de la tour. On percevait au loin, dans le silence étouffé des pierres, un son de tuorbe.

La servante frappa à la porte. La musique cessa. Une voix cria :

— Qui est là ?

Elle entra. Elle posa près de la porte la housse rouge de la viole. Elle leva son visage. Comme elle était belle. Il ne parvint pas à se lever. Comme elle était belle.

Elle s'approcha de la table. Elle s'assit devant lui, en face de lui. Elle le regarda longtemps. Elle ouvrit la bouche et, quand elle parla, la voix venait de loin. La voix était la même, elle était toujours aussi belle, mais elle venait de loin. Sa voix ne le touchait plus directement. Elle faisait un détour dans la première chambre consacrée à la musique. Elle aussi, lui aussi, préparaient le concert du soir.

Ils ne bougèrent pas. Ils étaient assis, en silence, l'un en face de l'autre, l'un et l'autre cherchant à respirer.

Elle avança sa main sur le tapis de table. Elle toucha sa main. Mais sa main ne la saisit pas. Elle lissa ses doigts si articulés de virtuose. Cette vieille main d'homme était si touchante. Elle en aimait tant les caresses.

La main restait sur le tapis de table.

Cette main de femme qui hésitait sur le tapis de table était elle-même longue, étroite et belle. Ce visage, ces yeux, ce sourire étaient si beaux. Cette femme qu'il aimait était si belle.

Ces seins qui se soulevaient sous la robe étaient si beaux.

Elle avait lacé une robe bleu pâle, qui paraissait au loin argentée, le surcot vert clair, le corps de la robe elle-même vert foncé, avec deux pans bleus.

Ses cheveux, au-dessus de son front nu, étaient blancs comme la neige.

Quelle distance les écarte l'un de l'autre ? Quelle est cette distance ? Quelle est sa nature ? Quelle douleur les sépare ?

Il la regardait alors qu'elle lui parlait. Quelle mer montante, incroyablement montante, montait si violemment au fond de son cœur ? Comme le flot qui s'avance est bruyant. Comme sa force est redoutable. Comme la clameur que les vagues causent est hypnotisante. Comme elle parvient à boucher les oreilles. Comme elle avale les âmes d'un coup. Comme elle absorbe tout ce qui est vivant ou qui procède d'elle. Car tout ce qui vit naît d'elle.

Il aurait donné sa vie pour elle.

Il aurait donné sa vie pour elle mais face à cette rive il ne voit pas de rive.

Où est la rive qui fait face ?

Quand elle fut partie, quand elle rejoignit l'assemblée de musique, il découvrit qu'il ne lui avait pas dit un mot.

3. La turbulence immobile

L'extraordinaire silence qui se fait avant que les musiciens jouent.

La turbulence silencieuse et immobile des joueurs de cartes à l'intérieur de leur partie.

Les pêcheurs le bras levé dans l'attente, leur longue attente, assis dans leur barque, sans que leur bras remue, au milieu de l'eau qui passe doucement.

L'inquiétude des pervers dans leur débauche.

Ce n'est qu'une seule et unique scène de rêve qui revient. Elle magnétise les heures de leur loisir.

L'attitude si stagnante des lecteurs qui ne bougent plus du tout, au fond de leur fauteuil, face au roman que leurs mains tiennent. Mais au fond de leur corps impassible l'intrigue bouleverse de fond en comble leur âme.

La somnolence des rêveurs totalement alanguis, leurs membres totalement appesantis, seul leur sexe se redresse au cours de chaque songe. Il vacille au-dessus de leur ventre mal gré qu'ils en aient. Les globes de leurs yeux vont et viennent à toute allure. Leurs yeux voient tant d'images qui s'animent sous la minuscule et si fine peau des paupières refermées.

La concentration de l'âme des chasseurs arc-boutés dans leur affût, accroupis et frémissants dans leur traque, masqués par les feuillages : leurs yeux grands ouverts attendent ce qu'ils ignorent.

Ils se revirent sur la scène.

Cent personnes étaient assises. Une vingtaine durent rester debout devant la baie vitrée. Tous se turent quand ils entrèrent.

Il ne lui dit pas un mot non plus après qu'elle eut joué.

La musique resta plongée dans le chagrin qu'elle est.

Ils jouèrent l'un pour l'autre, mais l'un après l'autre.

Elle avait au centre de son âme un père mort.
Il n'avait aucun père dans ses jours.

Thullyn calait sa viole dans ses jambes et ses yeux se fermaient devant l'auditoire. Elle faisait silence. Elle avançait son bras.

Quand on l'écoutait interpréter un air, on s'envolait, on montait encore à grandes brassées d'archet, son sein s'élevait en même temps que son épaule, puis le vol entraînait l'âme dans un monde invisible. À un moment elle sauta. Elle s'abandonna. Hatten, à ses côtés, pleurait. Elle vit qu'il pleurait et elle revint et, dans les grands accords, elle regagna la lande sans fin au bord de l'océan, sur la berge du monde.

Quand on écoutait Hatten, c'était si différent, on assistait à la naissance de l'œuvre, comme hésitante, puis comme inattendue. Comme natale. On avançait aussitôt dans l'inconnu. C'était une brume, puis c'était un nuage.

Les hommes amènent avec eux une déception qui vient du premier jour et une immense crainte.

Les femmes apportent avec elles une beauté invraisemblable et aussi un vide qu'on n'imagine pas.

4. *Le fanion de la trompette de Haas*

Quand le vieux peintre Vouet tomba malade en 1648, dans les heures vociférantes où tout Paris se souleva contre la régente, il sentit au fond de sa chair une fatigue à laquelle il n'était pas accoutumé. Alors, encore pris de fièvre, il se rendit à pied, au bras de son épouse, pesant sur le bras de sa jeune épouse, sur le quai où les moines Augustins avaient établi leur abbaye. Ce n'était pas loin de l'atelier que le roi lui avait consenti à l'intérieur du Louvre, qui donnait sur la rive droite du fleuve. Il acheta une trompette naturelle en si bémol chez un artisan qui avait voué son talent et ses jours à la musique de cavalerie et aux sonneries des meutes. De retour au palais, dans son atelier, il fit tendre au-dessus de la trompette, à l'aide de petits clous de cuivre, une bannière en soie damassée bleue entourée de franges d'or. Il la peignit dans une espèce de vent imaginaire qui la soulevait. Cette figure, qui est conservée au château de Chantilly, est très étrange. Cette trompe de silence est comme un bras qui s'avance dans l'air, un sein qui pointe sur le torse, un bout de chair mystérieux et lumineux qui jaillit d'un voile que le vent meut et tend. Dürer a bien peint, avant de mourir, l'image d'une averse de pluie qui s'affale en crépitant sur une lande jaune. Vinci, une jeune femme, au bord du flot, qui regarde la mer. Le Caravage a bien peint un bouclier de fer où il a porté sa tête hurlante à la façon de la déesse Méduse. Dans le cas de Vouet il s'agit énigmatiquement d'une trompette de Johann Wilhelm Haas dont le vent lève la bannière. Il mourut dans Paris de nouveau assiégé, murmurant, haineux. Il retrouva, par le hasard des temps, des désespoirs, des épidémies, des frondes, des tumultes, des guerres, la faim qu'il avait connue quand il était enfant. Il disait qu'il valait mieux connaître la famine vieux que petit. Il reconnut le goût de l'eau triste du fleuve que sa nouvelle et si jeune épouse, qui portait le beau prénom de Radegonde, lui donnait à boire. Lully le musicien racontait qu'il avait vu, dans la première année de guerre, en Champagne, alors qu'il venait d'Italie, un homme qui était si affamé qu'il s'était rongé la viande de son bras jusqu'à ce que l'os tout blanc parût. Il oubliait sa douleur pour oublier sa faim. Car la faim est pis que la mort. La faim exige. La mort anéantit. Or il se trouva qu'en quelques jours toute la peau de Vouet pourrit et se couvrit d'une sorte de lèpre ou de blancheur à la façon du calcaire des falaises ou encore du salpêtre à la base des murs humides. Il mourut en tremblant de partout. Il tomba, perdant l'équilibre, alors qu'il voulait se lever. Je songe à un tout autre enfant qui était mon petit garçon jadis. Comme il était beau ! Comme il toussait ! Comme il était pâle ! Il n'avait pas deux ans. Il marchait à peine, tombant lui aussi partout, se faisant des bosses partout. Dans le jardin des Arts et Métiers près duquel nous vivions au haut d'une vieille galerie qui datait du Moyen Âge, laquelle donnait sur la rue dédiée à saint Denis, qui conduisait tout droit à l'abbatiale à la blancheur sublime et au stupéfiant silence des rois morts si on la poursuivait, il y avait un manège qui tournait été comme hiver au milieu des buis et sous les branches des gros marronniers. Ses jambes se mettaient à frémir d'émerveillement devant les chevaux de bois peints. Dans le chant lancinant ils montent et ils descendent. Il me tient la main et il me tire vers cette écurie qui tourne. Il est plein de désir et très anxieux. Il lève sa jambe. Il passe son petit pied qui tremblote dans l'étrier en fer-blanc d'un cheval verni et lisse. La musique s'élève et elle l'élève. Il est tout blanc. Il pince ses lèvres. Il chevauche et il tourne. Son écharpe en se dressant efface son visage.

5. Les roues grinçantes de la charrette

Je ne sais pourquoi j'entends si nettement, de plus en plus nettement, au fur et à mesure que mes doigts peinent à tenir le tube en bakélite d'un feutre, se raidissent sur le clavier de l'ordinateur, la nuit, les roues de la charrette de mon oncle brasseur qui grincent dans le petit village de Chooz. Puis j'entends les chevaux qui quittent les pavés qui entourent l'église sur la place. Je les entends qui trébuchent quand ils empruntent la ruelle qui longe la maison de mon enfance, dans le pauvre hameau où je passais chaque été, entouré de forêts, hanté par elles, dominé par elles, dans la boucle de la Meuse juste avant que la rivière franchisse la frontière de la Belgique. Il n'y avait pas de voiture. Il n'y avait pas de camion-citerne. Il n'y avait pas de tracteur. Ce sont des afflux d'odeurs, de feuilles, de foin, de fumier, de terre. Comme l'odeur de crottin est différente de celle de la bouse. Comme une crotte ronde de lapin diffère du bran d'un sanglier. Fumées noires et luisantes, aiguillonnées des biches et des cerfs. Fiente verte du coq. Odeur épouvantable du rouleau du chat qu'on aime pourtant plus que tout au monde et qu'il a eu soin de recouvrir de feuilles mortes et crissantes tant il en est lui-même épouvanté.

Les ordures sont des ruines. Ce sont des affluents de souvenirs.

Où est mon père ? Où est ma mère ? Où est le chien qui terrifia mon enfance dans les ruines de l'église Saint Jean ? Le ruisseau, sous le noyer, coule-t-il encore ? Murmure-t-il encore quand le peu de son menu débit heurte les racines et glisse sur les pierres ? L'Iton, Verneuil, ces mots disent-ils encore quelque chose à quelqu'un ? Disent-ils encore quelque chose du paradis à quelqu'un ? L'araignée d'eau qui marche sur le flot, qui gagne le talus ? Le perce-oreille caché sous la racine ?

Est-il vrai que la nouvelle peau repousse les échardes qui s'y sont prises ? Est-il vrai que l'amour peut revenir, tous souvenirs éteints ? Jadis ma grand-mère Marthe, dont le corps est enterré à côté de celui de mon grand-père dans le cimetière de l'abbaye de Saint-Riquier, faisait tomber, au crépuscule, sur mon doigt, une goutte de citron qui piquait la lèvre de la petite fissure où l'épine s'était terrée. Elle disait qu'une sorte de constriction – de chagrin de la peau – se ferait durant tout le temps de la nuit qui rejetterait hors du doigt la minuscule pointe, le picot qui s'y était rompu, le poil urticant, le minuscule dard qui s'y étaient fichés.

6. La fatigue des yeux

La princesse Sibyla devint extrêmement vieille et voyait moins bien le monde. Elle en distinguait si mal les différents objets quand sa main ou sa hanche entraient en contact avec eux qu'il lui arrivait de se blesser ou de se tuméfier. Elle s'appuyait lourdement sur la rampe de marbre. Le soir elle suivait à la main les murs. Pour lire, il lui fallait déplacer des grandes loupes convexes en promenant ses deux mains sur les pages. Quand elle avait le désir de voir tout à fait les tapisseries qu'elle avait fait venir du cabinet de son père, ou celles qu'elle avait fait reproduire de la grand-salle d'apparat du palais de Vienne, il valait mieux qu'elle ferme les yeux et qu'elle en recherche au fond d'elle-même les détails, les insectes et les fleurs, les branches, les gousses, les coques, les bêtes sauvages et les hommes qui mouraient dans les fossés ou les pissenlits, ou les violettes et les fougères, les lacs bleus dans le lointain et leurs petites barques, les mers immenses au bleu très doux, les goélands, les éperviers de mer, les Sirènes, les différents oiseaux de toutes les nations de la terre qui pullulaient sur la lisse.

Elle ne jouait plus les pièces de Froberger, et parfois celles de Monsieur Hatten, que de mémoire. Mais peu à peu ses doigts, pourtant encore agiles, hésitèrent. Et le moyen qu'ils suivent ce que ses yeux ne voyaient plus quand le souvenir manquait ?

Alors elle restait dans le silence.

Elle n'était pas malheureuse.

Elle vivait avec le souvenir d'une jument qui s'était jetée dans le vide par désespoir, en compagnie d'un musicien qui était tombé dans le réfectoire avec un paquet de cartes à jouer à la main, sous le regard d'un corbeau noir, joueur, réparateur, et doux.

Ou elle restait là, à genoux sur son coussin de velours, devant le Christ à la main noire de Nicolas Tournier le peintre. C'était un peintre qu'elle avait connu autrefois à sa cour, quand il lui arrivait de revenir voir les siens à Montbéliard, qu'il appelait Montbéliard, qu'elle appelait Mömpelgard.

Le bord de l'eau était une espèce d'ambre.

Les prés étaient remplis de marguerites. Sur le bord de la forêt il y avait des jonquilles. Tout était jaune.

Les yeux de ceux qui meurent sont noyés d'eau.

Ils sont parfois peuplés de nuages plus rapides et plus sombres.

Mais ils ne manquent jamais à être emplis d'une buée inrésorbable, qui ne s'écoule pas, de pleurs devenus patients et immobiles.

C'est comme une sorte de rosée qui vient de la mort, qui se dépose sur le regard avant qu'elle immerge le corps et le diminue plus encore dans l'ombre, alors qu'il y pénètre, ou que soudain il s'y effondre.

Elle entra dans un état qui inquiéta les trente personnes qui constituaient le noyau de sa petite cour à Héricourt. Elle quitta Héricourt en 1677, la place forte étant assiégée par les Français. Elle mourut en 1707, à l'âge de quatre-vingt-sept ans, retirée dans la cellule d'un couvent de Stuttgart, à genoux sur le prie-Dieu impérial, tenant dans ses mains un corbeau naturalisé et flétri.

À la vérité la duchesse douairière de Montbéliard avait vécu seule sa vie.

Mais qui ne vit seul, absolument seul, magiquement seul, sa vie ?

On est si seul dans le sein de sa mère. On sort si seul quand elle vous pousse de toutes ses forces hors d'elle, poussant un cri terrible. Elle avait eu un mari pendant plusieurs années et pourtant elle ne pouvait pas dire qu'elle avait partagé la vie d'un homme. Il avait poussé lui aussi ses petits cris d'espèce en se glissant en elle mais il n'en était pas résulté de petits. Elle avait plus souvent dormi contre le flanc d'une nourrice, quand elle était enfant, qu'au côté du prince Leopold Friedrich quand elle était devenue son épouse et qu'il abusait d'elle une ou deux fois l'an au terme des dîners avec les princes ou avec l'empereur. Elle avait connu la compagnie d'un musicien qui ne cessait, aussitôt qu'elle s'était accoutumée à sa présence, aussitôt qu'elle commençait à profiter de son enseignement, de remonter sur le dos de sa mule pour parcourir l'étendue de l'Europe et affronter tous les fronts des guerres religieuses afin d'en débaucher les vagabonds, les errants, les victimes, les malheureux, les sauvages, au-delà des frontières de plus en plus périlleuses et de moins en moins indécises. À la fois elle n'avait jamais joui de la liberté de la vie d'une femme qui mène ses jours comme elle l'entend et elle avait toujours été arrimée à sa componction de petite fille, au protocole angoissant de l'enfance, dans les salles des châteaux où elle était assignée à résider.

Même son corps n'avait pas été un compagnon.

Pourquoi son corps ne faisait-il que la suivre comme une ombre qui se déplace sur le sol, comme un partenaire lointain, et non pas un ami ?

Les regards des hommes passaient sur sa robe et sur sa chevelure comme si elles n'existaient pas.

Ses seins n'avaient jamais ému la curiosité de grand

monde et même, à vrai dire, ils n'avaient connu le contact des lèvres de personne.

Dorénavant des yeux qui ne la reconnaissaient plus oubliaient son regard lui-même devenu moins perçant.

Elle sentait que ses quatre membres s'asséchaient. Parfois ils craquaient quand elle se déplaçait. Ses reins, alors qu'elle avait tellement aimé enfourcher un cheval et en ressentir la puissance, lui faisaient mal. Les toutes dernières vertèbres de son dos la pinçaient douloureusement et c'était là aussi comme une étrange relique de l'équitation. Une canne à pommeau d'argent à la main elle avançait sur les parquets de façon très lente, plus prudente, parfaitement hautaine, au travers des silhouettes alertes et des robes mouvantes qui dansaient presque et effrayaient ses yeux.

Elle restait le plus possible chez elle – du moins dans l'appartement fait de trois chambres successives où elle se barricadait dans le palais ducal des Württemberg. Elle parlait de moins en moins à ceux et à celles qui la servaient. Elle dictait de longues lettres à voix basse après déjeuner à une jeune fille d'Alsace, qui était charmante, qui parlait cinq langues, mais elle s'imposait de moins en moins cet effort.

Ses lettres étaient adressées à Paris, à Roma, à Wien, à Bern, dans les îles de la Frise, ou en Suède, ou en Hollande à Constantin Huygens ou à son fils Christian.

La mort peut être un suicide au sens où un beau jour on cesse de soigner la vie qui se poursuit en nous. On cesse d'en guérir la souffrance subite quand elle apparaît et qu'elle inquiète. Même, on néglige d'en panser les plaies quand ce serait pourtant judicieux et même nécessaire. Brusquement elle n'est plus qu'une étrange paresse qui n'intéresse plus. On laisse s'écouler le flot au-dehors. On fait sa fainéante auprès de l'écoulement de la souffrance et on se disperse avec lui et en elle. Peut-être les yeux vieillissants voient-ils moins loin dans l'espace, mais il est sûr qu'ils ont surtout beaucoup moins peur de ce qui peut y surgir. Ils ne scrutent plus rien d'extraordinaire dans les ombres que les images nocturnes rejoignent et où elles ne s'éteignent plus.

7. *L'inquiétude qui naît de l'amour*

La princesse Sibyla s'était mise à boire, le soir, en regardant le feu.

Comme elle parvenait à demeurer heureuse dans ses songes.

Elle glissait le bout de ses chaussons dans les braises.

Il faisait si froid dans cet immense château féodal.

Elle se réveilla soudain. Elle n'arrivait pas à se

réchauffer dans son lit de la Grosse Tour. Il faisait vraiment trop froid. Il fallait se lever, il fallait descendre porter une couverture et la sangler sur le dos de Josèphe. Elle repoussa l'édredon de son lit. Elle sauta du châlit par terre. Puis, une fois debout, elle se souvint que la bête qu'elle aimait était morte, quinze ans plus tôt. Elle resta immobile, les bras ballants, les pieds nus sur le plancher glacé, dans sa chemise de nuit brodée qui montait jusqu'au cou. Elle se recoucha, les joues couvertes de larmes.

8. Le grave en fa mineur

— Dors, Hatten. Reste à dormir. Reste dans mon épaule. Je sens ton ventre qui respire. Comme ton souffle est doux. Dors et, au fond de la nuit, au fond de la longue nuit de cinq mois qui commence, ne va pas chercher ton rêve ailleurs qu'en moi, mon amour.

Vingt ans étaient passés.

Elle aimait prononcer son nom, parfois, dans le grondement tonitruant des vagues de la mer. La mer cachait son nom. Mais Thullyn le prononçait quand même.

Elle ne se produisait plus fréquemment en public car elle voyageait moins. Elle enseignait la transposition et l'harmonie à quelques jeunes élèves qu'elle avait choisies pour leur don évident. Le reste du temps elle se promenait le long de la mer. Ou elle gagnait le plateau périlleux et venteux au-dessus de la mer. Ou encore elle s'enfonçait dans l'immense taillis plein de vigueur au bord du lac. Dehors, quand elle était à marcher dans le froid lumineux, à courir, à bouillir et suer sur les braises, à plonger dans l'eau glacée, toute mélancolie fondait merveilleusement.

Chez Ilsted ce soir nous jouâmes Buxtehude, Blow, le beau concert à deux violes de Sainte Colombe. Puis nous jouâmes deux pièces de Hatten. Le cinquième Prélude en fa dièze majeur puis le grave en fa mineur composé à Oostende. Mais je n'en pus venir à bout. Ilsted me laissa m'enferrer. Je m'en sortis je ne sais comment à l'aide d'une succession de grands accords rageurs.

Chez Ilsted ce soir nous jouâmes aux cartes et nous intéressâmes la partie.

Ilsted était furieuse, venimeuse, parce qu'elle perdait.

Elle s'enferrait.

Nous jouâmes jusqu'à ce que nos yeux pleurent dans les fumées des bougies et nous montâmes nous coucher dans la mauvaise humeur.

Elle monte dans la neige. Elle lance son pied sur la roche prise de grésil, elle gagne le col, elle avance sur le contrefort dangereux où la rafale est la plus forte. Abandonnée sur le flanc de la butte au milieu de l'île, elle devient une crête. Elle ne respire plus. Elle s'enneige en retenant son souffle, en retenant sa buée sur le bord de ses lèvres.

Étrange, extraordinaire lait que cette neige immense qui inonde, qui recouvre tout, qui décolore toutes les couleurs, qui s'écroule des toits, qui engloutit le monde.

Le vent souffle son extrême vieillesse qui vient du fond du monde. Qui vient même des astres.

9. Les cartes immortelles

Les cartes vivent tellement plus longtemps que les joueurs qui les posent devant eux et qui s'en promettent des gains considérables.

Elles, elles ne perdent jamais les parties où elles sont battues, où elles sont retournées, où elles passent leurs images de valets et de princes, de suivantes et de princesses, de reines et de rois, de main en main, de doigts en doigts, de regard en regard, d'espoir d'amour en espoir d'amour.

Trèfle soudain à quatre feuilles qu'on perçoit dans la pelouse parce qu'on l'y cherche désespérément, promesse de monts et merveilles, gage d'un long bonheur, obligation d'exploits de plus en plus mirifiques, assurance de vie éternelle.

Lancelot du Lac, Hector de Troie, Lahire,
Roland à Roncevaux, le chevalier Bayard,
Achille, Patrocle mort, Jonathan, Alcibiade,
chevaliers de la forêt aventureuse, cavaliers de l'ancien monde,
vous étiez préoccupés depuis toujours d'échapper à la vue en vous éparpillant dans les fûts et les taillis de la forêt, de vous évaporer dans les mirages sur la surface des sables des déserts, de vous dissoudre dans les halos et les brumes du large,
de sauter à rebours des voies comme les cerfs,
de bondir d'à-plats en éperons rocheux comme des bouquetins, comme des mystiques, comme des oiseaux plongeons,
de fuser comme des tigres parmi les lianes,
de vous aplatir comme des chats sauvages dans les fougères roussies et de vous y effacer,
de vous enfoncer, de disparaître parfaitement parmi les tiges dures et jaunes des roseaux, les joncs si tendres et les chardons des berges, les brumes bleues, les nuées pâles et déchirées.

10. La disparition des violes

Johann Sebastian Bach mit plus d'un siècle à reprendre des mains de Johann Jakob Froberger la forme de la Suite française que ce dernier avait constituée jadis, à Paris, puis dans le château de Mömpelgard, entre 1652 et juillet 1663. C'est grâce à l'enseignement du luthiste Blanc-Rocher, de l'archiluthiste Hatten, du lyriste Hanovre, de son maître viennois, puis romain, puis avignonnais, qui s'appelait Athanasius Kircher, que I. I. Froberger édifia une nouvelle forme de sonate concertante ou plutôt imposa ce nouveau style rompu ou fragmentaire qu'on ne trouve, pour peu qu'on le recherche sur tout le territoire de l'Europe, et même sur l'ensemble des continents de la terre, que dans la littérature française autour des années 1650 et 1660. Chez La Rochefoucauld à demi aveugle, dans sa chambre noire, en 1652, quand Blancheroche meurt, au cœur des frondes. Chez Saint Évremond au cours de son exil de quarante-deux années sur les rives de la Tamise, près de Westminster, à Saint James Square. Chez Pascal le fils, dans l'appartement de sa sœur Gilberte, près de Saint Étienne du Mont, face au jardin de Marie de Médicis. Chez La Bruyère enfin, un peu plus tard, dans les deux pièces où il vivait à Versailles, près du château et du jardin, et dont le nom est aussi beau qu'une lande.

La collection de Monsieur Caix d'Hervelois comptait plus de quatre-vingts violes de toutes tailles. Plus de la moitié étaient des basses. Elles perdirent brusquement toute valeur monétaire.

Épaves de l'ancien temps, révoquées comme lui.

Les violes disparurent et les pianos surgirent.

Mazarin et Racine buvaient du thé qu'ils appelaient cha à la façon des Portugais.

Hatten et Rameau buvaient leur thé, qu'ils appelaient tha, dans des bols de faïence.

Les doigts de Thullyn redescendaient vers la théière.

Sa grande main aux ongles ras saisissait l'anse entourée de brins de raphia violet. Elle servait, lentement, l'eau brune, l'eau noire, et un peu de vapeur.

Au loin c'est une femme qui se tenait debout, de dos, devant la mer.

Elle marche sur le sable trempé de l'estran qui brille. Elle pose sa serviette sur le sable. Elle ôte sa chemise. C'est une femme toute seule et toute mince et toute nue qui marche et entre dans l'eau lumineuse de la mer.

En 1787 Koliker eut quarante-cinq ans. Le magasin et l'appartement au-dessus couvrent plus de trois cents mètres carrés. Il propose à la vente onze pianos, plus trois piano-forte-tambour à sept pédales. De nombreux violons, altos, violoncelles, basses signés Benoist Fleury, Saunier, Gaffino, Fent. Au premier étage, sur les murs de l'appartement privé où Monsieur Koliker reçoit ses principaux clients, où il leur sert du porto et du thé, des tartelettes à la frangipane et des gaufrettes roulées, de nombreuses estampes représentent le retour du laboureur, les premiers pas de l'enfance, Robinson entouré de ses inventions sur la crique de son île. Au bord de la mer Ulysse naufragé dissimule sa nudité derrière un fourré sur l'île des Phéaciens. Une grande toile est posée contre le mur dans le salon. Quand Monsieur Koliker l'a acquise, il n'a pas mesuré qu'elle est trop haute pour pouvoir y être fixée. Pourtant il répugne à la revendre. Hérô s'élance du haut de la tour, elle étend ses bras qui forment comme de longues rémiges blanches dans le ciel ; l'étoffe de sa tunique se déploie et se gonfle ; elle fond lentement, impavidement, amoureusement, vers le corps nu de Leandros que la mer malmène et que les arêtes des roches ensanglantent sur le rivage de Sestos. L'une est en l'air, l'autre est en bas : mais ce sont comme deux corps jumeaux et pâles qui vont s'emboîter, comme deux fragments de coquille qui vont se rejoindre sur le bord du flot, dans l'écume et le sable. À gauche de la double porte, la haute glace de la cheminée est peinte en gris avec des ornements de bois sculpté rehaussés de peinture ocre et d'or. Une belle pendule à vase s'y reflète, guirlandes et frises de cuivre moulu sur un socle de marbre blanc dans sa cage de verre. Ève pose la main sur l'épaule d'Adam dans le jardin d'Éden afin qu'il remarque le fruit qui pend à la branche de l'arbre qui s'élève au-dessus de son visage mais il ne voit qu'elle et sa beauté. Tout à coup le balancier fait sonner un temps disparu. Les horloges s'attardent sur ces pertes qu'elles signalent à ceux qui attendent. Aux quatre coins de la salle quatre chaises à dossiers de lyre. Ces quatre lyres silencieuses font songer à Hanovre le musicien, mort à Versailles, qui restaura l'usage de la lyre et présida à la confection des harpes modernes. Dans l'angle du rideau de soie une petite commode en bois de rose à dessus de marbre blanc, à pieds de biche.

11. La dernière image

Elle se réveille, elle hurle, elle est toute bouleversée. Elle est comme une femme noyée rejetée par le flot.

Elle s'assoit brusquement sur le lit, elle s'efforce de respirer. Oui, oui, elle retrouve le souffle sur ses lèvres. Oui, elle est vivante. Oui, elle ouvre les yeux.

Au loin c'est un homme, mais cet homme ce n'est pas Hatten. C'est un homme beaucoup plus robuste qui se tient debout, de dos, devant la mer.

Elle regardait la mer dont les vagues explosaient au bout du brise-lames.

Derrière mon père qui se tenait debout, à gauche, il y avait le phare.

C'est la dernière fois que je l'ai vu. La jetée venait jusqu'aux pieds de mon père, qui était debout sur la digue, qui enjambait la digue, presque dans les vagues. Il me tournait le dos. Je ne vois que la nuque et les épaules. Qu'il était beau si haut, au-dessus de la digue. Au-dessus de son navire prêt à prendre la mer. Qu'il était beau dans les vagues soulevées dans le ciel, qui rebondissent. Qui éclatent dans le ciel. Qui sont immenses.

12. Le murmure

Leurs souffles s'apaisaient. Les voix se faisaient plus lentes, plus pâteuses, plus sourdes. Enfin ils repoussèrent les verres. Enfin ils arrêtèrent de boire. Enfin ils assemblèrent les cartes, les mêlèrent, les superposèrent, les rangèrent. La plupart des compagnons de jeu partirent. J'étais lasse moi-même. Le duc ne désirait pas dormir. Le duc m'autorisa à rentrer chez moi en prenant son carrosse. Je le laissai avec l'amie qui m'avait accompagnée. Leurs mains étaient occupées à leurs joies et préparaient déjà leurs indécences tandis que je remettais mes rubans en ordre, alors que je replaçais ma coiffe. Leurs yeux ne me voyaient plus. Aussi les quittai-je muettement et, pour ainsi dire, subrepticement. Je descendis le grand escalier qui donnait sur la cour. Je montai dans le carrosse qui était aux armes du duc, où figurait une lance. Sur l'enseigne de la boutique de mon arrière-grand-père, qui vivait ici, sur l'île Notre Dame, à la fin du XVIIe siècle, était simplement figurée en relief un burin qui était assez semblable à cette lance d'or. Il était graveur. Il s'appelait Meaume. Il venait de Bruges. Il finit ses jours à Anvers. Nous partîmes aussitôt, et aussitôt nous roulâmes vivement. Il faisait doux. Je laissai relevé le rideau de cuir de la portière. Mais, dans le bas du quartier du Marais, près de la Seine, un fiacre était arrêté dans une ruelle. Le cocher ne put le contourner. Il se mit à interpeller un homme que je ne voyais pas. Je dormais à moitié. Je ne sais pas ce que l'autre lui répond. Mais j'entends que mon cocher, après avoir grogné, s'irrite. L'autre crie. Alors le cocher du duc en vient aux insultes. L'autre maintenant s'offense. Mon cocher saute de son banc, le fouet à la main, cingle l'homme deux fois sur la joue et dans les yeux. Il hurle. Un homme sort de l'hôtel l'épée nue. J'entends des cris partout. Je soulève la portière en cuir. Je vois le sang qui coule sur le marchepied. Je vois les fenêtres des maisons qui s'ouvrent. On commence à appeler au guet. Des pistolets s'ajoutent à ce combat qui n'est d'abord que de fouets et d'épées. J'entends des chevaux qui martèlent le pavé et qui s'approchent. Je m'élance hors du carrosse par l'autre portière sans prendre la peine de déplier le marchepied. Je cours sur les pavés de la ruelle. Je vois sur la place, au bout de la petite rue, des hommes qui se regroupent. Une porte s'ouvre sur ma droite. Dans le rectangle de lumière j'aperçois un homme qui tient un flambeau. Je me jette vers cette porte.

— Monsieur, sauvez-moi.

— Vous êtes sauve, murmure-t-il en me tirant par le bras. Entrez vite.

La porte se referme aussitôt sur moi. Il encastre les vantaux de la porte dans la muraille à l'aide d'une barre de bois. L'homme repose le flambeau dans son crochet de fer. Nous gravissons un bel escalier de pierre. Il me conduit dans sa chambre devant un feu de cendres. Il s'accroupit et il y ajoute une bûche qui se met aussitôt à flamber bruyamment au contact des braises qui s'y trouvent. Mais j'entends toujours les cris et les armes qui claquent dehors. Je m'approche de la croisée. C'est une véritable bataille rangée qui a lieu dans la rue. Je m'écarte de la croisée. J'entends une voix dans mon dos :

— Tous les soirs c'est ainsi. Tous ont faim. Tous se sentent humiliés d'être pauvres. Ils s'entre-tuent.

— Vous racontez l'histoire humaine depuis Adam, dis-je en regardant les hommes se battre dans la rue.

Je me retourne. En fait cet homme est plus jeune que je ne l'avais cru dans l'ombre de sa porte. Il est beau. Il a enfilé une belle robe de chambre en indienne gris pâle sur sa chemise. Il tient dans ses mains un pichet de vin et un verre. Sa voix est grave et belle. Il est souriant. Je prends le verre. Je trempe les lèvres. C'est du vin qui vient de Reims. Tandis qu'il s'approche de la table, tandis qu'il remplit un verre pour lui-même, le jeune homme répète :

— Tous les soirs le quartier défoule son vieux cri d'origine.

— Oui.

— Mais plus on est malheureux, plus on s'essouffle.

— D'accord, dis-je. Je crois que j'ai compris ce que vous voulez dire.

Je portais une coiffe calèche. Je suis contrainte de soulever la gaze au-dessus de mes lèvres pour boire.

— Vous êtes très belle.

— Ce n'est point ce qu'il fallait me dire. À cause du compliment que vous venez de me faire, il va falloir maintenant m'en aller.

— N'ayez aucune crainte.

— Je suis emplie de crainte.

— Vous avez tort.

— C'est vous qui n'avez pas raison. Toutes les bêtes ont peur. Vive la peur. La peur bleue. Bleue. Bleue. Bleue. C'est nécessaire à leur survie. Regardez les petits oiseaux du ciel. Ils ne volent pas comme vous croyez. Ils tremblent dans la peur bleue. Ils fuient toutes ailes dehors. Il faut avoir peur. J'ai peur. Dans votre rue ils n'ont pas assez peur. La peur est la meilleure des gardiennes.

— Ne redoutez rien de moi, répète-t-il.

— Je suis si lasse à vrai dire. M'autorisez-vous à rester auprès de votre feu le temps que le calme se fasse peu à peu dans la rue ?

— Je doute que le calme soit proche.

— J'ai de l'argent.

— Je ne veux pas de votre argent. Je vais vous céder cette pièce. J'ai une autre salle au-dessus qui me sert de bureau. Je vais la rejoindre.

— À vrai dire j'ai perdu le cocher d'un ami et l'usage d'un carrosse dans cette affaire.

— Ce n'était pas votre cocher ?

— Non. C'était un carrosse que me prêtait un ami.

— Peut-être saura-t-il vous retrouver.

— Il ne sait pas où je suis. Il ne sait même pas où je me rendais. L'adresse que je lui avais indiquée était fausse.

— Pour quelle raison ?

— Pour ne pas être importunée. Parce que j'ai peur. Pourquoi suis-je toujours pleine d'appréhension ? Je viens de vous le dire. Regardez les petits faons de la forêt qui sont si inquiets. Regardez leurs yeux. Et maintenant regardez mes yeux. Il faut savoir avoir peur et ne cesser de frémir en sorte de ne jamais cesser d'être libre au beau milieu de tous les dangers et de toutes les beautés de la forêt.

— C'est quoi, être libre ?

— C'est s'enfuir de tout.

— Mon Dieu, tout ce que vous dites me paraît étonnant. Je vous souhaite plus de paix, ou du moins plus de tranquillité. Pour l'instant, je vous supplie de faire comme vous êtes accoutumée de faire chaque soir. Je vais chercher un seau pour vos besoins et du linge pour votre nuit.

Il se retira alors.

Près de la cheminée, la chaleur était douce. J'ôtai ma coiffe et mon manteau. Je les posai sur un coffre. Je m'assis devant l'âtre. Je bus. Je sommeillai continuant d'entendre les cris des hommes qui poursuivaient leur bataille rangée dans la rue. Au bout d'un moment, les cris et les glapissements ne tarissant pas, je me mis près du rideau pour les regarder. Mes yeux se fermaient. Nous étions à la fin du beau mois de juin 1789. L'air était doux. La rue offrait ses spectacles chaque soir. Quand il revint, j'étais toujours à épier. Je lui dis que j'acceptais la proposition qu'il avait bien voulu me faire. Il posa le seau près de l'alcôve.

— Demain, me dit-il, vous prendrez mon carrosse pour vous rendre chez vous.

Après qu'il m'a saluée et qu'il a refermé la porte, je me dévêts un peu. J'éteins les chandelles. La lumière du feu suffit pour que j'y voie. Je m'étends sur le lit qui est défait. Je l'examine. Il est tiède encore de lui mais il est propre. Je m'assoupis. Dans la nuit je me réveille brusquement tant je me sens angoissée. J'ouvre les yeux. Il est là à me regarder dormir.

— Ne craignez rien, me dit-il.

— Que faites-vous là ?

— Je vous regarde dans le noir.

— Pourquoi me regardez-vous dans le noir ?

— Vous êtes si belle.

Ils s'épousent. Ses craintes s'effacent-elles ? Est-elle moins anxieuse d'avoir un corps ? En obtient-elle plus de joie ? Est-elle moins effrayée qu'un homme juge ce grand corps aussi désirable qu'il lui est incompréhensible, et qu'il y recoure quand le soir tombe ? Ils eurent beaucoup d'enfants. Mais peu importe, ce n'est pas la mère, c'est la femme qu'il aime en elle. Souvent, la nuit, à genoux dans la ruelle du lit, à demi nu, dans l'insomnie, il la regarde dormir dans le noir. Elle est si belle. Sa mère était si belle. Sa grand-mère était si belle. Son arrière-grand-mère était si belle. Elle vivait dans un palais qui donnait sur le canal qui menait à l'Escaut qui est devenu une ruine. Il approche son visage. Il aime l'odeur de sa peur. La peur de cette femme sent si bon. Il regarde ses seins si beaux qui se soulèvent en respirant.

I

PREMIÈRE PARTIE

II

LE TAPIS VERT

III

VIES DES MUSICIENS

IV

LE CHANT

V

L'AMOUR

VI

LA MER DE MARMARA

VII

LA FORÊT

VIII

L'ESTUAIRE

IX

LA TEMPÊTE

XIII
LE CHEMIN DE MONTAGNE

XIV
LA JETÉE

Œuvres de Pascal Quignard (suite)

LE LECTEUR, *récit*, Gallimard, 1976 (Folio n° 5855).

CARUS, *roman*, Gallimard, 1979 (Folio n° 2211).

LES TABLETTES DE BUIS D'APRONENIA AVITIA, *roman*, Gallimard, 1984 (L'Imaginaire n° 212).

LE SALON DU WURTEMBERG, *roman*, Gallimard, 1986 (Folio n° 1928).

LA LEÇON DE MUSIQUE, Hachette, 1987 (Folio n° 3767).

LES ESCALIERS DE CHAMBORD, *roman*, Gallimard, 1989 (Folio n° 2301).

ALBUCIUS, POL, 1990 (Livre de Poche n° 4308).

KONG SOUEN-LONG. Sur le doigt qui montre cela, Michel Chandeigne, 1990.

LA RAISON, *récit*, Le Promeneur, 1990.

TOUS LES MATINS DU MONDE, *roman*, Gallimard, 1991 (Folio n° 2533).

LA FRONTIÈRE, *roman*, Michel Chandeigne, 1992 (Folio n° 2572).

LE NOM SUR LE BOUT DE LA LANGUE, POL, 1993 (Folio n° 2698).

LES SEPTANTE, *conte*, avec Pierre Skira, Patrice Trigano, 1994.

L'AMOUR CONJUGAL, *roman*, avec Pierre Skira, Patrice Trigano, 1994.

L'OCCUPATION AMÉRICAINE, *roman*, Le Seuil, 1994 (Points n° 208).

RHÉTORIQUE SPÉCULATIVE, Calmann-Lévy, 1995 (Folio n° 3007).

LA HAINE DE LA MUSIQUE, Calmann-Lévy, 1996 (Folio n° 3008).

TERRASSE À ROME, roman, Gallimard, 2000 (Folio n° 3542).

TONDO, avec Pierre Skira, Flammarion, 2002.

ÉCRITS DE L'ÉPHÉMÈRE, Galilée, 2005.

POUR TROUVER LES ENFERS, Galilée, 2005.

LE VŒU DE SILENCE, *essai* sur Louis-René des Forêts, Galilée, 2005.

UNE GÊNE TECHNIQUE À L'ÉGARD DES FRAGMENTS, *essai* sur Jean de La Bruyère, Galilée, 2005.

GEORGES DE LA TOUR, Galilée, 2005.

INTER AERIAS FAGOS, poème latin calligraphié par Valerio Adami, Galilée, 2005.

INTER AERIAS FAGOS, poème latin traduit par Pierre Alferi, Éric Clémens, Michel Deguy, Bénédicte Gorrillot, Emmanuel Hocquard, Christian Prigent, Jude Stefan, Argol, 2011.

VILLA AMALIA, roman, Gallimard, 2006 (Folio n° 4588).

REQUIEM, avec Leonardo Cremonini, Galilée, 2006.

TRIOMPHE DU TEMPS, quatre contes, Galilée, 2006.

L'ENFANT AU VISAGE COULEUR DE LA MORT, *conte*, Galilée, 2006.

ETHELRUDE ET WOLFRAMM, *conte*, Galilée, 2006.

LE PETIT CUPIDON, *récit*, Galilée, 2006.

LE SOLITAIRE, avec Chantal Lapeyre-Desmaison, Galilée, 2006.

QUARTIER DE LA TRANSPORTATION, avec Jean-Paul Marcheschi, Éditions du Rouergue, 2006.

CECILE REIMS GRAVEUR DE HANS BELLMER, Éditions du Cercle d'art, 2006.

BOUTES, Galilée, 2008.

LYCOPHRON ET ZÉTÈS, Gallimard, 2010 (Poésie/Gallimard n° 456).

SUR LE DÉSIR DE SE JETER À L'EAU, avec Irène Fenoglio, Presses Sorbonne nouvelle, Archives, 2011.

MEDEA, Ritournelles, 2011.

LES SOLIDARITÉS MYSTÉRIEUSES, roman, Gallimard, 2011 (Folio n° 5678).

L'ORIGINE DE LA DANSE, Galilée, 2013.

LEÇONS DE SOLFÈGE ET DE PIANO, Arléa, 2013 (Arléa-Poche n° 195).

LA SUITE DES CHATS ET DES ÂNES, avec Mireille Calle-Gruber, Presses Sorbonne nouvelle, Archives, 2013.

SUR L'IMAGE QUI MANQUE À NOS JOURS, Arléa, 2014 (Arléa-Poche n° 205).

UNE VIE DE PEINTRE, Marie Morel, Galerie B. / Regard, 2014.

CRITIQUE DU JUGEMENT, Galilée, 2015.

SUR L'IDÉE D'UNE COMMUNAUTÉ DE SOLITAIRES, Arléa, 2015 (Arléa-Poche n° 217).

PRINCESSE VIEILLE REINE, cinq contes, Galilée, 2015.

LES LARMES, *roman*, Grasset, 2016 (Folio n° 6525).

LE CHANT DU MARAIS, Chandeigne, 2016.

PERFORMANCES DE TÉNÈBRES, Galilée, 2017.

UNE JOURNÉE DE BONHEUR, Arléa, 2015 (Arléa-Poche n° 234).

DANS CE JARDIN QU'ON AIMAIT, Grasset, 2017 (Folio n° 6595).

BUBBELEE, Galilée, 2018.

LA VIE N'EST PAS UNE BIOGRAPHIE, Galilée, 2019.

L'ŒUVRE CENSURÉE DE MARIE MOREL, Regard, 2019.

LA RÉPONSE À LORD CHANDOS, Galilée, 2020.

SUR LE GESTE DE L'ABANDON, avec Mireille Calle-Gruber, Hermann, 2020.

Composition : PCA.
Achevé d'imprimer
sur Roto-Page
par l'Imprimerie Floch
à Mayenne, en décembre 2021.
Dépôt légal : décembre 2021.
Numéro d'imprimeur : 99540.

ISBN 978-2-07-280538-7 / Imprimé en France.

339051